星くず英雄伝④
ネットワークの聖女

新木 伸

ぽにきゃん BOOKS

星くず英雄伝 4

［ネットワークの聖女］

WRITTEN BY SHIN ARAKI

ILLUSTRATION BY HISASHI HIRAI

プロローグ

——ログイン手順、フェイズ1

少女は服を脱ぎすてた。
下着も取りはらって、素足《すあし》で床の上を歩いてゆく。

——ログイン手順、フェイズ2

少女はジェル状物質のつまったカプセルに、足先から入っていった。代謝《たいしゃ》を調節して体を一週間は保持してくれる比重の重いバイオ素材の中に、力をかけて、ゆっくりと全身を埋没させてゆく。カプセルの蓋《ふた》がおりて、暗闇《くらやみ》がおとずれた。
そして少女は目を閉じた。

——ログイン手順、フェイズ3

暗闇《くらやみ》の中で目を閉じたまま、彼女は頭蓋《ずがい》の奥に埋めこまれたもうひとつの目を見開いた。光電子の回路の中を駆《か》け抜け、彼女の意識はネットワークの中に解放された。

——ログイン、完了

《やあ、ひさしぶりだね——アリエル》
その声とともに、七色の光の奔流《シャワー》が彼女の体に降りそそぐ。
《きゃっ——もう、やめて。おねがい、カロン》
頭から降りかかる光を手でさえぎって、少女は言った。きっと彼女がログイン手順に入ったときから準備して待ちかまえていたに違いない。〝彼〟のいたずらっ気たっぷりの歓迎《かんげい》を受けて、少女——アリエルは頰《ほお》をふくらませた。

無言で、体に張りついた虹色《にじいろ》の飛沫《しぶき》を手で拭《ぬぐ》う。

ネットワークの中における少女の体は、実体を持たない幽体《アストラル・ボディ》のようなものだった。生身の彼女と同じ姿でいることが多かったが、必要があれば、〝彼〟と同じように光り輝《かがや》く球体という、そんな形状をとることもできた。この世界では、どんな姿も本人の思いのままなのだ。

でもやはり、生まれ馴染《なじ》んだ自分の姿というのが、いちばん落ちつく。

アリエルが顔から胸にかけて飛沫を拭いおえたころ、〝彼〟は待ちきれないようすで声をかけてきた。

《ところでアリエル、頼んでいたあれなんだけど……》

《はいはい。本《データ》ね、持ってきてるから……》

子供に本を読んでくれとせがまれる母親の気分で、彼女は個人用のデータ・バンクの口を開いた。「持ってきた」とは言ったものの、実際は、読んでやっているようなものなのだ。

きっちりと整頓されたディレクトリのなかから、数冊分の本のデータを取りだす。この世界の中で、そのデータは皮表紙のついた本のように見えている。実際には、それは本の内容そのままのデータではない。彼女がいちど実際に本を読み、そのときの感情や思考——そういったものを記録した体験情報なのだった。

〝彼〟は、自分では本を読むことができない。

本のデータをそのまま渡してやっても、文字を理解できないのだった。文化的に文字といった概念を持たないため、二十六文字のアルファベットというものをどうしても理解できないらしい。おなじように、〝彼〟には人間のような視覚がない。音を聞く耳もない。だから立体映画《ホロ・ムービー》も、彼女がいちど観《み》てやって、経験情報のパックに変換《コンバート》してやる必要があった。
《はい。社会学の本。『人類の統一行動形態』……。それからこっちが百科事典。ワード・オブ・ブリタニア、A.H.一四一年度版……》
一冊一冊、タイトルを伝えながら渡してゆく。タイトルはファイル名に記してあるが、〝彼〟はそれさえも自分では確かめられない。
全部で十数冊にも及ぶデータを、輝《かがや》く球体の腹の中に収めてしまうと、〝彼〟は言った。
《ありがとう――数冊ほど足りないようだけど、それはまあいいかな。ところでアリエル、このあいだからずっと頼んでいるムービーなんだけど、あれは……もう観てくれたかな？》
《あの、それは……ごめんなさい。ちょっと忙しくて、手に入らなかったの》
アリエルは嘘《うそ》をついた。
人類文化や科学技術、オペラに文学に童話――三匹の子豚さんとかの話なら、いくらでも読むのはかまわない。大事な友達の頼みであったし、それに知識が広がることは、アリエル自身の楽しみでもある。
だが、〝彼〟が特別に興味《きょうみ》を向けているジャンル――それが問題なのだった。
《教材が手に入らなかったら、君の個人的な経験の話でもいいんだ。君たち人間の生殖活動の

ことなんだが……。具体的には、どのように行うのかな？》
　そら、来た――。
〝彼〟の直接的な物言いに、覚悟はできていても、アリエルの顔はついつい赤くなってしまう。
《もう、やめてったら！》
　彼の要求してくる立体映画《ホロ・ムービー》のタイトルは、『二匹の性獣《せいじゅう》、マリアン＆トレーシー』というものだし、足りなかった数冊の本というのは、男の人が読むようなアダルト系の雑誌だった。男女の交接場面を大写しにしているような――。
　健全な性教育の本でさえ、顔を赤くして、途中で挫折《ざせつ》してしまったアリエルだ。とりあえず取り寄せてはみたものの、表紙より先には、一ページたりとも読み進められるはずがない。
《しかしアリエル、これは大切なことなんだよ。そもそも生殖活動というものは――》
《どうしていつも、その話になっちゃうの！　私、そんなこと知らないんだから！》
《おかしいなぁ。銀河のどの生命体だって、いちばん興味《きょうみ》があるのは生殖活動であるはずなんだ。これは観測された事実が証明している。君たち人類だって、僕が調べたかぎりでは例外ではないはずなんだけど……。恋愛という行為に、ずいぶんとエネルギーを費やしているじゃないか。文学にだって、そうしたテーマが数多く扱われているよ。このあいだ読んでもらった本も――そうそう、『ロミオとジュリエット』だ。全編恋愛を語っている話が、名作とされているじゃないか》

《それは……、そうだけど……》
《だから、頼むよ。教えてくれないか？　君自身の個人的な経験でもいいんだ。交尾は、もうしたことがあるのかい？》
《もう！　知らない！》

——ログオフ手順。


肉体の目が、カプセルの中の薄闇《うすやみ》をとらえる。

彼女は重たいゲル物質をはねのけながら、気だるげに身を起こした。

この機械を使ったあとは、いつもこうだ。体力を異様に持っていかれる。

シャワーを浴びてジェルを洗い流し、どろりとした濃《こ》いドリンクで水分と糖質を同時に補給する。

下着だけをつけて、手と目で普通に使うコンソールの前を通りかかったとき、アリエルはふと、メールの到着を知らせる表示が彼女の注意を引こうとして懸命《けんめい》にフラッシュしていることに気がついた。

「誰《だれ》から？　えっ——ええっ！　〝彼《カロン》〟から⁉」

さつきは　ごごめん　ぼくわ　とても　わるい　とても　ぺけぺけだ
もし　きみ　ゆるす　できる　ぼくわ　しあわせ
また　きて　ほしい
かろん

単語を適当に並べただけで、文法もなにもかも、ひどいものだった。

だがそのメッセージには、誠意がこめられていた。〝彼《カロン》〟の戸惑いと願いが、たった数十バイトの文字の中にこめられていた。文字を扱えないはずの〝彼《カロン》〟は、これだけのことを書くために、いったいどれほどの苦労をしたのだろう。

アリエルの心に、嬉《うれ》しさとともに、ちょっとしたいたずら心が芽生える。

もうすこし、困らせてやってもいいかもしれない。

アリエルはデータバンクから、読みかけの本のデータを引っぱりだした。それは星座占いの本だった。自分の星座を調べる方法。そして恋人同士の相性。そんなことの書いてある本だ。

自分のために注文して取り寄せた本だったが、これを〝彼《カロン》〟に読ませてしまおう。

もうすこし苦労させて——そうしたら、許してあげよう。

〝彼《カロン》〟にもわかるように、なるべく平易な文でメッセージを考える。

わたしは　てんびんざ　です
あなたの　せいざは　なん　ですか
こんど　までに　これで　しらべて　おしえて　ください
　　　　　　　　　　　　　　ありえる

アリエルは書きあげたメッセージを、本のデータに添付すると、深く考えずに送信ボタンを押していた。メッセージと本――それらデータが、広大なネットに向けて送りだされてゆく。

それがすべてのはじまりになるのだと、その時のアリエルは、まだ気づいていなかった。

第一章　ネクサス

映話《ヴィジフォン》が鳴った。

その音に気づいたジークは、広間をぐるりと見回した。女たちは誰《だれ》ひとりとして、映話《ヴィジフォン》に出ようとしない——というより、気づいてもいないらしい。

カンナなど、テーブルの上に小さな尻《しり》をのせ、酒瓶を抱えこんだまま、けらけらと陽気な笑い声をあげている。

四回目のコール音が鳴りだしたところで、ジークはソーダ水のプラカップをテーブルに置いた。コンソールの前に立って、トークボタンに手を伸ばす。

「はい、こちら——」

『あのっ！　腕利きのなんでも屋さんって、そちらですか!?』

回線が繋《つな》がったとたん、女の子の声が飛びだしてきた。画像のほうは、なぜか現れてこない。

真っ暗なモニターの片隅に「音声のみ」の表示を認め、ジークは肩の力を抜いた。映像が行ってないなら、無理して営業スマイルを浮かべる必要もないだろう。

『あのっ、そちら『SSS』さんですよね？　なんでも屋さんで、腕利きで——』

「ええっと……」

腕利きかと聞かれると、つい考えてしまう。

自分で腕利きと名乗る連中には、二通りの人間がいるだろう。本当に自信があるか、さもなければ、嘘《うそ》つきであるかのどちらかだ。

ジークは後ろを振り返った。部屋の中でどんちゃん騒《さわ》ぎをやらかしている女たちにちらりと目を向け、それからディスプレイに向き直る。

「はい、こちら腕利きのなんでも屋、『SSS』です。——そちらは？」

ようやく会社名を告げることができた。声だけの少女は、いま気づいたように、あわてて名前を名乗った。

『あっ、ごめんなさい！　私、アリエルっていいます。あのあのっ、仕事の依頼なんです。もしよかったら、これからすぐに、そちらにうかがいたいんですけど——』

「これから？　いや、ちょっと……。いますぐには……」

騒いでいる女たちを気にしながら、ジークは言った。いま『SSS』は、アニーの十六歳の誕生日《たんじょうび》を祝うパーティのまっ最中なのだった。仕事のスケジュールをわざわざ空けて、会社を臨時《りんじ》休業にして、全員で——。

そこまで考えたところで、ジークはふと、眉《まゆ》をひそめた。そもそもこの映話《ヴイジフォン》は、どうしてかかってきたのだろうか？

　パーティの行われているこの場所は、アニーの自宅だった。大きな屋敷《やしき》の広間を借りて、社員だけで行っている内輪《うちわ》のパーティだ。貸しオフィスのほうの自動応答システムには、「本日は休業です。御用の方は――」というメッセージが登録してある。どこを探しても、この場所のナンバーは出てこない。そのはずだった。

「あのさ、ひとつ聞いていいかな？　ここのナンバーを、どうして――」

　ジークの問いには答えず、少女は言った。

『あのっ、船ありますよね？　小型の貨物船。それ――すぐに飛ばせるようになりませんか？』

　たしかに船はあった。ジャンク屋から格安で買い受けた中古船が――。

　だがその船は、まだ『ＳＳＳ』の名義で登記されていない。ネットに流してある会社便覧《びんらん》にも載ってはいないはずだ。すべての手続きは、明日の朝一番に行われることになっている。今日のパーティは、念願の船《マイシップ》が、『ＳＳＳ』に念願の船が来たことを祝うものでもあるのだった。

「ええっと、アリエルさんだっけ？　どうしてそう、色々と知って――」

『ああっ――！』

　言いかけた時、回線の向こうで叫び声があがった。つづいて、タイヤのあげる悲鳴のようなスキール音と、金属どうしが衝突《しょうとつ》するような鈍い音――。

『きゃあ！』

「おいっ、どうしたっ！」

『あっ――あのあのっ、すいません。いまちょっと大変になってきちゃったんで、またっ、あとで――』

「いや、あとでって言われても――」

『とにかくそっちに向かいますからっ！　じゃあ切りますっ！』

「ちょっと待ってくれよ。うちはいま、仕事は――」

もう切れていた。画面に「DISCONNECT」の文字が点滅しているのを見て、ジークは肩をすくめた。明日から一週間ばかりは、新しい船に慣れるために慣熟航行の予定だったのだが……。

「ねぇ、いまの映話《ヴィジフォン》、誰《だれ》からだった？　あたしの友達？」

ライトブルーのドレスで着飾ったアニーが、上機嫌に訊《たず》ねてくる。

「いや、『SSS』のほうだけど……。なんか変な電話だったな」

「へん、って？　なにが？」

そう聞きながら、アニーはワイングラスにそっと口をつけた。こちらの世界では、アニーは良家のお嬢様《じょうさま》だった。上品な仕草《しぐさ》もすっかり板についている。

「いや、なんて言ったらいいかなぁ。とにかく変なんだよ――おいカンナっ、そこの酔っぱらいのお子様！　仕事だぞ、仕事！」

ストレートのウイスキーをどれだけ飲んだものか、カンナはとろんとした目をジークに向けた。

「んー？　おマエ、いいからちょっと、ここに座れ。私ャ、おマエに言いたいコトが、いっぱいあってだナァ――」

テーブルの上を指差すカンナのひとさし指をつかまえて、ジークは言った。

「いいから、これ飲め――ほら、口開けて」

ポケットから取りだした薬――アルコール分解錠《ぶんかいじょう》を、カンナの口に無理やり押しこむ。

「ナンだヨ、これから盛りあがってくるッてゆーのに……」

ぶつぶつ言いながら、カンナはそこらのウイスキーで薬を流しこもうとした。

「やめんかっ！　ほれっ、水っ！」

酒瓶を取りあげ、かわりに指洗い《フィンガー・ボール》の器を押しつける。カンナがちゃんと薬を飲んだことを確認して、ジークは部屋の片隅に声をかけた。

「みんな、悪い！　急な仕事だ！　クライアントがもうすぐこっちに来るみたいだから、素面《しらふ》に戻っててくれ」

「えーっ？　ぼくまだごはん全部たべてないのにぃ……」

「わかった」

リムルが文句を言い、ジリオラがうなずいてみせる。特異体質で酒に酔わないリムルと、どれだけ飲んでも素面《しらふ》に見えるジリオラのふたりはいいとして——。

「おい、エレナさん起こしといてくれよ」

ソファーで寝息をたてる彼女が抱きしめているのは、リムルがアニーにプレゼントした巨大な熊《テディ・ベア》さんだった。

お嬢《じょう》さまになってしまったアニーもそうなのだが、こちらの世界に来てからというもの、エレナの雰囲気はだいぶ変わってしまっていた。ずいぶんと女っぽく感じられて、困るときもある。

こちらの世界では十五年前にあたるあの事件をきっかけにして、歴史が大きく変わってしまっていた。この惑星ネクサスは、膨大《ぼうだい》なエネルギーを生みだすユグドラシルを軌道上に擁《よう》し、反物質燃料の輸出では銀河一となっている。

その煽《あお》りをまともにくらったのが、エレナの両親たちだった。石油はぱったりと売れなくなり、石油王の娘だったエレナは、一転して苦労に満ちた人生を歩むことになったのだ。証券関係で重役秘書をしていた彼女は、ジークがこちらの世界で再興《さいこう》させた『SSS』にやってきた。その彼女の働きぶりは、以前とまったく変わっていない。腕利きの交渉人《ネゴシエイター》として、存分に腕前を発揮してくれている。

時間旅行《タイム・トラベル》は、ジークに関《かかわ》る人物に、不思議な作用をもたらしていた。ある日を境にして、前の世界の記憶《きおく》を、とつぜん思いだしたのだった。

多くの人たちは、それを「夢」として片付けた。このネクサスでは、大脱出《エクソダス》で活躍《かつやく》した《ヒーロー》のことを思いだす者が大勢現れたが、その多くは「気のせい」であると納得してくれたようだ。

ジークが街を歩くと、すれ違う人が不思議そうな顔で振り返ることがある。だが、ただそれだけのことだ。

ジークのことを「もうひとつの現実」として覚えているのは、エレナやカンナたち、あとは、向こうからこちらを探しあててきたカタリナくらいのものだろう。

二つの人生の記憶が同居しているというのがどういう気分なのか、ジークにはわからない。ジークだけは、ただひとつの世界の記憶しか持っていないのだ。のけ者になった気分で、ちょっと寂しい。

「ねぇ、いったいなんの仕事なのよ？　もうっ、せっかくの誕生《たんじょう》パーティだっていうのに……ほらっ、エレナさん、起きてってば」

エレナの肩を揺すりながら、アニーがぼやく。

ジークはわざと、とぼけた声で言ってみた。

「なに言ってんだよ。おい？　今日のコレは、『ウエルカム・マイシップ！』のパーティじゃなかったっけ？」

「もうっ、いじわる！」

ここネクサスの法律では、十六歳から成人となる。両親の反対もあって、いままではアルバイト待遇で仕事をしてきたアニーだったが、今日から晴れて正社員となるわけだ。

「あっ……そういえば、まだあんたから、プレゼントもらってなかったっけ？　ほらっ、早く出してみなさいよ。つまんないものだったら、もらってやんないから」

ジークはポケットから取りだした一本の鍵《かぎ》を、アニーに投げ渡した。

「ほらっ、こいつがプレゼントだ！」

「なに、これ？　どこの鍵？」

指でぶら下げた鍵を、アニーはしげしげと眺めた。

「船のマスター・キーだよ」

「えっ？　ほんとっ！」

「今日はもしかしたら、そいつが必要に――」

顔をほころばせたアニーにそう言いかけて、ジークはぴたりと口を閉ざした。耳をそばだてる。

「待て――なにか聞こえないか？」

そう言いながら、ジークは窓際に駆《か》け寄った。

先に動いていたジリオラが、もう窓枠に取りついている。大きく開いた彼女の背中にかぶさるようにして、ジークは広大な庭へと目を向けた。

「ジル、どっちからだ？」

　ジリオラは屋敷《やしき》の前の道路を指で指し示した。二台の車《エレカー》が見える。猛スピードで走る一台を、あとの一台が追いかける形だった。

「なになに？　なんなの？」

　背中に柔らかい感触が押しあてられる。チェイスしながらやってくる二台の車を目にして、アニーは言った。

「ねぇ……。依頼人って、もしかして女？」

「そうだけど？」

　ジークは答えた。

「わかってんの？　あんたが女の依頼人から取ってきた仕事で、トラブルに巻きこまれなかった例《ためし》はないんだからね？」

「い、いや、今度こそ、だいじょうぶなんじゃないかなぁ……。まともだと思うよ」

　そう言っている矢先に、先行しているエレカーが直角にターンした。ちょうど正門の前だ。あっと思う間もなく、エレカーは門の鉄柵《てっさく》をぶち破ってきた。庭に飛びこみ、花壇《かだん》の花を巻き散らしながら走りつづける。

「ふーん……。そうぉ。今度こそ、まともだっていうのね、ふーん……」

　アニーの呆《あき》れ声が聞こえる。

追われるエレカーは、まるで止まる気配を見せなかった。屋敷《やしき》にまっすぐ向かってくる。

「おい、まさかあのまま突っこんでくる気——」

どーんと、下のほうから大きな音が聞こえてきた。

ジークは二階の窓から身を乗りだした。どうなったのか、ここからでは見えない。どうやら一階の入口に突っこんだらしいのだが。

「下だ！」

先頭に立って駆《か》けだす。女たちも後からついてくる。

「どこがまともだっていうのよっ！　まったくもうっ！」

ドレスの裾《すそ》をつまんで階段を駆け降りながら、アニーが悪態をついた。

「まともだろっ⁉　悪党に追われてるくらい、なんだってんだよっ！　惑星《ほし》ひとつ救えとか、そんな無茶《むちゃ》な話じゃあるまいし！」

廊下の先に、玄関のホールが見えてくる。両開きの大きな扉は、突っこんできたエレカーによって内側に破られていた。マホガニーの高価そうな一枚板が、焚《た》き火にしか使えないような材木になり果てている。エレカーのフロントも、ぐしゃぐしゃに潰《つぶ》れていた。

四人乗りの座席に女の子がひとり——ダッシュボードに突っ伏している。

「おい！　だいじょうぶか⁉」

曲がったドアを力ずくで開き、女の子の肩に手をかける。軽く揺すると、少女は小さくうめき声をあげた。

「怪我《けが》してるの？」

「いや、だいじょうぶだ」

アニーの手も借りて、少女を車内から引っぱりだそうとした時――。

「おい！　あそこだ！」

砕けた扉を乗り越えて、数人の男たちが屋敷内に踏みこんできた。男たちの手に銃が握られているのを見て、ジークはとっさに少女をかばった。

「伏せろっ！」

アニーに向かって叫びながら、少女に覆《おお》い被《かぶ》さるようにして床に身を投げだす。一瞬《いっしゅん》前までジークたちのいた空間を、目に見えないエネルギーが走り抜ける。

何発かのうち、一発が脚をかすめていった。足のふくらはぎのあたりに、びりびりと痺《しび》れが走る。電気ショックにも似た独特の感覚――。

「麻痺銃《スタナー》か!?　やつら警告《けいこく》もなしに撃《う》ってきやがって！　いったい何者――」

すぐ近くで響《ひび》いたプラズマガンの射撃音《しゃげきおん》が、ジークの声をかき消した。

コンマ何秒かのあいだに、三連射。凶悪な八十口径から撃ちだされた火球が、男たちの腕や足を焼き焦がす。男たちが怯《ひる》み、射撃のやんだ隙《すき》に、ジリオラはジークのとなりに中腰でやってきた。

「動けるか？」

訊《き》かれて、ジークは体を起こした。痺れたふくらはぎを揉《も》みほぐす。かすっただけだから、麻痺《まひ》も一時的なものだ。たいしたことはない。

「あのなジル、いくら悪党っていったって、警告《けいこく》もなしに撃《う》つこたぁないだろ？」

「ノー・プロブレム。急所は外してある」

「そうよそうよ！　正当防衛なんだから、やっちゃえやっちゃえ！」

ジリオラが事もなげに言い、無責任にもアニーがけしかける。

「スタナー相手にプラズマガンぶっぱなすのは、過剰防衛っていうんだ」

そう言っているうちに、ふたたび銃撃が再開される。ジークたちは身を寄せあうようにして、エレカーの陰に身を隠した。

頭上をスタナーのエネルギーが通過してゆくたびに、首筋の毛が逆立つような感覚がある。

撃たれた三人は外に逃げだしたようだが、新しく数人ほどが出現していた。庭のほうからは、べつの車が到着したような音も聞こえてくる。

「あ…、あのっ……」

腕の中の少女が、小さく声をあげた。

「気づいたのか？」

「いえ、あの……。さっきから気づいてましたけど、あのっ……」

線の細い女の子だった。ひっそりと日陰に咲いた花のような趣《おもむき》がある。彼女が言いかけている言葉は、きっと依頼を受けてくれるかどうかの確認だろう。すがるような視線を向けられて、ジークはつい口を開いた。

「わかった。心配しなくていいよ。助けてほしいっていうんだろ？　君は運がいい。うちはトラブル解決もやってるんだ。特別料金になるけどね」

「あっ、はい……」

「まぁた、そうやって安請《やすう》けあいして……。痛い目みても、あたし知らないからね？」

「うるさいな。そんなことより――カンナたちはどうした？」

「三人で裏にまわってる。いまごろきっと、ガレージね」

アニーがそう答えたとき、ジークの腕で、コミュニケーターの呼びだし音が鳴る。

「カンナか？　オレだ」

『ちがうもん。ぼくだもん。あのねあのねっ、いまクルマ出してるのっ。もうすぐなのっ』

リムルの陽気な声を聞いて、ジークはジリオラに顔を向けた。

「いまドアのところにいるのは四人だな。――やれるか？」

ジリオラがうなずくのを見てから、ジークは少女の腕を取った。

「走れるかい？　合図したら、オレと一緒に走ろう。この廊下をまっすぐ奥に行く」

「あっ、はい――走れます」

返ってきた声は、意外としっかりしたものだった。

ジークはジリオラに向けて目配せした。

銃撃《じゅうげき》がわずかに途絶えた一瞬《いっしゅん》の隙《すき》をついて、ジリオラが車の陰から飛びだす。床を転がりつつ、男たちの利き腕を正確に狙《ねら》い撃《う》つ。

「行くぞ！」

少女の手を引いて、ジークは走りだした。アニーとふたりで少女を庇《かば》いながら、長い廊下を全力で駆《か》け抜ける。

廊下の突きあたりにある扉を、蹴破《けやぶ》るような勢いで開け放つ。

ガレージに飛びこむと、エレカーの前席に乗ったエレナが叫んできた。

「乗ってくださいな！　こちらに！」

リムルとカンナ。それにエレナの三人は、身を寄せあうようにしてエレカーの前席に収まっていた。

ジークは少女の背中に手をあてて、エレカーの後部座席に押しこんだ。その後ろから、自分も乗りこむ。

「ちょっとあんた！　もっと奥に行きなさいよね！」

「こ、こら、やめろって！」

アニーに尻《しり》を押されて、ジークは前にのめった。エレカーのバックシートで、少女を押したおす形になってしまう。白いショート・パンツから伸びたすらりとした脚と、ジークの脚が絡みあった。少女のふと股《もも》が、ちょうどジークの股間《こかん》にあたってくる。

「あっ、あのあのっ――私、困りますっ」

「一台しかないからしかたないのっ！　ほら詰めて詰めて！」

アニーがジークの背中に覆《おお》いかぶさってくる。ふたつの女体にサンドイッチにされながら、ジークは言った。

「い、いいぞっ！　だっ、出してくれ！」

「まっすぐ前進！　通路ぞいに進んで！」

口頭で指示を与えながら、エレナがパネルのボタンを叩《たた》く。自動式のエレカーは、どうプログラミングを書き換えられたものか、裏庭の道路にではなく、絨毯《じゅうたん》の敷《し》かれた屋敷内に向かって突進した。

開け放たれた扉を潜《くぐ》り抜けて、赤い絨毯の上を爆走《ばくそう》する。高そうな絨毯の上に、黒々としたタイヤの跡が刻まれる。

すぐに玄関のホールが迫ってきた。

「ジルっ！　来いっ！」

ジークはサンルーフを開け放ち、ジリオラを呼んだ。

大破したエレカーの陰で銃撃戦《じゅうげきせん》を続けていたジリオラは、横をエレカーがすり抜ける一瞬《いっしゅん》、黒いドレスに包んだ肢体を空中に躍《おど》らせた。

ジークはサンルーフから身を乗りだし、逞《たくま》しい女体を空中でキャッチした。力まかせに、車内に引きずりこむ。

「あいたたたっ！　痛い痛い、痛い痛いってーの！　そこちょっと踏まないでよっ！」

「あのあのあのっ！　私、私、私――これちょっと困りますっ！　あのっ！」

「せっ、狭いんだからしかたないだろっ！」

手が――脚が――股間が――乳が――尻が――胸の谷間が――どれが誰《だれ》のものやらわからない状態で、エレカーは屋敷の中をさらに加速していった。男たちを追い散らしつつ、玄関を抜けて庭に飛びだす。

慌てた男たちは、車に向けて麻痺銃《スタナー》を乱射した。だが物理的な破壊力《はかいりょく》を持たないスタナーでは、ガラス一枚を撃《う》ち抜くこともできはしない。

車の数は三台。黒塗りの大型セダンに、それぞれ数人ずつの男が乗っていたようだ。

男たちのあいだを、ジークたちのエレカーは走り抜けた。芝をまきあげながら、最短距離で門に向かう。少女がぶち破った鉄柵《てっさく》を踏みつけ、外の道路に飛びだした。

「やつら、追ってくるみたい！」

「そりゃそうだろ！」

誰《だれ》かの重たい乳房を頭の上に乗せながら、ジークは後部ガラス越しに追ってくる車を見つめた。隙《すき》をついたことで稼《かせ》いだアドバンテージは、せいぜい三十秒かそこらだろう。車の性能と重量の違いを考えると、すぐに追いつかれてしまうに違いない。

緩《ゆる》やかなカーブも終わりを告げ、市街へとつづく大通りに出る。

案《あん》の定《じょう》、追手はプログラムされた制限速度を大幅にオーバーして、ぐんぐん距離を縮《ちぢ》めてきた。こちらのエレカーも、エレナがプロテクトを外しているおかげで八十キロくらいは出ているものの、すでにモーターは分解寸前の悲鳴をあげている。

「重いんだよ！　おまえらっ！」

まわりじゅうにつまった女の肉を押しのけながら、ジークは叫んだ。ぎゅう詰めの車内で、足を下に、頭を上に持ってくることに成功する。いくらなんでも、定員四名の小型車に七人は乗り過ぎだ。

「ひっどーい！　誰《だれ》が重いってのよ、誰がっ！」

「ぼく重くないもん。アニーとおんなじだもん」

「いやね、わたしそんなに太ってるかしら？」

「賭《か》けてもイイが。私ャ、このなかでイッチャン軽いゾ」

「あの、あのっ、私……四十キロです。重いですか？」

全員の視線が、ジリオラに集まる。

「ジル～っ！」

「あー……、おほん」

咳払《せきばら》いを、ひとつ。窮屈《きゅうくつ》な格好で皆の上に乗っていたジリオラは、ブラスターを片手に立ちあがった。サンルーフからひょいと首を出す。

「責任を取ればいいのだろう？」

両脚をぐっと踏んばり、後続の車にブラスターの銃口を向ける。

それを見て、黒塗りのセダンは加速してきた。リアガラス越しに、無骨なフロントがみるみる迫ってくる。

どかんと、後方から——馬に蹴《け》られたような衝撃《しょうげき》がやってきた。

「わわっ——」

ジークはとっさに目の前の脚にしがみついた。ジリオラを落とさないように、懸命《けんめい》になって支える。

目を開けると、顔の前に下着があった。彼女にしてはめずらしく、凝《こ》ったデザインで——しかも色は白ときている。

めくれあがったドレスの裾《すそ》に、顔を突っこんでしまったらしい。

「いいぞ。そのまま支えててくれ」

「さ、支えろったってな——」

「動くな」

ジリオラはジークの鼻面にぐいと股間《こかん》を押しつけて、射撃姿勢をとった。

ブラスターの発射音。

女の匂《にお》いのこもる股間から顔を引き離し、ジークが後ろを向いた時には、タイヤを撃《う》ち抜かれた先頭の一台がスピンをはじめたところだった。あとにつづく一台が、そこに追突する。

「やった！」

だが残った一台は、クラッシュした二台を回避《かいひ》してきた。

「くそっ！」

「やっちゃえやっちゃえ！　ジルっ、あいつもあいつもっ！」

アニーが腕を振り回す。

だがジリオラは、ブラスターを内腿《うちもも》のホルスターに収めると、すとんとシートに腰をおろした。腕を組んで、つぶやく。

「弾切れだ」

「予備は⁉　予備の弾倉《マガジン》は？」

「船の中だ」

ジークは舌打ちした。ドレスを着た女に、予備の弾まで期待するものではない。ジークもスーツ姿でいるせいで、武器らしい武器は持っていなかった。いつものレイガンも、私物と一緒に船の中だ。

「どうすんのよ！　どんどん迫ってくるわよ！」

反撃《はんげき》がないとみて、車が速度をあげてくる。もういちど追突してくるつもりだろう。やわな作りのエレカーは、さっきので後ろが大きくへこんでいる。もう何回かで壊《こわ》れてしまいそうだ。

みるみる追ってくる車を見つめながら、ジークは歯噛《はが》みしたとき――。

「あのっ――」

となりに座っていた少女が声をあげた。

「あのっ、私――なんとかしましょうか？」

「なんとかって？　なんとかできるのか？　ええと――アリエル？」

「はい。たぶん……」

少女――アリエルは、サンルーフから顔を出した。柔らかそうな金色の髪が、風に吹き流される。

「あのっ――あそこのトレーラーに！　あの子のほうに寄ってください！」

アリエルは道路の先を走っているトレーラーを指差した。

「あのトレーラーね？」

エレナはパネルの実行ボタンを何度も叩《たた》いた。速度オーバーやらモーターへの過負荷やら、ワーニング・メッセージが鮮《あざ》やかにフラッシュしているが、いまのところエレナの指示が優先されている。

なんとかトレーラーに追いついて、併走にはいった。

「あの、すいません――支えていてください」

言われて、ジークはホットパンツから伸びだした素足を抱きしめた。ジリオラとは比べようもないほど、か細い脚だ。

サンルーフから身を乗りだしたアリエルは、トレーラーに向けて声を張りあげた。

「おねがい！」

ただそれだけ。たったひとことの言葉が、魔法《まほう》のような効果を引き起こした。

トレーラーはクラクションを鳴り響《ひび》かせ――吠《ほ》えたけった。急減速して、追手の車に向かってゆく。

ジークたちのすぐ横を、パニックになった運転手の顔が通過していった。慌てふためきながら、命令ボタンを押しまくっている。たぶん「止まれ」とか叫んでいるに違いない。

トレーラーは自分の意志をもっているかのように、運転者の指示を無視して動いた。黒塗りのセダンの横に並ぶと、自分より何回りも小さな相手を、ガードレールとのあいだに挟みこむ。

金属の擦《す》れあう音が聞こえ、セダンは時速八十キロで走りながら、狂ったようにダンスを踊った。

「だめっ！　怪我《けが》させないで！」

アリエルが叫ぶ。

トレーラーはウィンクでもするかのように、ライトをパッシングさせて答えた。ガードレールに挟みこんでいたセダンを解放する。

脱落したタイヤが、道路を転がる。半壊《はんかい》したセダンは道路と擦《こす》れあって、やがて完全に停止した。ぐんぐん遠ざかり、すぐに見えなくなってしまう。

「あのっ——。も、もう……、離してください」

アリエルは顔を赤らめながら、そう言った。

「あっ！　ご、ごめん！」

抱えこんだままの脚を、ジークはあわてて離した。こちらもついつい顔が赤くなってしまう。

「あのさ、す、座ったら……？」

気まずい空気を振り払うように、ジークは言った。アリエルは立ったままサンルーフから顔を出している。これで追手の三台をすべてクラッシュさせたことになる。まだつづきがあるかもしれないが、いまはまだ見えてこない。

「えっ、でも……」

なにをためらっているのか、アリエルは立ったままでいた。

「このスケベ。真面目《まじめ》な顔して、『オレの膝《ひざ》に来い』ですって？　年ごろの女の子に、とんでもないこと要求してんじゃないわよ」

「えっ？　えっ？」

ジークがうろたえていると、アニーはよっこらしょとばかりに腰を持ちあげた。ジリオラの上から、ジークの側に移動してくる。

「はい、こっちにどうぞ。こいつには、あたしのお尻《しり》でも触らせとくから」

すとんと、アニーの軽い尻が足の上に落ちてくる。

「あの、すいません。失礼します……」

アリエルは会釈をひとつしてから、ジリオラの膝《ひざ》にお尻を落とした。

彼女が向こうに行ってしまったことに若干の心残りはあったものの、足の上のアニーの感触も悪くない。痩《や》せているようでいて、女の子というのは、どうしてこう柔らかいのだろうか——。

「でもよかったです。今度こそ本当に、腕利きの人たちで……」

アリエルが、何気なくつぶやいた。一度は耳を通りすぎていったその内容を、ジークはぐっと引きもどした。いま何か、気になることを言わなかったろうか——？

「今度こそ……って、いま言ったかな？　どういう意味だい？」

アリエルはジークの顔を正面から見つめて、口を開いた。

「はい、あの……。こちらに来る前に、マークさんって人のところに行ったんですけど……」

「あいつか……。マーク探偵事務所。あの色男め……」

にやけた顔の商売敵《がたき》を、ジークは思いだしていた。

「あの、それで。マークさんが、その……」

　アリエルは言いにくそうにうつむいた。

「あいつがどうかしたのか？　まさか君に変なことをしたとか？」

「いえ、そうじゃなくて……。その、連れてかれちゃったんです。あの男の人たちに……。私だけ、なんとか逃げだしてこれたんですけど……」

「連れていかれた？　ふうん……。そうか。やつにもついに天罰が落ちたか」

　ジークはにやりと、笑いを浮かべた。

「あの、私のせいでしょうか？　私の……」

「いや、やつもあれでプロなんだから、受けた仕事の危険くらい充分承知してるだろ。それにマフィアに捕まったくらいで、どうこうなるようなタマじゃない。きっと自分ひとりでどうにかするさ」

「あのっ、マフィアじゃないんです」

「なんだって？　マフィアじゃない？　じゃあやつら――いったい何者なんだい？」

「あのっ……」

　アリエルはジークの目を、じっと見つめてきた。

「あの私、最初にマークさんに言ったんです。あの人たちが、何者かって……。そうしたら、マークさん……」

アリエルの視線にこめられた意味を、ジークは読み切ることができなかった。

「そうしたら？」

しかたなく、声にだして尋ねてみる。

「そうしたら——逃げちゃったんです」

「逃げたぁ⁉」

「はい。ですけど、あの人たちがもう表に来ていて、マークさんすぐに捕まっちゃって……。私だけで、なんとか裏口から抜けだしてきたんですけど……」

捕まったマークのことを案じてか、アリエルはすまなそうな顔でそう言った。

「ふぅん……。つまり心配だったわけね？　このお兄さんも、逃げるんじゃないかって——ほらほらっ、なんとか言ってあげなさいよ、なんとか」

ぐりぐりと尻《しり》を押しつけながら、アニーが返答を強要してくる。じつに意地が悪い。

「さっきあれほど言ってたんだから、だいじょうぶなはずよねぇ——今度こそ」

「うるさいなっ！　わかってるよ！」

アニーの耳たぶに罵声《ばせい》を吹きこむ。ジークはできるかぎり誠実な顔をアリエルに向けた。

「だいじょうぶだ。信用してくれ。オレは逃げたりしないから。たとえばそのっ……《ダーク・ヒーロー》とかが絡んでるって言われても、逃げたりしない。絶対に——約束する。だから聞かせてくれないか？」

「はい――」

出会ってから初めて、アリエルは笑ってみせた。困った時の曇《くも》り顔しか知らなかったが、笑うと、花が開いたような表情になる。

「あの、じつは――」

アリエルがそう言いかけた時だった。

後方で鳴り響《ひび》いた大音量のホーンが、彼女の言葉の続きをかき消した。

さっきのトレーラーだった。ずっと後ろについてきていると思ったら、ホーンを鳴り響かせ、ライトをパッシングさせている。

「なんだ？　どうしたっ？」

「また来たみたい！　ほらっ、あそこっ！」

アニーが後方を指差す。

遠くから、数台の車がぐんぐん距離を詰めてくる。あのトレーラーは、追手の接近を警告《けいこく》してくれたのだろう。

「エレナさん！　もっとスピードでないのか！」

気がつくと、車の速度が落ちてきていた。六十キロも出ていないように思える。

「これでいっぱいね。オーバーヒートがひどくて……」

エレナがボタンを押すたびに、エレカーは加速しようと車体を震《ふる》わすものの、すぐにワーニング・メッセージが点滅して、速度が落ちてきてしまう。

アリエルが口を開く。

「おねがい。もうすこしがんばって」

エレカーは弾《はじ》かれたように加速した。

パネルに向かって苦戦していたエレナが、天を仰いで肩をすくめる。

後方では、トレーラーが動きをみせていた。追手の車——三台ほどだ——に対して、左右に大きく蛇行《ローリング》することで牽制《けんせい》しようとしている。だが妙に平べったい形をした三台の車は、その加速力をいかして、鈍重なトレーラーを追い抜きにかかる。

トレーラーの車体が、横に流れた。何連にも並んだタイヤの列から黒煙が吹きあがる。十メートルにも及ぶ長大な車体が、ブレーキ・ターンで真横を向いた。

車体の長さは、道路の幅をカバーして余りあった。片側二車線の道路が、完全にふさがれた形になる。

「うまいぞっ！」

ジークは思わず叫んでいた。これでもう、追手の連中は——。

三台の車が、トレーラーの上を飛びこえてきた。しばらく空中を滑空したあと、すべるようななめらかさで着地する。地面から三十センチほど浮上したまま、さらに速度を増して追いあげてくる。

「エアカーかっ！」

それは百五十年も昔の大戦期ならともかく、現在では中央星系でしか見かけられない代物《しろもの》だった。追手の連中は、たしかにマフィアなどとはひと味違うらしい。

「ツギの交差点サ、そこ右ナ」

カンナがコンソール・パッドを開いて、市街マップを呼びだしながら言ってくる。

「右折して百メートル――スーパー・マーケットがあるワサ」

「わかったわ」

「おい！　マーケットだって⁉　ちょっと待――」

言い終わらないうち、車は大きくカーブを切った。遠心力で体が横に持っていかれる。ジークの顔は、なにか柔らかいものに埋まった。

「きゃっ！　あのあのっ――」

「ご、ごめん」

顔の左側がジリオラで、右側のほうはアリエルだ。二人の胸にはさまれながら、交差点を曲がりきる。スーパー・マーケットはすぐそこだ。

エレカーはまたもや直角に曲がって、車道から歩道に向けて飛びこんだ。今度はジリオラとアリエル、ふたりの体が、ジークとアニーの上に振ってくる。

「痛い痛い痛いってばっ！」

「ごめんなさいごめんなさいごめんなさいっ！」

「おおぃおい！　歩行者歩行者歩行者っ！」

ジークたちを乗せたエレカーは、歩行者を器用に避《よ》けながら、スーパーの入口をくぐり抜けた。もちろん人間用の入口のほうだ。

追手の三台のほうは、ホバーの出力をあげて車体を持ちあげ、歩行者の頭上を飛びこえてまっすぐ向かってきた。

昼過ぎの店内には、かなりの数の客が詰めかけていた。とつぜん飛びこんできたエレカーを前に、買物客はパイロンのように立ちつくし――エレカーはその間を縫《ぬ》うように抜けてゆく。

磨《みが》かれた床で、タイヤが滑る。流れだしたリアが、野菜の棚にひっかかる。トマトの山が崩れだし、追手のフロントグラスを直撃《ちょくげき》する。

「あははー。トマト爆弾《ばくだん》なのぉ！」

サンルーフから顔を出したリムルが、追手を指差して笑い声をあげた。

「あっ！　つぎの角右なのっ！　お布団《ふとん》売り場があるんだよー。ぼくここ来たことあるもん」

「フトンかい？　そりャいいワサ！　行け行けゴーゴー！」

「おい！　布団なんて、いったい何に――」

気を抜いた瞬間《しゅんかん》に、ふたたび――ジリオラとアリエルの胸に顔がうずまる。やはりジリオラのほうが大きい。だが柔らかいのは議論の余地なくアリエルのほうだった。

布団売り場に突入すると、エレカーはスピードを落とした。『羽ぶとん大セール中』という札の掲げられた棚の合間をゆっくりと抜ける。

リムルの手には、いつのまにかレーザー・ブレードが握られていた。ついさっきまでジリオラの内腿《うちもも》に吊《つ》られていた武器だ。白い下着とともに、ジークの目に焼き付いている。

「リムルだいなみっくぅ！」

サンルーフから体を伸ばしたリムルは、布団の棚を手当たりしだいに切り裂いていった。大量の羽毛が宙を舞い――追手のエアカーの吸気ダクトに吸いこまれてゆく。

空気の圧力で車体を浮かせるエアカーは、その構造上、大量の空気を必要とする。エアダクトを羽でふさがれたエアカーは、浮力を失って傾いた。車体の片側を床にこすったまま、あらぬ方向に曲がってゆく。

視界から消えたところで、どこかの棚に突っこむ音が聞こえてきた。

たてつづけに――三つ。

「えっへん！」

サンルーフに立ちあがったまま、リムルは胸を張った。

「おいリムル、座ったほうがいいぞ――」

エレカーは店の奥の通用口に向かっていた。立ったままのリムルの頭が――

ごん――と、ドア枠に激突する。

「〰〰〰〰!!」

リムルは頭を抱えてうずくまった。

「あのあのっ！　いまなんかすごい音しましたけどっ！　だいじょうぶですかっ⁉

「ああだいじょうぶ。こいつちょっと不死身だから」

「いたいのー！」

普通の人間なら脳漿《のうしょう》をぶちまけて死んでいるところだが……。ナノ・マシンが体内を駆《か》けめぐっているリムルの丈夫さは、この半年間でよくわかっていた。銃撃戦《じゅうげきせん》の弾除《たまよ》けに使えてしまうほどなのだ。

エレカーは商品の在庫が並ぶ薄暗《うすぐら》い倉庫を抜け、裏口のドアを突き破った。広々としたパーキングに飛びだす。

そこまではよかったが、ジークたちを乗せたエレカーは、いまにも止まりそうな様子で喘《あえ》いでいた。飛び降りて自分の足で走ったほうが速いくらいだ。

「ここで乗りかえましょう」

エレナは駐車場《ちゅうしゃじょう》の真ん中でエレカーを停止させた。ドアを開けて降りながら、もう周囲の車に目星を付けている。ジークも車から降りようとしたが、後席のドアは歪《ゆが》んでしまって開かない。しかたなくサンルーフから抜けだす。

手を貸してアリエルを降ろしてやると、彼女は傷だらけになったエレカーに向かって、短く声をかけた。

「ごめんね——ありがとう」

左右のウィンカーが瞬《またた》き、返事を返す。「いいんだよ」とでも言っているような感じだ。

「できるだけ速そうな車を——みんなで探してちょうだい」

エレナの声に、アリエルは顔をあげた。

「速そうな子を探せばいいんですね？」

そう言ったアリエルは、何を思ったたか、駐車場に並ぶ車に向かって声を張りあげた。

「このなかで——誰《だれ》がいちばん速いの⁉」

百何十台ものエレカーのなかで、四、五台が——ヘッドライトを瞬かせた。車たちの間でパッシングのやり取りがあり、おたがいの譲《ゆず》りあいが行われたあとで、一台の車がジークたちの前に歩みでてきた。流線形のボディが美しいツー・シーターのスポーツ・モデルだ。

「これじゃ全員なんて乗れないわよ。もう一台、いないの？」

アニーに文句を言われて、アリエルはもういちど車たちに声をかけた。

「あのっ、もうひとり——」

「待って。もう一台は、この子にしましょう」

そう言ったエレナの目は、すぐ近くに止めてあったオープン・カーを見つめていた。こちらもスポーツ車らしいが、なんとも古めかしいデザインだった。鉄製のボディは強持《こわも》てのするごつい面構えで、あまり速そうには思えない。

「なにこの車？　運転席にまるい輪《わ》っかなんて付いてる？」

「ハンドルっていうのよ」

「だめっ！　あたしこんなの運転できない！」

「わたしがやるわ。アニーはジルと一緒にそっちの車に――カンナとリムルをお願い」

「ずるいっ！　エレナさん！　じゃあジークはそっちの車ってわけ？」

唇をとがらせたアニーだが、すぐに気を取り直してエレナに言った。

「まあいいわ、今回は譲《ゆず》ってあげる――貸しイチね」

譲るだの譲らないだの、なにか勝手なことを言われていたような気もするが、決まった内容については、ジークも異論はなかった。二台に分かれるのなら、ジークとジリオラは別々になる必要があるだろうし、体の小さなリムルとカンナは二人ひと組だ。

「あのっ、あなたも手を貸して……」

銀色の車体に向かって、アリエルが話しかける。だがこの車は彼女の「お願い」を受けても、うんともすんとも言わなかった。

「あのっ……」

物言わぬ車に、アリエルは泣きそうな顔をむけた。

その顔に、カンナがぷっと吹きだした。

「コイツ、硬派だナ――じゃなくて、こいつＡＩはいってねーもん。無理だって無埋ムリ！」

「あっ、そうなんですか？」

「そうよ、だからね。こうやって説得するの――」

オープン・カーのドアに寄ったエレナは、頭を車内に潜《もぐ》りこませた。ハンドルの下に手を入れて、ごそごそと配線をいじりはじめる。

車のことはエレナに任せて、アリエルはジークに聞いてきた。

「あのでも……、これからどこに向かうんですか？　空港はもうだめです。あの人たちがたくさん待ってますから」

「そうだろうな。きっと……」

アリエルに言われなくても、そのことはじゅうぶんに予想できた。もう一台の車に乗るカンナに向けて、ジークは目配せをした。

「カンナ、作戦は――」

「わかッてる。わかッてる。――あれだロ？」

「それならこっちに囮役《おとりやく》がいるわね――リムルじゃすぐにボロが出るだろうから……。やっぱ、あたし？」

「えー、でもぼくのほうが胸あるよ～。ほらぁ、アリエルとおんなじくらい」

自分の胸を、リムルは下から持ちあげてみせた。

「あんたはひとこと多いっ！」

「痛いの痛いの〜！　そこさっき、たんこぶできたとこなの〜」

リムルの頭を拳《こぶし》でばっこんばっこん殴りつけて、アニーは鼻息も荒くアリエルに振り向いた。

「脱いで！」

「は、はいっ？」

アニーの言葉に、アリエルは目を剥《む》いた。

「だから、脱いでっ！　――上と下。下着はいいから」

「あ、あのっ。下着はいいなんて言われても――」

自分の胸をかばって後退《あとずさ》るアリエルに、アニーは痺《しび》れを切らした。

「リムル！」

「はいなっ」

「やっちゃえ！」

小鳥を狙《ねら》う猫の顔つきで、リムルがアリエルにじりじりと迫る。

「あのっ、やめてください。やめっ――」

「わぁい、カイボーだ〜」

アリエルをリムルに襲《おそ》わせておいて、アニーは自分の服に手をかけた。ドレスのジッパーを下ろしかけて――ジークにくるりと顔を向ける。

「なに見てんのよ！　あんたはもうっ！」

「見てやしないだろ！」

ジークは抗議した。アリエルがリムルに襲われはじめたところで、すぐに顔をそむけている。

「あたしのほうを見るなっていってんの！」

「ご、ごめん――」

ジークは反対を向く――と、リムルに白いジャケットをむしられているアリエルの姿が目に飛びこんでくる。あわててエレナのほうに顔を向けた。

「エ、エレナさん、そっちはどうだい――うわぁ」

見事なハート形をした尻《しり》が、左右に揺れていた。締《し》まったウエストをドアの枠に引っかけ、エレナはハンドルの下に頭を突っこんでいた。いつもと違ってセクシータイトなドレスの腰に、うっすらと下着のラインが浮きだしている。

「さあ、これでいいかしら」

ハンドルの下から聞こえるエレナの声とともに、パチッというスパークの飛ぶ音。つづけて、なにか凄《すさ》まじい音が聞こえてくる。それは車のボンネットの内側から響《ひび》いてくるエンジン音だった。

「なんだなんだ⁉　いま吠《ほ》えたぞ、その車！　怒ってんじゃないのか？」

「いえ。これガソリン車ですから」

「ガソリン？　なんだい、それ？」

「石油から作る化石燃料ですわ。四百年くらい昔は、車はみんなそれで動いていたそうですわね。いまは石油なんて、プラスチックの原料にしか使われていませんけど」

エレナが頭をつっこんだまま、尻《しり》で答えてくる。アクセルらしきペダルを押しているのか、エンジンのうなりが高く低く、脈動する。

「これ四百年も昔の車なのかよ⁉」

ジークはびっくりして、目の前の車を見つめた。

「あとはハンドル・ロックね――ジル、やってちょうだい」

エレナと交替して、ジリオラが前に出る。ハンドルに手をかけた彼女は――。

「ふんっ」

ばきっと――音がして、ハンドルは回転する自由を得た。

ジークは天を仰いだ。

「あーあ……。あとで損害の請求書《せいきゅうしょ》、送ってもらわなきゃなぁ。この車の持ち主に……」

「あら社長。いいんですのよ。これ――わたしの知り合いの車ですから」

「知り合いだって？」

「ええ。彼にはたくさん貸しがありまして――個人的に、ですけれど。それでこんな車一台じゃ、もうぜんぜん足りないくらい。清算させるなら、あと二台はもらわないと」

「あ、あの。それって、どういう……？」

妙に具体的な数字が、とても気になる。なぜ三台なのか。

「あら、気にしていただけるんですの？　――嬉《うれ》しいですわね」

急に女っぽい表情を浮かべたエレナに、ジークは困った。自分から地雷原に足を踏みこんでしまった気がする。

「着替え、終わったわよ」

「ああ、それはよかった――えっ？」

助かったとばかりに、ジークは振り返り――そこに立つ二人を見比べた。

「どう？」

「あの、あのっ――」

白で統一したパンツルックで、腰に手をあてているのがアニー。アリエルから奪い取ったゴム紐《ひも》で、髪もポニー・テールに結わえている。アリエルのほうは、アニーに押しつけられたブルーのドレスを着せられて、恥ずかしそうにスカートの前を押さえていた。流行《はやり》のデザインで、後ろはロングだが、前のほうは股下《またした》五センチのマイクロ・ミニになっている。

半ベソをかいているアリエルに、ジークは言った。

「うん。いいんじゃないか。似合うよ」

いついかなる場合においても、女の服は褒《ほ》めておいて間違いない。最近になって、そのことを学んだ。

　アリエルはさっきまでのアニーと同じように、金色の柔らかそうな髪を、下ろして肩に流していた。どうせ遠目でしか見ない。これならやつらも引っかかってくれる――かもしれない。

　ちょうどそう考えた時――店内へと続くドアが開いた。さきほどの男たちがわらわらと現れてくる。エアカーは捨てて、自分たちの足を使って駆《か》けてくる。

「よし、みんな乗った！　出るぞっ――」

　男たちを置き去りにして、ジークたちを乗せた二台の車は、駐車場《ちゅうしゃじょう》から別々に飛びだしていった。

✲✲✲

「うわぁぁぁあっ！　エレナさんっ、カーブ！　カーブぅうっ！」

　パッセンジャー・シートに座ったジークは、声を振り絞って絶叫した。

　誰《だれ》の目にも明らかなオーバー・スピードで、車はコーナーに突っこんでゆく。ガードレールに激突《げきとつ》して大破する場面が脳裏を駆けめぐる。

　膝《ひざ》の上に抱いたアリエルが、ジークの腕の中で体を固くする。こちらは声も出せないらしい。

　エレナはといえば――。

上機嫌で、ハミングでもしそうな――いや、本当に口ずさんでいた。この状況下で。

もうだめだと、ジークが覚悟を決めてから、さらにコンマ五秒が経過して――。

エレナはヒールを脱いだ素足《すあし》で、どかんとブレーキを踏みつけた。さらにもう片方の脚が、ブレーキとアクセル以外に生えだしている用途不明の三本目のペダルを踏む。ブレーキを踏んでいたはずの右脚の踵《かかと》が横にスライドし、器用にも、アクセルをちょこんと吹かしてみせる。

二本の脚で三本のペダルを操りながら、ハンドルが的確な量だけ切りこまれ、ギアが落ちた。ひとつひとつの動作をジークが追い切らないうちに、エレナの操る車はコーナーに飛びこんでいた。コーナリング・フォースに挫《くじ》けたタイヤが滑りはじめ、進行方向と違うほうに車体が向く。

それでいてエレナは、まだアクセルを踏みこんでゆくのだ。

ガードレールを突きやぶって崖《がけ》から大転落――という、ジークが脳裏に浮かべていたシナリオは、ついに訪れなかった。また次のコーナーに持ち越しだ。

尻《リア》を派手に振りながらコーナーを抜けた車は、次のコーナーに向けて自滅的な加速を開始した。ロケットエンジンでもついているような加速。これが本当に、四本のタイヤで地上を走る車の加速なのだろうか？

膝の上に抱えたアリエルの小柄な体が、ジリオラに匹敵する重さとなって、ジークにのしかかってくる。どうしてこの車には、重力中和機構《Gキャンセラー》がついていないのだろう？　必要だろう？

オープンカーなので、頭の真上を気流が通過してゆく。身を低くしていないと、髪が持っていかれて大騒《おおさわ》ぎとなる。右手に海をのぞむ曲がりくねったコースでありながら、短い直線区間《ストレート》の最終速度は、時速百キロを軽く越えていた。

四本のタイヤをずるずると滑らせ、ほとんど真横を向きながらも、車は最後のコーナーを駆《か》け抜けた。

曲がりくねったワィンディングを抜け、椰子《やし》の木の立ちならぶ一本道に入ってゆく。

「直線に出たわね——どう、後ろはついてきてる？」

「えっと、待ってくださいー——」

アリエルはフロントガラスの枠に取り付けられた小さなミラーを、くいとひねった。バックミラーごしに、後方を確認する。エレナの操るこの車で、前以外の方向を向くのは御法度《ごはっと》だった。最初にそれを試したジークは、首の筋を違えることになった。

「いえ……見えません。まいちゃったみたいです」

「そうね。でも、すぐ追いついてくるわよ。ここからしばらく、直線だもの」

「それなんですけど、エレナさん……」

アリエルはダッシュボードから取りだした地図を広げてみせた。車の持ち主《オーナー》の男の趣味《しゅみ》だろうか、いまどき紙の地図だ。

「この先、三マイルほどいったところに、ハイウェイの入口があるみたいです。そこに入れば、この子なら……」

そう言って、アリエルは車のドア枠を撫《な》でた。ちょうど同じタイミングでエレナがギアをシフトアップしたものだから、車はアリエルの手にこたえたように身を震《ふる》わせた。

「そうね。この障害物がなくなったら、四速に入れられるかしら――」

そう答えながら、エレナは右に左に――リズムを刻みつつ車を操っていた。路上の走行車は、避《さ》けてゆく。ナビ・システムで走っているかぎり、速度は制限速度の五十キロなわけであり、百八十キロで吹っ飛ばしているこの車とは、相対速度で百キロ以上もの隔たりがある。こちらから見れば、すべての車は止まっているようなものだった。

「あのっ、来ました！　エアカーです！」

ジークは首を少しだけ動かして、ミラーを覗《のぞ》いてみた。まっすぐ伸びる直線道路の後方五百メートルほどに、何台かのエアカーが映っていた。

ワインディング・ロードで引き離された鬱憤《うっぷん》をはらすかのように、ホバーの出力を目いっぱい上げて、地上を這《は》う走行車の頭上を飛び越えて進んでくる。連中にとっては、障害物はないに等しい。

「数は、ええと……五台です」

アリエルの頭が動いて、ミラーが隠れてしまう。シートに深く沈んだままで身動きが取れず、マップを見るのも後方の警戒《けいかい》も、みんなアリエルの役目になってしまっていた。エレナの百と八つある特技のひとつを体で味わいながら、こうして女の子の重みと丸みを体の前面で受けとめ、首筋に顔をうずめつつ、すこし汗のまじった体臭をかいでいる他《ほか》にすることがない。

どこか世慣れしていない感じはあるものの、胆《きも》の据わった女の子だった。歳《とし》はジークやアニーと同じくらいだろうに、これだけの修羅場《しゅらば》がつづいても、まるで音《ね》をあげようとしない。追われていると言ったが……。あの黒服の男たちと、あちこちでこんなことを繰《く》り返してきたのだろうか？

「あと一マイル――あっ！　せまって来ました！　一台――」

「ちょっとごめんよ」

ジークはアリエルの肩ごしに手を伸ばして、バックミラーの角度を変えた。一台のエアカーが、ぐんぐん距離を縮《ちぢ》めて迫ってくるのが映っている。

シート裏の工具入れから見つけておいた二十二ミリのスパナ――ホイール用のばかでかいやつだ――を手に取り、よく狙《ねら》いすましてから、ひょいと上に放り投げる。時速百八十キロの風圧が、スパナを後方に運んでいった。

鉄塊の直撃《ちょくげき》を受けたエアカーのフロントグラスが、まっ白に変わる。当然のごとく防弾になっているはずだが、弾丸とスパナでは質量が違う。

視界を失ったエアカーは、連れの一台を巻きこんで道路の外に飛びだしていった。パイナップル畑に突っこんで、砂塵《さじん》を巻きあげる。

「あと三台ですっ！」

「君のアレは使えないのか？　あの『お願い』ってやつは？」

「だめなんです。あの子たちのＡＩ、視覚も聴覚もブロックされてますから――」

アリエルが叫び返してきた時、バックミラーの端に何かが映ってきた。

「くそっ！　今度はヘリかっ！」

なめるように低空を飛行して、二機のヘリコプターが追いあげてくる。エアカーよりも、さらにたちの悪い相手だった。いちおうは道路上を走ってくるエアカーと違い、地形などおかまいなしで追いかけてくる。

「だいじょうぶよ。もうハイウェイに入るから」

「なに言ってんだよ！　相手はヘリだぞ！　三百キロは出せる相手なんだぞ！」

「三百キロ？　――なら楽勝ね」

エレナは薄《うす》く笑って、アクセルを踏みこんだ。

すでに百八十キロも出ているというのに、ふたたび蹴《け》りあげられるような加速がやってくる。シートのクッションが底付きし、二人分の体重を受けとめた尻《しり》の何十センチか後ろから、ずるずると空転《ホイールスピン》しながら車体を前に押し進めようとする、極太タイヤの躍動《やくどう》が伝わってくる。

ハイウェイに登る導入路を駆《か》けあがり、一瞬《いっしゅん》、空中に飛びあがりながら本線に乱入《オーバーパス》する。

ヘリのほうはもちろん、数十メートルの高みから、ハイウェイを包むフェンスを飛びこえてきた。

「追ってくるぞ！」

ミラー越しにヘリの姿を追いながら、ジークはエレナに叫んだ。

「まだまだ……。引っぱって……、はいっ、四速……」

シフトアップとともに、レッドゾーンに飛びこみかけて息つぎしていたエンジンが生気を取り戻す。

ヘリとの差は——縮《ちぢ》まらなかった。

それどころか、徐々に開きつつあるではないか。

「このコブラ！　チューンして二千馬力出るって自慢してたの、本当だったのね！」

「この子！　コブラっていうんですか！」

エレナの言葉に、アリエルが叫びかえす。この速度になってくると、怒鳴《どな》りあわないと会話も成立しない。

だんだんと遠ざかってゆくヘリを見つめながら、ジークはアニーたちのことを考えていた。

四人の乗った車には、アリエルの服と髪型をまねたアニーが乗りこんでいる。こちらについた追手の数は思ったより少なかったから、うまく引きつけてくれたに違いない。

障害物の多い都市部では、腕につけたコミュニケーターによる連絡もシティ・ネットを経由することになる。盗聴の危険があるので連絡は取りあわない。作戦の打ち合わせなどろくにしていないが、すべて了承済みだった。チームとはそういうものだろう。

アリエルの髪に顔をうずめながら、そんなことを考えていたジークは——腕のコミュニケーターが呼びだし音を響《ひび》かせていることに気づいた。

風の音にまぎれて聞き落としていたらしい。ジークはあわてて、耳元にコミュニケーターを持ってきた。

『ちょっとっ！　そっち聞こえてんの！　聞こえてないのっ⁉　やいこら、ジークのマザコン！　年増好みっ！』

「おい聞こえてるぞっ！　なんだそのマザコンってぇのはっ⁉」

『あら、なに——聞こえてるなら返事なさいよね、もうっ。それより大変なのよ——』

「おい気をつけろよ！　盗聴されるぞ！」

『わかってるわよ、そんなこと！　だいじょうぶ、こっち、もう空にあがってるから——いまスポット波をそっちにあてて、直通で話してんのよ』

ジークは思わず空を見上げそうになり——首筋の痛みに、うめき声をあげた。

宇宙船が飛ぶのは成層圏に近い高度だ。どうせ見上げても、肉眼では見つけられないだろう。

『ハイウェイを気持ちよく爆走《ばくそう》してるとこ、悪いんだけど——もう五マイル先で、検問やってるわよ。道路を完全封鎖《ふうさ》して——うそぉ、戦車まで出てんのっ⁉』

「戦車だってぇ⁉」

ジークは耳を疑った。疑りながらも、頭の中では暗算をしている。

時速三百キロで、五マイルを駆《か》け抜けるのに要する時間は――ええい、めんどくさい！　なんでこの惑星《ほし》は距離にマイル法なんて使ってんだろうか――出た。

一分と三十数秒。話しこんでいた時間を差し引くと、もう一分半しか残っていない計算になる。エレナに目を向ける。片手でハンドルを持ちながら、腕のコミュニケーターに耳をあてているのが見えた。

「エレナさん！　いまの聞いてたろ⁉　もうちょっと速度落としてくれ！」

「あら、いやよ――年増なんて言われて、引き下がれるものですか」

さらりと答えながら、エレナは流し目を、ちらりとななめ後方――上空に向けた。その行方《ゆくえ》をバックミラー越しに追ったジークは、ヘリの姿を見つけてぎょっとなった。

いったんは引き離したヘリが、距離をじりじりと詰めてきつつあった。ベイから乗りだした狙撃手《そげきしゅ》が、ライフルをこちらに向けている。まだ撃《う》ってきていないのは、それが射程の短い麻痺銃《スタナー》だからだろう。

屋根のないオープン・カーでは防ぎようがない。速度を落とせないわけだ。

「あと一分と十五秒ですよっ！　どうするんですっ⁉」

「いや、どうするって言っても――どうにもできないよ。オレたちにはさ」

「そんなっ――――！」

アリエルが息を呑《の》む。――と同時に、腕のコミュニケーターから、アニーの声が聞こえてくる。

『だからあたしたちがいるんでしょ――って、あの娘《こ》には聞こえてないわよね』

「いいえ聞こえてます！　どうするんですか、えっと――アニーさん？」

彼女にはまだ、コミュニケーターは渡していない。会話に参加してくるのは不可能なはずだった。それこそ、電波を聴けるというのでもないかぎり――。

『いまそっちに急降下してるところ。宇宙船で行くわよっ！　チャンスは一度、上空十五メートルから拾いあげるわ。接触まで、あと五十八秒！』

アリエルの言葉は、アニーにも届いているらしい。いったいどうなっているのやら――。ジークは当面の問題を片付けるために、そちらの問題はとりあえず棚上げすることに決めた。

「こちらジーク！　どうやってそっちに乗り移る？」

さすがに今回ばかりは、打ち合わせが必要だ。

『こちら《チビドラ》！　縄梯子《なわばしご》ってのはどう!?』

「こちらジーク！　了解――けど勝手に船に名前つけるな！」

『オーケー！　こちら《チビドラ》、あと四十五秒！　鍵《かぎ》くれたくせに！　あたしへのプレゼントなんだから！　あたしが好きに命名していいでしょ！』

「オレの船だっ！　鍵は預けただけだっ！　ところで速度はこのままでいいのか？　二百キロ

ぽっちじゃ、そっちの失速速度、割りこんでやしないか？」

『ちょっと苦しい――でもなんとかする』

その言葉を聞いて、ジークは背筋が寒くなった。アニーが弱音を吐くというのは、よっぽどのことだ。

「エレナさん！　この車！　もっとスピードでないのかい！」

「そうね。たしかニトロも積んでたって言ってたけど……どれかしら？」

「あっ、もしかして――この赤いボタンですか？」

アリエルの指が、カバーに保護《ほご》された赤いボタンを探しだしていた。何気なく押しこんだ、その途端《とたん》――。

「きゃっ！」

車《コブラ》は、恐るべき加速を開始した。

排気管《エクゾースト・ノズル》から炎を吹いて、三百キロもの高速域から、さらに速度を増してゆく。タコメーターがレッドゾーンに突入し、速度計の針は、三百八十まで描かれた速度計を振りきって、まだ上昇してゆく。

アリエルの体重を受けて、ジークは潰《つぶ》れかけていた。風防の役を果たしているフロントグラスが、びりびりと異常な振動をはじめたかと思うと、次の瞬間《しゅんかん》には砕け散っていた。

ガラスの破片が四百キロの突風に乗って、アリエルとエレナの二人に襲《おそ》いかかる。

「きゃっ！」

その瞬間《しゅんかん》、ジークは腕の中で身を縮《ちぢ》めた少女を、守りたいと思った。そして――。

すでに馴染《なじ》みとなった、あの感覚がやってきた。

アリエルとエレナ――二人の顔面に襲いかかろうとしていたガラスの破片は、宙に浮かんだまま一瞬静止し、つぎの瞬間には、二人を避《さ》けるようにして風に乗って運びさられていった。

胸元にしまいこんだ《ヒロニウム》は、おそらくいま――輝《かがや》きを放っているのだろう。

どうせ輝いてくれるなら、もっと早くにきてくれれば楽だったものを――そんなことを考えたのがいけなかったのか、ふっと、心を満たす高揚感は消えさってしまった。

風の音がふたたび聞こえるようになる。

「嘘《うそ》だろ、おいっ！」

ジークは叫んだ。

あと十五秒――。ハイウェイの先に築《きず》かれたバリケードが、視界に入ってくる。たしかにあれは戦車だろう。最新のＡＩ制御のやつではなく、えらく旧式な手動のやつだ。

「シートベルトを外せ！　立ちあがるぞっ！」

ふたりの女に声をかけ、体を支えてやりながら、シートの上に半立ちになる。

あと十秒――。

風圧で顔が歪《ゆが》む。目もまともに開いていられない。

あと五秒――。

手元が急に暗くなる。

太陽を覆《おお》い隠して、頭上から何かが迫ってくるのがわかった。宇宙黎明期《れいめいき》から変わらぬデザインの、シャトルの三角翼《さんかくよく》――。

目の前に降りてきた何かに、手をのばして――つかみそこねる。

この風圧の中、二人の女たちは目を開けることができず、ジークの体にしがみついているばかりだった。その命運がこの手にかかっている。

二度目のチャレンジでは、縄梯子《なわばしご》は向こうからジークの手の中に飛びこんできた。ジークはこの時ほどアニーを抱きしめてやりたいと思ったことはなかった。

シャトルが急上昇をかける。ぐっと、縄梯子に引き上げられて、二人の体は空へと昇った。

一瞬遅れて、地上では大爆発《だいばくはつ》が起こった。

時速四百キロで、戦車に向かって飛びこんだのだ――四百年前のガソリン車が、燃料タンクに大量の可燃物《ガソリン》を抱えたまま。

「そういえば、ニトロもあったっけか?」

二人の美女を両わきに抱え、縄梯子をしっかりとつかみながらジークはつぶやいた。

危機を脱したというのに、なぜか船は加速を続けていた。

ハッチを外側からこじあけて、船内に転がりこんだジークたちは、コックピット目指して登っていかねばならなかった。

加速状態にある船の通路というものは、真上に伸びる煙突にも等しい。壁《かべ》に埋めこまれた非常用のタラップをひとつひとつ引きだして、一段一段自分の力で登っていかねばならないのだ。

『現状渡し』を条件に、中古で買い叩《たた》いたボロ船だった。重力装置はずいぶん昔に故障したままで手もつけられずに放置されている。前の持ち主がどうやって生活していたのか不明だが……。そんなわけで、エンジンがプラズマを吹いているあいだだけ、船内通路は垂直の煙突にかわるのだ。

「あのっ、上見ないでくださいっ……。ぜったい、ぜったい、ぜったい……」

呪文《じゅもん》のようにつぶやきながら、アリエルはタラップを登ってゆく。

やってきたときのショートパンツという格好のままなら、いらぬ心配だったろう。あいにくと、彼女の服はアニーに剥《は》ぎ取られたままだった。アリエルのひとつ上を行くエレナは、ガーターの奥にベージュ色の下着をちらつかせながら、平然と段をすすめている。

「ふぅっ……ようやく到着ですわね」

上方から、エレナの声が聞こえてくる。下着ばかりで見えないのだが、コックピットに到着したらしい。

「もうっ、なんでこんなに重いのかしら――あっ！」

軋《きし》みながらハッチの開く音が聞こえ――リムルが上から降ってきた。

「ジークぅ！　おかえりぃ――ぐぇ」

落下途中のリムルをキャッチする。腕が首に極《チョーク》まってしまったようだが、いちばん下まで転落して、壁に張りついた身の掃除を自分ですることになるよりましだろう。

エレナとアリエルにつづいて、コックピットに這《は》いあがったジークは、ひとりで操縦士席《そうじゅうしせき》に座るアニーに聞いた。

「おいアニー、なんでまだ加速してるんだよ？　あやうくリムルが落ちるとこだったぞ」

「そうだよ。落ちるととっても痛いんだよ」

アニーは前を向いたまま答えた。

「ハッチなんかに座ってるから悪いのよ。それよりジークとエレナさん、早くこっちきて手伝って！　追手が――」

そう言うなり、アニーはいきなり操縦桿《そうじゅうかん》を引き倒し、船体を横にひねった。窓一面にうつった大空を、一瞬《いっしゅん》、航空機の影が通り過ぎてゆく。

「なんだなんだ⁉　また追手か？」

「ネクサス空軍よっ！　ニルフォートの空軍基地からスクランブルしてきた戦闘機《せんとうき》っ！」

機体をジグザグに飛ばすシザーズという機動法で追手を前方にやりすごしつつ、アニーが叫んでくる。

「なんだって正規軍が追ってくるんだよ！　おい、なんて言ってきてる⁉」

「リムルに聞いて！　あたし忙しいんだから！」

「おいリムルっ⁉」

リムルの姿はなかった。アリエルだけが、ひとりでぽつんと立っている。

「あのっ、いま落ちちゃったんですけど――。ここから、ぴゅーって……」

「そうか。あぶないから、ここはしめとこうな」

ばたり――と、開いたままのハッチを、ジークは閉じた。

「さあ、シートについて」

「でもっ――」

アリエルのお尻《しり》を押して、シートの上によじ登らせる。ベルトの状態を確認してから、自分も席に体を固定する。

「速度を落として一定高度にしろって、言ってるわね」

早くも通信コンソールについていたエレナが、インカムに耳をあてている。

「従わない場合は撃墜《げきつい》するって――そうも言ってきてるかしら」

「あのっ、それはないと思います」

ハッチから目をあげて、アリエルがそう言った。

「根拠は？」

「私が乗ってます」

「なるほど」

単純明快な答えだ。

ジークはアニーに叫んだ。

「アニー！　かまわないから振りきれ！　戦闘機はたぶん、ただの時間稼《かせ》ぎだ」

「たぶんなんてことで、全員の命を賭《か》けないでよね！　あたし知らないからね！」

アニーがスロットルを押しこむと、シャトルはぐっと速度を増した。同時に機首を引きあげて、成層圏を目指す。

中古でボロの貨物船だ。最新鋭《さいしんえい》の戦闘機に、機動性でかなうはずもない。だがたったひとつだけ、相手の真似《まね》できないものを持っている。

航空機というものは、空気のあるところでしか飛べない。そしてこちらは、どんなボロであっても宇宙船のはしくれだ。

ゆっくりと上昇速度を稼ぎながら、成層圏を飛びだすまでの数分間――。編隊を組んだ戦闘機は何度となくちょっかいを掛けてきたものの、実力行使はついに行われなかった。至近距離をかすめる威嚇《いかく》射撃ではなしに、本物の命中弾――という意味であるが。

コックピットの窓の外から、空の青さがゆっくりと失われていった。そのかわりに黒く澄《す》みわたった宇宙空間が上から降ってくる。

ようやく宇宙に帰ってきて、ジークはほっと息をついた。

はるか下方を――長く伸びる飛行機雲を引きながら、戦闘機《せんとうき》の編隊がうらめしそうに飛んでいる。ミサイルを撃《う》とうと思えば撃てたはずなのだ。そうなっていたら、こちらは回避《かいひ》しようがなかった。

「さあ、つぎは宇宙軍のおでましかしらね」

パネルを操作して、操縦《そうじゅう》系統を空力制御の航空モードから、慣性航法の宇宙モードに切り替えつつ、アニーは不機嫌そうにつぶやいた。自分が税金を収めている国の軍隊に追いかけられる気分というのは、いったいどんなものだろう。

ジークはベルトを少し緩《ゆる》めると、身を乗りだして壁際《かべぎわ》に顔を近づけた。壁から生えだしているホーンのカバーを開いて、大声を吹きこむ。

「おーい、カンナっ！　そっちはどうだ！」

『ヤッてるヨ！　ったくモウ――荒っぽい操船しやがって。こっちはタンコブが一ダースはできたゾっ！』

朝顔のようなラッパの向こうから、カンナの声が飛びだしてくる。非常用として備えつけられている伝声管だった。となりにはインターホンもついてはいるが、当然ながら、故障したままだった。

「まだレーダーには映ってないが、こりゃあたぶん、宇宙軍も出てくるぞ――あとどのくらいかかる？　ジャンプできるようになるまで？」

カンナたちがいるのは機関部のはずだ。二人の姿がコックピットになかったとき、ジークはすぐピンときた。

この年代物のシャトルは、K《一千天文単位》級のジャンプを可能とする恒星間宇宙船でありながら、圏内シャトルと同程度の大きさ――というかシャトルそのもの――という独特なコンセプトを持っていた。近年の大型船による大量輸送の波に押され、百年も前に生産は打ち切りになったと聞いている。

このシャトルは跳躍機関《ジャンプ・ドライブ》が不調をきたして。ただの機動往還《おうかん》シャトルとして売りに出されていたおかげで、格安で買い取ることができた。自分たちの船を持たず、人材派遣会社の真似事《まねごと》をして稼《かせ》いだ半年分の資金をすべて注ぎこむことにはなったが、安い買い物だったと自負している。

カンナの技術力を使って、別途入手したエルメシウム――跳躍《ちょうやく》機関のコアとなる神秘金属を組みこみ、《サラマンドラ》と同じM《百万天文単位》級の恒星間宇宙船として改装するプランがあったものの、実行は一週間先の予定だった。

さいわいながら。必要な機材は積みこんである。さっき送りこんだリムルもあわせて、三人で作業しているはずだ。

『そうさね――。あと一時間ってとこか？　――おいコラっ、ばかリムルっ！　それに触るんじゃぁナイってーの！　いいからジルのほう行け、ジルのほう！』

ジークはレーダー画面を監視《かんし》しながら、カンナに言った。

「だめだ。十五分でやれ。十五分で！　いま自転方向《スピン・ワード》に船が現れてきた。この船じゃすぐに捕まっちまうぞ！」

『無茶《むちゃ》いうナイ！　せめて三十分にまけロ！』

「いいや、だめだ――」

レーダー画面を移動してくる光点の速度を見て、ジークは息を呑《の》んだ。

宇宙軍で最も足の速い船――中央星系から輸入した最新鋭《さいしんえい》の高速艇《こうそくてい》クラスの相手――が出てくることは予想していたが、レーダー上で迫ってくるその相手は、通常の三倍の速度を持っていた。

「五分だ！　準備できたら言え！」

『てめぇこのヤロ、ばかジーク！　皮カムリの――』

ぱたりと、伝声管のカバーを閉じて悪態をカットする。

　レーダー画面では、船がぐんぐん近づいてくるところだった。かなりの相対速度を持ったまま、こちらと交差する軌道を取っている。

「軌道交差まであと十二秒だ！　くそっ、ぶつけてくる気かよ！　最接近点は前方千メートル！　ニアミスするぞ！」

　副操縦士席《ふくそうじゅうしせき》でジークは叫んだ。普段はカンナの役割になっている航法支援を行って、アニーの見ているＨＵＤにデータを送りこむ。

「いい度胸じゃない。ぶつけてやるわ！」

　何を血迷ったか、アニーはスロットルを押しこんだ。

「おいアニー――！」

　相手の船がやって来た。

　正面の窓一面に赤い船影が映ったかと思うと。一瞬後《いっしゅんのち》には斜め後方に抜けてゆく。まばたきひとつするあいだの出来事だった。

　激しい揺れが襲《おそ》ってくる。相手の船がひいていったプラズマの中に突っこんだおかげで、前後左右、あらゆる方向に揺さぶりがかかる。

「ふん、なかなかやるじゃないの――敵さんも」

　揺れが収まりかけたところで、アニーが不敵につぶやく。

　最接近時の相対距離は、たったの百メートルしかなかったと、そう記録には出ていた。まともな相手なら、びびって軌道を変えていたはずだ。いやそれよりも以前に――まともな相手なら、千メートルなんて距離にも来ようとはしないはずだ。航宙船舶運行法で定められた宇宙船同士の安全距離は、最低でも百キロ以上となっている。

いったんはすれ違って後方に抜けていった敵船は、減速をかけつつ、ぐるりと回りこもうとしていた。

おそるべき機動性だ。軽く百Gは出ている。計器が壊《こわ》れていないとすると、それは宇宙海賊キャプテン・ディーゼルの船――《ワイバーン》にも匹敵する加速性能だった。

「なによあの女っ！　嘴《くちばし》からお尻《しり》まで、ぜんぶ赤一色の船ですって⁉　信じらんない！　なんて悪趣味《あくしゅみ》！」

「なんで向こうが女ってわかるんだ？　もしかして、知り合いとか？」

「知らないわよ！　でもねっ！　《ノーザン・フェニックス♥》なんて、船名にハートマークつけてるやつが男だったら、くびり殺してやりたいわねっ！」

あの一瞬《いっしゅん》に、どうすれば船名まで読みとれるのだろう。

ジークが呆《あき》れていると、エレナが声をはさんできた。

「その相手から、通信が入ってきてますわよ。――メイン・モニターのほうに回しましょうか？」

「出してくれ」

コックピット上部にある、ひびの入った古ぼけた九インチ・モニターに灯《ひ》が入る。

女の声が飛びだしてきた。

『止まれ止まれ！　止まれっていってんでしょ！　こォの犯罪者どもっ！　ぶっ放して、ぶっ飛ばして、宇宙のチリに変えちゃうから！　命が惜しかったら、いますぐ止まりなさ〜い！』

腰までの赤毛を振り乱して、女が叫んでいた。二十歳《はたち》そこそこ。口を閉じてさえいれば、たぶん、かなりの美人だろう。船の色とコーディネートしているのか、身に着けたスパース・スーツも見事なまでに赤一色だった。

その横から、ひょいと男がフレームの中に入ってくる。

『あー、君たち。悪いようにはしないから、すぐに停船しなさい。どのみち逃げられっこないというのは、わかっているんじゃないかな？　追いかけっこはやめにしておこうよ。疲れるからさ』

なんとも気の抜けることを言ってきたのは、目の細い――いかにも善人顔といった男だった。女よりもいくつか歳上《としうえ》に思える。

「ふ、ふん……そっちがこちらを攻撃《こうげき》できないってのは、わかってるんだぞ。せいぜい逃げさせてもらうさ」

『ライナスっ！　やっておしまいっ！』

腕組みしたまま、女が叫ぶ。名前を呼ばれた男は、ジークに肩をすくめてみせた。

『やれやれ……。血の気の多い相棒を持つと、苦労するんだよねぇ。悪く思わないでくれよ――』


衝撃《しょうげき》が、きた。

巨大なハンマーを振り下ろされたように、船体がスピンをはじめる。

「うわっ！」

「きゃっ！」

ジークとアリエルは叫び声をあげ、アニーは声もあげずに必死に操縦桿《そうじゅうかん》を操った。複雑な三次元スピンが一回転以上回る前に、ぴたりと止めてみせる。

回転がおさまって、ジークはモニターをチェックした。被害状況は――右翼《うよく》だ。シャトルの右翼の先端が、一メートルほど吹き飛ばされている。

『もう片方も、もらっておこうかねぇ――』

ふたたび、衝撃――。

こんどの回転は、前よりも長く続いた。たっぷり十数秒ほど回ってから、ようやく停止する。

数十キロもの距離を隔てていながら、針の穴をつくような正確な射撃だった。左翼の先端も同じようにもぎ取られていた。シャトルの船体でもっとも重心から遠いその場所は、普通は姿勢制御バーニアの据えつけられている位置である。

『いいざまね！　さあライナス、とどめをさしておしまいっ！』

『もう忘れてるね。スカーレット。僕らの任務はＡＩ使いの身柄の確保だよ。とどめを刺しちゃったら、また任務失敗になっちゃうじゃないか』

「任務だって？　そうか——地表《した》で追いかけてきた連中も、お前らの手下だな？　お前らいったい、何者だっ！　なんでアリエルを追う！」

心底——意外そうな顔で、女は言った。

『あら、この辺境であたしの名前を知らないだなんて……。あんたたち、もぐりの悪党ね？』

そこでおもむろに腕組みをして、後ろにふんぞり返ってから、女は名乗った。

『キャプテン・スカーレットとは、あたしのことよ！』

「きゃ、きゃぷてん……だって？」

ジークは思わず聞き返していた。

宇宙には、どこに行っても決して変わらないルールがひとつだけ存在する。〝キャプテン〟を名乗ってよいのは《ヒーロー》か——さもなければ、《ダーク・ヒーロー》だけなのだ。

「わかった！　おまえ《ダーク・ヒーロー》だなっ！　アリエルをいったいどうするつもりだっ！」

女——スカーレットは形のいい眉《まゆ》を逆立てた。

『あんだとぉ！　この犯罪者どもっ！　この《情熱の赤《パッションズ・レッド》》が見えないのかっ！』

彼女の周囲に、ぶわりと真紅のオーラが噴《ふ》きあがる。その透明感のある赤い色は、彼女が

《ヒーロー》であることを証明していた。もし《ダーク・ヒーロー》であれば、同じ赤でも、邪念のこもったどす黒い赤になるはずだ。

相手が《ヒーロー》であるとわかっても、ジークはまだ信じられなかった。

「せっ、正義を守るのが《ヒーロー》じゃないのかよ！　こんな女の子ひとり追いかけ回して、なにが正義だよっ！」

スカーレットはジークの言葉を鼻で笑うと、芝居がかった声を張りあげた。

『正義、それはなにッ⁉』

自分で問いかけ——自分で答える。

『それはッ！　あたしの中にあるものっ！』

「だめだこりゃ」

ジークはあきらめた。話して通じる相手ではないらしい。

（アニー、いいか？）

（ええ、いつでもいいわよ）

小声で言うと、アニーはスロットルに手をかけた。

無駄話をして時間を稼《かせ》いでいるあいだに、船はネクサスの軌道に浮かぶ巨大建造物——宇宙樹《ユグドラシル》の近くまでやってきていた。あとたったの五百キロ——距離スケールの桁《けた》が変わる宇宙では、もう目と鼻の先だ。

さっき攻撃《こうげき》されたとき、二度目のスピンを止めるのにアニーが時間をかけていたのは、相手に悟られないように船の向きを変えるためだった。

『あんたっ！　さてはニュース見てないわね！　このあたしの華々しい活躍《かつやく》を知らないだなんて！』

となりのライナスが、うんうんとうなずく。

『そうそう。阿鼻叫喚《あびきょうかん》の大破壊《だいはかい》とか、家を失って途方にくれるお父さんとかさ――見てない、そういうの？』

『あれは事故よ、事故なんだから！　どうしてあんたはっ！　いつもそうひと言多いのっ！』

ライナスの頭を、スカーレットが拳骨《げんこつ》で殴り倒す。

「いまだ！」

がっ――と、加速がかかる。さっきよりもレスポンスがいい。機関室で作業しているジリオラたちが、跳躍《ちょうやく》機関だけでなく、通常動力にも手を入れてくれたようだ。

『こら待てッ！　待ちなさーい！』

「悪いけど、どつき漫才《まんざい》の宅配《デリバリー》は頼んだ覚えがないんだ。お代は払えないよ」

『誰《だれ》がどつき漫才なのよっ！』

「じゃあ、夫婦《めおと》漫才なのかい？」

警告《けいこく》もなしに、いきなり発砲があった。

ビームが船腹をかすめてゆく。さきほどと違って当てるつもりで撃《う》ったのだろうが、赤いビームは虚しく宇宙に消えていった。

射撃《しゃげき》の腕前は、ライナスという男のほうが上らしい。

『待たないと、コロス』

向こうもようやく加速を開始する。

性能の違いは明らかだったが、向こうの目的が捕獲《ほかく》であると知ったいまならチャンスがあった。

『まあまあ、落ち着きなよスカーレット。両舷《りょうげん》のバーニアを吹き飛ばしてるんだ。そうそう逃げられはしないさ』

「ふんっ、おあいにくさま！」

操縦桿《そうじゅうかん》を握りしめて、アニーが言い返す。

「この船はねっ！　そんなところについてるメイン・バーニアなんて、もう何十年も前から壊《こわ》れたままなんだから！　痛くもかゆくもないわよっ！　ふーんだっ！」

『なんてボロ』

「なんだとぉっ！　あたしの船をボロって言ったわね、ボロって!?」

『ボロ船。ポンコツ。スクラップ。トンいくらの目方売りの鉄屑《てつくず》。博物館の骨董品《こっとうひん》。へへんだ。見なさい！　このあたしの美しい船――ノーザン・フェニックス号をっ！』

『惑星連合の備品だから、僕らの船じゃないんだけどね』

スカーレットの拳《こぶし》がうなりをあげ、ライナスは姿は画面外に消えた。

「その下品でまっ赤なフラミンゴがどうしたっていうのよ？」

『不死鳥《フェニックス》よっ！　もう許さないっ！』

「ふふん。ついてこれるものなら、ついてきなさい」

アニーは不敵に笑うと、宇宙樹《ユグドラシル》に飛びこんでいった。巨大な建造物の表面に開いたわずかな隙間《すきま》——数十メートルばかりの亀裂《きれつ》を通り抜けて、内部に侵入する。

直径百キロメートルにわたる空間が広がっていた。ネクサスに無限の富を与えているエネルギー施設は、どうしたわけか、稼働《かどう》を停止していた。

本来ならまばゆい光に満たされているはずの空間は、夕闇《ゆうやみ》ほどの明るさでしかなかった。外層の葉《リーフ》を支えている何本もの茎《シャフト》は、淡い光をまとったままでアイドリング状態に落ちている。

ジークは背後を振り返った。エレナとアリエルの二人が、情報ターミナルの前についている。額《ひたい》に汗を浮かべてターミナルを操作していたアリエルは、ジークと視線が合うと、にこっと微笑《ほほえ》んでみせた。

『待ちなさーい！』

スカーレットの声とともに、リーフの一枚を外側から粉砕して、まっ赤な船体が内部に侵入してくる。

『うわぁ、熱い熱い——わけでもないねぇ。なんだ、止まってるじゃないか、宇宙樹《ユグドラシル》。よかったねぇ、スカーレット』

稼働中の宇宙樹《ユグドラシル》の内部は、高密度のニュートリノが渦巻く危険地帯だった。飛びこんでくる前にためらうだろうと思ったのだが、認識があまかったようだ。

「アニー！　時間を稼《かせ》げるか？」

ジークはとなりに座るアニーに聞いた。こうなってはもう、肩に手を置いてはげますくらいしか、ジークにできることはなさそうだ。

「あたしを誰《だれ》だと思ってるの？　宇宙樹《ユグドラシル》育ちのアニーさんなんだから！」

加速力と機動力、すべてにおいて上回る船を相手に、アニーは一歩も譲《ゆず》らなかった。螺旋《らせん》を描いて茎《シャフト》を舞い降り、ここで育った者しか知るはずのない構造材の隙間を通り抜けて、相手の距離を稼ぐ。

「よぅし——こいこい、そのままついてきなさいよぉ」

『言われなくっても、ついてってやるわよっ！』

張りあっているつもりか、スカーレットは律義《りちぎ》に同じ航跡をトレースしてくる。

『スカーレット。僕はね、これはちょっと無謀《むぼう》だと思うな』

『うるさいっ！　あんな小娘にできてあたしにできないことがありますかってーの！』

『いや、そうじゃなくて、僕の言いたいのは、向こうの作戦にわざわざ乗るっていうのは──』

「さぁ！　いっちゃぇー！」

アニーが操縦桿《そうじゅうかん》を操る。船はひょいと、何かを避《さ》けた。

スカーレットたちの船は進路を変えず──そして激突した。レーダーにも映らないそれは、空間に張り渡された極細のテザーだった。

いくら《ヒーロー》といえども、あらかじめ知っていなければ避けようがない。

秒速数キロという高速で片翼《かたよく》をテザーに引っ掛けたノーザン・フェニックス号は、こまのように回った。スピンなどという生易しいものではない。カメラでも追いきれないほどの高速回転で、遠心分離機のように回っている。

「お、おいアニー！　いくらなんでもやりすぎだ！　なにも殺しちまうことはないだろ！」

あれでは中の人間は、壁《かべ》に張りついて挽《ひ》き肉《にく》になってしまうだろう。

「ふんっ！　相手はふたりとも《ヒーロー》なんでしょ？　あんたは自覚ないかもしんないけどね、こんなもんで《ヒーロー》がくたばるもんですか！　ほらっ──見なさいよ！』

アニーの言う通り、スピンは徐々に弱まっていった。船体各部から噴《ふ》きだすバーニア噴射《ふんしゃ》が、回転を止めようとあがいている。

ノイズの乗っていた映像画面が復旧し、よろよろとよろけるスカーレットの姿が画面に戻ってきた。

『よ、よ、よ——よくも、やってくれたわね。うぃ～……気持ち悪い。目が回ったァ』

『ああ、痛かった。頭を打ったじゃないか。死ぬかと思ったよ』

ひょいと登場したライナスは、額《ひたい》を押さえている。

「なるほど——そうか。そうだよな！　《ヒーロー》だもんな！」

《ヒーロー》の不死身ぶりを見せつけられて、ジークはひとつの案をひらめいた。

「エレナさん！　宇宙樹《ユグドラシル》のセキュリティだけど——」

「ええ、もうとっくに破ってますわ。アリエルが手伝ってくれてますから」

「じゃあ、あれもできるな？」

「はい。もちろん——」

「アニー！　全速だっ！　すぐにここから飛びだせっ！」

「オーケー！」

アニーがスロットルを押しこむ。船は全速で、いちばん近い葉《リーフ》へと向かった。

『まっ——待ちなさいッー　こらぁっ！』

追いかけてこようとしたものの、スカーレットの船はあさっての方角に加速した。まだ目が回っているらしい。

ジークたちの船は、隙間《すきま》をくぐって宇宙樹《ユグドラシル》へと飛びだした。

「エレナさん、アリエル！　やってくれっ！」

「あ、あのっ――でもっ！」

「いいから、やれっ！」

ジークの声に、アリエルが姿勢を正した。

「はっ、はいっ――。いい子だから、お願い！」

幾重にも折り重なった葉《リーフ》の隙間《すきま》から、ぱあっと、光が漏れだしてくる。宇宙樹《ユグドラシル》が稼働《かどう》を再開したのだ。本来なら、内部に異物の入っている状態では安全装置が働くようになっているが、アリエルに『お願い』されて舞いあがったAIは、有頂天になってエネルギーの生産をはじめた。毎秒ごとに、十の十五乗ジュールという途方もないエネルギーが渦を巻くことになる。

「よ、よしっ――逃げるぞっ！　カンナ！　そっちはどうだっ⁉」

ジークは伝声管のカバーを開き、声を吹きこんだ。

「あ、あのっ。でもっ。だいじょうぶなんでしょうか、あの人たち――」

「だ、だいじょうぶさ――たぶん。なんたって《ヒーロー》だもんな」

ジークがそう言ったとき――。

『ま、ち、な――さぁーいっ！』

声とともに、葉《リーフ》の何枚かが内側からぶち破られた。主砲の赤いビームが、はるか虚空に向けてまっすぐ立ちのぼる。

「ほらなっ！」

もうどうにも手がつけられなかった。《ヒーロー》に追われる悪役の気分がどういうものか、ジークは理解した。

「跳躍機関《ジャンプ・ドライブ》、まだかっ！」

『準備完了だワサ！』

真紅の船が姿を現した瞬間《しゅんかん》——。

ジークたちの船、《チビドラ》は超空間に突入した。

第二章　ゴースト・プラネット

「そこのラチェット取ってくれないか。あとエクステンダーと、八ミリのボックス……」

「あっ、はい――これですね」

ハンドライトの明かりの中、ジークは手渡された工具を使ってアクセス・パネルを外しにかかった。四隅を固定しているボルトを外し、太い束となった配線を剥《む》きだしにする。ひと抱えほどもある配線の束は、船の中枢神経にあたる根幹配線だった。ここから枝分かれするようにして、船体の隅々まで光電子《オプトロニクス》複合ケーブルが伸びているのだ。

超空間に飛びこんで、スカーレットとかいう女性《ヒーロー》の船をまいたはいいが、通常空間に出現した《チビドラ》は、それっきり機嫌をそこねて動かなくなってしまった。調整なしで動かしたこともさることながら、惑星の重力場の近くでジャンプ・インしたことが大きな原因だ。跳躍機関《ジャンプ・ドライブ》にエネルギーを食わせる巨大なコンデンサから溢《あふ》れだしたバックファイアによって、あちこちの回路が焼かれてしまっている。

「くそっ、だめだな。手がはいらない……」

なりはボロでも、さすがに《サラマンドラ》と同時期――人類の科学力がピークを迎えていた百五十年前――に設計された宇宙船だった。シャトル級のサイズで恒星間航行を可能にするという無茶《むちゃ》なコンセプトを叶《かな》えるため、コンパクトな中にぎっしりと機材が詰めこまれている。パネルの内側は整備性など考えていないのではないかという有様で、手の入る隙間《すきま》がどこにもない。どんな場所でも大人の男が入りこめるだけのスペースが確保されていた《リラマンドラ》とはえらい違いだ。

「あの、私――やりましょうか？」

ジークが袖《そで》をまくりあげて、もういちどチャレンジしようとしていると、アリエルが遠慮《えんりょ》がちに言ってきた。

彼女の細い手と自分の手を見比べて、ジークは場所を譲《ゆず》った。

「じゃあ。頼むよ」

ジークがふわりと動いたスペースに、まだ無重力に慣れていないアリエルが、手足をばたつかせながらやってくる。彼女の手は、回路の奥に簡単に入りこんでいった。

「A二十七の分岐点《ジャンクション》に、入ってるプリズム――そう、たぶんそいつだな」

紙のマニュアルのページを開きつつ、アリエルに指示を出す。

「自己診断させた答えでは、そいつがイッてるって話だった。どうだい？」

引き抜いたカートリッジをライトに透かし、アリエルは答えた。

「――曇《くも》ってますね。だめみたいです」

「交換したいとこだけど、洗浄機おくりでなんとかごまかそう。――カンナ？　そっちに頼めるか？」

『あいヨ。渡しナ』

伝声管のラッパ口は、船内各部に等間隔に生えだしていた。

機関部で作業しているカンナの声が、五メートル間隔で通路に生えているラッパから一斉に聞こえてくる。糸電話の原理を応用した伝声管だけは、融合炉が止まって電力と光の供給が断たれても、なんの不自由もなく動作していた。

まっすぐ伸びる通路の奥に、狙《ねら》い定めて部品を投げる。三十メートルほど先が機関部だ。ジークは次のページを開いた。

「よし。次は操縦《そうじゅう》系統だな。フィードバックがふにゃふにゃしてるって、アニーがぼやいてたアレだ」

アリエルの腰に手をあてて、軽い体を横に動かす。次の配線を指差してみせた。

「あのっ――」

懐中《かいちゅう》電灯の淡い光の中、アリエルが振り返って、ジークの顔を見つめてきた。

ジークはアリエルの腰から。ぱっと手を放した。

「あっ――これはべつに変な意味じゃないんだ。ほらっ、人間の重心ってのは腰にあるもんだしさ」

『べつに肩でもいいでしょうが、支えるだけなら』

『ジークのえっちぃ』

「うるさいな。彼女、無重力は初めてなんだから、しかたないだろ」

コックピットで操縦系統を整備しているアニーとリムルから、まるでこの場にいるようなタイミングで茶々《ちゃちゃ》が入る。どこにいようが、船内のすべての会話はまる聞こえなのだ。

手を放しているとアリエルの体はふわふわと漂いだしてしまう。ジークはふたたび彼女の腰を捕まえた。

顔と顔が向きあって、アリエルは言った。

「あの……。色々あって、私まだジークさんに言ってませんでしたよね。私を追ってきてた人たち……。じつは惑星連合の人たちだったんです」

「まあ、そんなことだろうと思ったさ。じゃなかったら、《ヒーロー》なんて出てくるわけないものな」

彼女の口から聞かされたところでは、さして驚《おどろ》きはない。もうとっくに予想のついていたことだった。

惑星連合というのは、人類唯一の統一組織だ。百数十名にもおよぶ公認《ヒーロー》と、彼らを支援する誓約をたてた星系国家からなる巨大な組織で、多くの星系がこれに加盟している。

加盟国の数は、全独立国家の三分の二にも及び、その決定は人類全体の意志といっても過言ではない。

「あの……。聞かないんですか？　私がどうして追われているのかって……」

「言いだせるようなことなら、もう言ってくれているはずだろ？　そうでないのは、言いだせない理由《わけ》があるんだと思ってさ」

「あの……、どうしてなんです？　理由《わけ》も聞かずに、どうして助けてくれるんです？　相手は惑星連合なんですよ？」

アリエルはジークに腰を抱かれたまま、いまにも泣きそうな顔で訴えた。

「どうしてって、そりゃぁ……」

『下心があるからに決まってるわよねー』

『ジークのえっちぃ』

「おまえらうるさいぞ！　仕事しろ、仕事！　あと一時間で復旧させないと、オレたちみんな、酸欠でお陀仏《だぶつ》なんだからな！」

伝声管の蓋《ふた》をぱたんと閉じ、外野の声をシャットアウトする。

「そうだな……。まぁ、仕事だから……かな」

「仕事……ですか？　お仕事だから？」

「うん。まあ、そういうこと」

ジークは曖昧《あいまい》にうなずいた。自分で言っていながら、正解とはほど遠い気がする。だがほかにうまい言葉がみつからないのだ。

「あの、それだけ……ですか？」

「えっ？」

ジークは思わず聞き返していた。アリエルが一瞬《いっしゅん》だけ浮かべた表情が、なんだか寂しげなものに見えたのだった。

「いえ、なんでもないです。忘れてください。ええと――つぎは操縦《そうじゅう》系統でしたよね？　このグリーンのワイヤーでいいんですか？」

「あっ、えっと――」

ジークはマニュアルのページをめくった。こまごまとした記号ばかりが並ぶページを指先で追いながら、ふと、前から聞こうと考えていたことを思いだす。

「あのさ。友達とか、多いのかい？」

「えっ？　友達……ですか？」

悩むような質問でもないだろうに、アリエルはしばらく考えこみ、それから口を開いた。

「あの……六人、です。ジークさんとエレナさんと、アニーさんと――みなさんで、六人です」

そこでいったん言葉を切り、アリエルは言いにくそうに続けた。

「あの、私……。ずぅっと、その――お家《うち》から出たことなかったから。だから友達はいないんです」

「人間じゃなくて、ＡＩの友達ならたくさんいるんだろ？　そっちのほうは何人くらい？」

　はじめからそちらの意味で聞いていた。

　こんどは、アリエルの答えは早かった。

「八百万種類くらいです。数で言ったら、銀河中にそれこそ何千億もあると思いますけど、個性っていうのかな？　そういうのがだいたいそのくらいです。安全運転が自慢の車の制御ＡＩ君とか、温かいお湯をお腹《なか》に抱えていると幸せな湯沸かしポットくんとか、図書館管理の司書ＡＩさんとか……。いろいろあって、八百万種類くらい。毎年新しいものはどんどん出てきてますけど、ＡＩの種類って、もう何十年も前から増えてないんですよ」

「ふぅん……八百万か。すごいもんだな」

　世の中に出まわっているＡＩのすべてが彼女の味方ということだろう。自動化された都市にいるかぎり、彼女には常に味方がいることになる。なにしろ八百万だ。惑星連合の手練《てだれ》を相手に逃走を続けられたのは、ただの幸運ではなかったのだ。

「ＡＩの子たちって、工場をロールアウトしてからの個体経験って、あんまり多くないんです。それに同系の子たちの間でデータ交換とかしてますから、どこでどの子と出会っても、なんか向こうのほうで私のことを覚えていてくれていて……。でもひどいんですよ。ほとんどのＡＩ君たち、私と、ひいひいお婆《ばあ》ちゃんの区別がついていないみたいなんです。たまにお話しできる子と出会っても、『やあ、ラナエル、ひさしぶりだね』、なんて言ってくるんです」

そこまで言って、アリエルは、はっと自分の口を押さえた。

「あの、ごめんなさい。こんなお話、ぜんぜんおもしろくないですよね?」

上目がちに見つめられて、ジークは言った。

「そんなことないよ。オレにもひとり、AIの知りあいがいたし……」

「ほんとですか? どんな子です?」

「思考機雷の組み込みAIでね、オレの船――ああ、この船じゃなくて、前の船のほうだけど、そこの武器庫に百何十年もしまわれたままになってて――」

そこまで言って、ジークは口を閉ざした。興味深《きょうみ》そうに聞き入っているアリエルには悪いが、その先を話す気にはなれない。彼女《ジェニファー》のことは、まだ誰《だれ》にも話していなかった。アニーにも、誰にも――。

ジークは話題を変えることにした。

「ところでさ。あの女たちが、君のことAI使いって呼んでたけど……。どっちかっていうと、たくさんの騎士《ナイト》に守られているお姫さまって感じだよね。さしずめAIの国のお姫さまってとこかな」

「そんな、お姫さまだなんて……。私、そんなんじゃありません。ぜったい!」

アリエルがぶんぶんと首を振りたくったとき――。

『みんないまの聞いた？　お姫さま――ですって？　どの口で言うのよ？　言ってて恥ずかしくないのかしらね？』

天井のスピーカーから聞こえてきたのは、アニーの声だった。

『あら、口説《くど》き文句としては、悪くないと思うけど？　ねぇ社長、あとでわたくしにも、言ってくださいません？』

『オマエも成長したねぇ、私ャうれしいよ』

『ジークのえっちぃ』

ジリオラを除く四人が、勝手なことを言ってくる。鳩尾《みぞおち》をえぐってくるボディ・ブローだ。

「でっ、電力が復帰してんなら！　とっとと明かりつけろよな！」

『いやぁ、邪魔《じゃま》しちゃ悪いと思ってさァ――』

『ジークえっちだもん。スイッチ入れちゃうもん』

リムルの言葉に、ジークは慌てて叫んだ。

「ま、待てっ！　まだ重力は――」

遅かった。

「きゃっ！」

「わわっ！」

人工重力が立ちあがり、床と天井の区別が生まれる。ジークとアリエルは床に向かって落下した。

「あいたたっ……。おい、だいじょうぶか」

「あっ……」

ひと声、短く声をあげたきり、アリエルは体を固くしていた。

絡みあって落下した体は、正面から抱きあう形になっていて——言葉で言いあらわせないほど危険な体勢だ。

「いや、あのこれは——」

『言い訳なんかより、はやくどいたら？　見えてなくても、なんかわかっちゃうのよね——』

声だけのアニーの忠告に従って、ジークはアリエルの上から体をどかした。

服の埃《ほこり》をはたく仕草《しぐさ》を意味もなく何度も繰《く》り返し——それからようやく気づいて、のろのろと起きあがろうとしているアリエルに手を差し伸ばす。

「あのっ、あのっ——」

ジークの手を借りて立ちあがったアリエルは、耳たぶまで赤く染めて——ジークの顔をまともに見ることなく、通路の奥に走り去ってしまった。

「おいっ、おまえらのせいだからなっ！」

ジークは天井に向けて叫んだ。走り去るとき、彼女の目の端にちらりと涙が見えていた。

『馬鹿《ばか》ね。女の子を泣かせた責任は、その場にいた男にあるってゆーの、知らないの？』

『そそ、大宇宙の真理だぜい』

「知るかっ！」

誰《だれ》もいない通路で、ジークは天井に向かって叫び声をあげた。

✪✪✪

降りかかるような夜の暗闇《くらやみ》も、シャトルの翼《つばさ》の下までは入ってこない。

三本の脚でしっかりと大地に降り立った機体の下に、ジークたちは即席のキャンプを作っていた。不時着に近い形で惑星上に降り立ってから、もう三時間ほどが経過している。大気圏への突入で熱を持っていた機体もすっかり冷えきってしまい、翼の外側から、冷たい夜気の侵入を許してしまっている。

機体から引きだしてきたケーブルに、照明デバイスが裸のままぶら下がっていた。いまエレナがシチューを煮ている鍋《なべ》は機首の半球形のレドームを取り外したものだし、コンロがわりに使われているのは、燃焼室《チェンバー》の前段に位置する推進剤予熱用のヒーターだ。

地上に降りて本格的に手を入れだしたために、あちこちに分解されたパーツが転がっている。

調理器具には事欠かない。

いい匂《にお》いが漂ってきて、腹の虫が、ぐうと鳴き声をあげる。

慣れた手つきで大鍋をかき回しながら、エレナが言った。

「おなかすいた？　待ってて、お兄ちゃん。もうすぐシチューができるから」

「そう、そりゃぁよかっ……いいやっ！　よくないっ！」

ジークは大声をあげた。あやうくうなずいてしまうところだった。

「あら。どうしました？　社長？」

「どうしました、じゃないよ！　なんだいエレナさんっ、いまのはっ！」

たしかに十五年前の世界では、そう呼ばれていたこともある。だからといって二十代も後半になる大人の女性が、十も歳下《としした》の男に「お兄ちゃん」はないだろう。

「わたし、いまなにか変なこと言ったかしら？」

「もう、いいよ」

ふたりきりになると、時々こうやって意地悪をされる。ジークがこちらの世界に帰ってきてもう半年にもなるが、いまだに許してもらっていない。十五年前の世界から、この現代へ――停滞力場《ステイシス・フィールド》で戻ってくるときに、なにも言わず黙《だま》って出発したことを根に持っているのだ。

「どうも火が弱いわね。カンナ、そっちで何かやってる？　電圧上がらないんだけど――ねぇカンナったら！」

タラップの奥から返事はこない。エレナは腰を上げ、機内に登っていった。

「おッ、いい具合にできてるじゃナイか」

エレナと入れかわるように、ひょいとカンナが反対側のタラップから降りてくる。

「けどアイツの味付けって、どーも薄《うす》くていけないいんだヨ」

言うが早いか、後ろ手から塩の瓶を取りだし、どばどばとシチューに振りいれる。

「おゥ。こんなモンだワサ」

お玉がわりの曲面検査ミラーでかき回し、ぺろりと味見する。

「なにこそこそしてんだよ。年寄りだから濃《こ》い味がいいって、はっきり言えばいいだろ?」

「ヤなこったい。怖いもん。それに誰《だれ》が年寄りかい。私ゃ見ての通り九歳だヨ、キュウサイ」

カンナは腰に手をあてると、薄っぺらい胸を張ってみせた。十五年前に見せたナイス・バディは見る影もない。

十五年前の事件では、カンナも同罪となっていた。エレナは怒らせると怖いのだ。泣きじゃくりながらジークを迎えたアニーとは違って、大人のエレナは張り手の一発でジークを迎えたものだった。

「さてッと、オニが帰ってくる前に退散するかね」

「あっ、カンナ――」

こそこそと機内に戻ろうとするカンナを、ジークは呼び止めた。

「なぁ、ラナエルって人……知ってるかい?」

「ああ、伝説的なハッカーだったナ。ネットワークの魔女《まじょ》だとか、ＡＩ使いとか、いくつも異《い》名《みょう》を持ってたがね。それがどうしたい？」

　タラップを踏みかけた姿勢で、カンナは答えた。

「そのＡＩ使いってやつ、なんなんだい？」

　カンナはタラップから脚を戻して、ジークの向かいにやってきた。エレナが腰をのせていた工具箱に、小さな尻《しり》をおろす。

「イマ現在使われてる八百万種のＡＩ——そのすべてに共通する基本システムを組みあげた女さ。まッ、ＡＩ達にとっちゃ、神様みたいなもんだナ」

「そのラナエルって人が、彼女の——アリエルのひいひいお婆《ばあ》さんだっていうんだよ」

「まッ、そんなこッたろうと思ってたサ。だって生き写しナンだもんヨ」

「おいおい……知り合いかよ？」

「私にャ劣るが、なかなかキレるヤツだったナ。頭蓋《ずがい》のなかに端末モジュール埋めこんだり、人里離れた辺境に電子の要塞《ようさい》みたいなシェルター作って、ひとりで住み着いたり——まッ、行動のほうもなかなかキレてたが」

　ジークはうなずいた。カンナの友人というなら、まともであるはずがない。類は友を呼ぶというやつだ。

　しかしアリエルの曽祖々母《そうそそぼ》といえば、四代も前の人物だ。年数にして、ざっと百数十年も昔の人間ということになる。

「前から聞こうと思ってたけど、お前って、いったい何歳なわけ？」

「レディに歳《とし》を聞くもんじゃないヨ。おっと――オニが来たから退散だワサ」

カンナが姿を消すと、エレナが戻ってくる。

「もうっ、カンナったらどこにもいないのよ。そろそろできあがるのに――。ジルたちは、まだ戻ってきません？」

ジークはうなずいた。

ジリオラとアニー、リムルの三人は、近くの街に部品を取りに行っているところだ。地図《マップ》でみたところでは、片道ざっと五十キロ。非常用に積んであった折りたたみバイクの速度では、往復でたっぷり三時間はかかる距離だった。

通信機も故障してしまったのか、惑星上のどことも、いっこうに連絡がつかない。しかたなく、直接出かけていくことになった。ついでに手に入るようなら部品の調達と、あと食料だ。いま鍋《なべ》で煮込まれている材料は、そこらの畑から拝借したものだった。

宇宙を漂流しているあいだにできたのは、応急修理だけだった。間にあわせの工作で跳躍機関《ジャンプ・ドライブ》を数回だけ動かし、部品の手に入りそうな惑星になんとか辿《たど》り着けたまではよかったが、大気圏に入ったところで力尽きてしまった。宇宙港まで飛ぶことができず、こんな片田舎《かたいなか》の道路に着陸するはめになってしまったのだった。

降りた場所は見渡すかぎり一面の畑という、ど田舎《いなか》もいいところではあったが、この惑星自体は、それなりに発展しているはずだった。必要な部品の入手に不安はない。

「おっ……帰ってきたみたいだぞ」

道の向こうにヘッドライトの明かりを見つけて、ジークは立ちあがった。

「いや、違うな……ありゃ車か」

地平の果てからだんだんと近づいてくる光点は、横に二つ並んでいた。ジリオラたちのバイクなら、ライトは三つになるはずだ。

ジークはハンドライトを手にして、シャトルの翼《つばさ》の下から歩きでた。ライトのモードを赤色に変えて、頭上で振りたくる。道の真ん中にシャトルが止まっているのだ。相手もさぞ驚《おど》くことだろう。

車はジークの手前で停止した。大型のバンだった。

「ただいま〜……っと、どうしたの？　なんかあったの？」

前席からアニーの顔がひょっこりとのぞいている。

「お前ら……、また盗んできたのか？」

「盗んだなんて人聞きの悪い。やめてよ。この車はね、借りてきたの！」

「知ってるか？　無断で借りることを、〝盗む〟っていうんだ。いつも言ってるけど、うちは堅気《かたぎ》の会社なんだからな。だいたいお前、お嬢《じょう》さま育ちのくせに手癖《てくせ》わるすぎるぞ」

冷えこんできた夜気の中に立ったまま、ジークがいつもの小言を口にすると、アニーはすねたように口をとがらせた。

「だって断ろうにも、誰《だれ》もいないしさ……しかたないじゃないの」

「誰もいない？　嘘《うそ》つけ、二千人は住んでるはずだぞ」

ジークは眉《まゆ》をひそめた。船のデータバンクから引っぱりだしたガイドによれば、五十キロ先の街――というより村という規模だが――の人口は約二千人。誰もいないということはないだろう。

もっとも、中古で買ったきりで、まだデータ更新もしていない。何年前のデータなのか、わかったものではないのだが――。

「シチューできましたけど……？　なにかあったんですの？」

エプロンで手を拭《ふ》きながら、エレナがやってくる。

「わぁい！　もうおなかぺっこぺこだったのぉ！」

リムルがまっさきに車から飛び出してくる。ジークはため息をついて、アニーとジリオラのふたりに手招きした。

「来いよ、話は飯のあとだ」

シチューはちょっぴり塩からかった。それでも腹がふくらむと、気持ちも穏《おだ》やかになってくる。

「食べないのー？　ねっねっ、じゃあぼくもらっていーい？」

目をきらきらと輝《かがや》かせて、リムルがアリエルに言い寄る。食欲がないのか、アリエルはこくりとうなずいて、ほとんど手をつけていないシチューをリムルに手渡した。

「あんた、太るわよ」

「育ちざかりだから、いいんだもん。お肉ぜんぶ胸につくもん」

また余計なことを口にして、アニーにばしばしと叩《たた》かれる。

「だけどさぁ、へんな街だったわよ――ねぇ、ジル？」

ひとしきりリムルを叩いてから、アニーはジリオラに顔を向けた。ジリオラがうなずいて同意するのを見て、ジークは身を乗りだした。アニーやリムルが騒《さわ》ぐならともかく、ジリオラが言うなら、それはただ事ではない。

「へんって、どう変なんだ？　そういえばさっき、人がいないとか言ってたな」

「あのねあのね、だれもいないんだよ。お店ですいませーんってやっても、だれもいないの」

口の中にシチューをいれたまま、リムルが答える。

「そうそう。店とかはやってるみたいなんだけど、レジにいっても誰《だれ》もいないし……。見かけたのっていえば、わんこが一匹だけ」

「わんこ、かわいかったね～」

「それで、修理屋はあったのか？　そのために行ったんだろうが？　子供の使いじゃないんだぞ」

「ちゃんと見てきたわよ。あの街には修理屋はないみたいだから、ナンバー調べて、となりの大きなサウス・シティっていう街の解体屋やら、ジャンク屋やら、いろいろね……」

「そこまでやってて、なんで手ぶらで戻ってくるんだよ？　ちゃんとその街まで行ってきたんだろうな？」

「だって……。誰も映話《ヴイジフォン》に出ないんだもん。コール音が鳴るばかりで、どこも出やしないのよ？　なんか怖くなっちゃって……。ね？　明日みんなで行こ？　ねっ、ねっ？」

「みんなお祭りでもやってて、忙しいんだよぉ。きっと」

ようやく食べ終わったリムルが、皿のシチューをなめとりながら気軽なことを言う。

「あの……私、お片付けします」

重くなりはじめた会話を打ち切るように、アリエルが皆の皿をまとめはじめる。

「お水節約しなきゃならないから、砂でみがくのよ。知ってる？」

「はい」

エレナとふなりで片付けをはじめたアリエルの背中を見つめながら、ジークは言った。

「まあとにかく、今夜はもう遅いから、明日の朝だな。朝一番で、そのサウス・シティってところに行ってみるとするか。どのみちパーツを手にいれなけりゃ、ここから動くこともできないんだから」

「車もってきたからさ、みんなで行けるよね」

「盗んだ、の間違いだろ？」

「あら、それじゃあ、お弁当つくらなきゃ。でも材料っていったら、ジャガイモしかないのよねぇ」

「ぼく、おいも好きだよ～」

ドライブじゃないんだぞと思いつつ、ジークはため息をついた。

✹✹✹

「おまつり、やってないねー」

窓から身を乗りだして、リムルが言う。

サウス・シティはかなり大きな街だった。例のあてにならないガイド・マップによれば、人口はだいたい十万人ほどとなっている。

ひたすらまっすぐな道路を二百キロほど南下して、そろそろ市街に入りつつあった。畑以外の緑が目に見えて増えはじめ、道の両側にぽつぽつと住宅なども見えている。はるか遠くには、雲の合間に首をつっこむような高層ビルも見えている。

日が昇るころに出発して、いまは朝の七時前だった。ジョギングする人の姿を期待していたのだが、いまだにひとりも見かけていない。

窓の外を流れてゆく街の景観を見つめながら、ジークは考えこんでいた。

どうもへんだった。なにかがおかしい。

最初は、こちらの通信機が壊《こわ》れているのだと思っていた。宇宙港などに呼びかけても応答がないばかりでなく、ラジオなど、民間の放送電波もまったく拾えなかったからだ。

だが今朝《けさ》こちらの通信機をテストしてみたところ、送信、受信ともに異常はなかった。

だいたいにおいて、無許可で惑星上に降りてきたシャトルが路上に無断駐車《ちゅうしゃ》しているというのに、宇宙局も警察《けいさつ》も出動してこないというのも、あり得ないことだ。

考えられる理由は、ただひとつ――。

それを確かめなくてはならない。


「ぼくねぼくね、これいっぺんやってみたかったんだー！」

路上で大の字に寝転がって、リムルがはしゃぎ声をあげる。

片側四車線。シティの中央を走る大通りだった。時刻は午前九時。普通ならＡＩ制御のエレカーが行き交って、寝転がったりすればあっというまにぺしゃんこにされてしまうところだが――。

すべての車は、路上に停止していた。しばらく前に、アリエルがエレカーの一台に話しかけていたが、ヘッドライトが瞬《またた》いてちゃんと反応は返ってくる。誰《だれ》かが乗車してきて、目的地を告げてくれるのを待っているということだ。

　ざっと見ただけでも、何十台というエレカーが路肩に止まっているが、どの車内にも人の姿はなかった。

　路上にも、そしてビルの中にも——。どこにも人はいない。

　ショーウィンドウの並ぶ道の先に、一軒の喫茶店があった。からんとドアの鈴を鳴らして、ジークは店内に入ってみた。近くのテーブルの上に、コーヒーカップが置きざりにされている。半分ほど減ったカップの縁《ふち》には口紅がつき、灰皿の中には、すっかり灰になった煙草《たばこ》が転がっている。

　別なテーブルの上には、半分ほど食べかけたランチセットが見られた。

　ジークに続いて店内に入ってきたカンナが、食べ残しの検分をはじめる。

「ふんふん。パンがカチカチになってるワサ。料理のほうも、まだ腐ってナイか。だいたい、一日か二日ってところかい」

　つづいて店内にはいってきたアニーが、こわごわと店内を見回した。カンナと違って、そこらのものには触れようとしない。

「なんかさ……、こわい映画《ホロ・ムービー》でこーゆーのあったよね？　人がいなくなっちゃうっていうやつ……。あたしホラーだけはだめなのよぉ……」

そう言って、ジークのジャケットの裾《すそ》をきゅっと握ってくる。

「やめろよ、らしくない」

つかまれていた裾をもぎ離して、ジークは言った。

「何か出てきても、きゃー、なんて、悲鳴あげないでくれよな」

「なによ。こう見えても半分はお嬢《じょう》さまなんですからね。もっと大事にしてもらわなきゃ。なにか出てきたら、とうぜん守ってくれるのよね？」

「やなこった。助けあうのが仲間っていうんだ。守られているだけの仲間なんて、聞いたことないね」

「オッケー。じゃあ、これでいいんでしょ？」

手のひらを見せて、アニーは言った。その顔にようやく笑いが浮かんでくる。つられてジークも笑いかけた。

「たぶん、なにも……出てこないと思います。この惑星《ほし》はもう済んだところですから」

アリエルが、そう言ってきた。店の片隅にある映話《ヴィジフォン》ボックスを使って、検索画面で何かを調べている。

「あのさ。それって、どういう……。なにが済んだっていうんだ？」

ジークの問いを無視するように、車内モニターをのぞきながらアリエルは言った。

「部品でしたよね。四ブロック先のディーラーで、中古でなくて、新品が手に入るみたいです。

行きましょう――」

✵✵✵

棚に積まれたパーツの山に手を突っこみ、アニーはタグに記された型番を読みあげた。

「あっ、これ使えるんじゃない？　プラズマ・インバーター、MN七四〇四――」

「コッチにしとけってばサ、どうせタダなんだからヨ。MN五四〇四――軍需規格だぜい」

紙箱に収められた金属のU字管を、カンナが重そうに引きずってくる。

ジークたちは宇宙船ディーラーの部品倉庫に侵入していた。シャッターはバールでこじあけた。レーザーガンを持った警備《けいび》ロボットはアリエルが手懐《てなず》け、いまリムルの遊び相手となっている。

「じゃあこっちのやつは、スペアにもらっとこーか？」

「あのねぼくね、そんなにたくさん、車にのらないと思うんだ」

警備ロボットに「お手」を仕込みながら、リムルが言う。

「じゃあ、あんたひとり、走って帰んなさい。あんたが乗らないぶん、パーツ積むから」

「アニーがいじめるぅ」

「おいおい、一台で運びきれる量にしとけよ」

「いいジャん。ついでだから、もっともらっておこうぜ。どうせ誰《だれ》も見てやしないんだ」

「そうねぇ、経理担当者としましても、船倉に積みこめるだけ持っていきたいところですわね。ここには請求書《せいきゅうしょ》を送ってくる人は、いらっしゃらないようですし……」

「おいおい、エレナさんまで……」

「そこらの路上に落ちてる車、もう一台ひろってくればいいでしょ？　トラックかなんかさ」

「だから、落ちてるんじゃないっていうのに……」

パーツを漁る女たちの目付きは、まるでバーゲンのワゴンにでも挑むかのような感じだ。とてもついていけそうにない。女たちから目を離して、ジークはアリエルのほうに顔を向けた。

彼女はパーツ漁りに加わるでもなく、かといってリムルのように警備ロボットと戯《たわむ》れているわけでもない。棚のひとつに背中をあずけて、所在なげに立っている。そのアクア・ブルーの瞳《ひとみ》は、どこか遠くを見つめていた。

「おいジーク。おマエ、暇そうだナ？　じゃあ買い出しでも頼もうかね――」

アリエルのほうを見ていると、いつのまにか足元にカンナが寄っていた。半ズボンのポケットから、なにやら紙切れを取りだしてくる。

「道の向かいにスーパーがあったろ。アリエルとふたりで、あそこに行ってコイ。買うモンは、みんなこのメモに書いてあっからサ。食いモンに、着るモンに……あと日用雑貨やら、なにからナニまでだ。そうそ、パンツとかは、ちゃんとカワイイの選んでこいヨ」

「いや、でもさぁ――」

　ジークは言いかけた。暇そうにしているのは、ジリオラとふたりで周囲を警戒《けいかい》していたためで、べつにさぼっていたわけではない。ジャケットの内側に差しこんだ手は、銃のグリップをしっかりと握りこんでいる。

　下から伸びてきたカンナの手に、ジークは耳をつままれた。向こうの背丈まで強引に引きおろされる。

「いててっ……」

　耳元に口を寄せ、カンナは小声で言ってきた。

（わかってるヨ。分離行動はしたくないって言うんダロ。まあ心配すんな。こっちにゃジルが残る。それにたぶん、ここにはもう危険はないダロ）

　アリエルのほうをちらりと見てから、ジークも小声で返した。

（どうしてそんなことがわかるんだよ？）

（オンナの勘ってヤツさ。どうやって人間だけ消しちまったのかはワカランが、どこにも争った形跡がナイってことは、それが一瞬《いっしゅん》のあいだの出来事だったってコトさ。さもなければ、時間でも止めて、そのあいだに人間だけさらっていったか――）

（やめろよ。怖くなるだろ。夜トイレに行けなくなったらどうしてくれる。だいたいまだわからないだろ。なにが起きたのか、なんてさ――）

（このボケナス。マダわかんないのかい？　だからそれを聞きだしてこいってゆーの。アリエルが口を割りそーなのは、おマエさんだけだロ。それにおマエといるのが、いちばん安全だ。《ヒロニウム》――ちゃんと持ってきてんだロ？）

（う、うん。あるけど……）

どんなときでも、ペンダントは服の下につけるようにしている。

「あの、私……。お買い物、してくるんですか？」

遠くを見るような目付きのまま、アリエルが顔を向けてくる。

「あ、ああ……行こうか。オレと一緒だ」

カンナに尻《しり》を叩《たた》かれて、ジークはそう答えた。


「完熟ホールトマト、三缶――じゃなくて、三ケースか。それとサーディンのオイル漬けが……八ケース？　まったく――どれだけ詰めこむつもりだ？　こりゃあ船倉どころじゃなくて、通路まであふれだしちまうぞ」

棚にあるだけの缶詰を、アリエルと手分けして、つぎつぎとカートに放りこんでゆく。缶詰の半分も入れきらないうちに、カートはいっぱいになってしまう。ジークは口笛を吹いて、つぎのカートを呼びつけた。

どこでも見られる光景だが、ここのマーケットもカートは自走式になっている。客のあとをついて回り、商品をレジまで運んでくれるのだ。当然ながらＡＩを内蔵している。

ぞろぞろと、十数台ものカートを引き連れて、ジークたちはつぎつぎとコーナーを回っていった。

「ええと、食料品はこんなもんだな。つぎは、と――」

医薬品のコーナーに立ち寄って、列の後ろにもうひとつカートを増やしてゆく。そしてとなりの衣料方面に向かう。

毛布やらタオルやら、色も柄もまったく気にしないで、とにかく人数分を確保することに専念する。新しいカートをもう何台か呼びつけながら、ジークはアリエルの横顔にちらりと目をやった。

六人分のスリーサイズを渡された彼女は、黙々《もくもく》と機械的な動きで、服を選択していた。その手が下着の棚に伸びるようになり、パンツを選びはじめるのを見て、ジークは思わず目をそらした。

リストの最後まで完了したことを確認して、ジークは言った。

「えーと、まあこんなもんかな。それが終わったら、そろそろ帰ろうか」

「はい」

アリエルは静かにうなずいた。必要以上に口をきこうとせず、なにかしていても、心がここにないという感じだ。この惑星《ほし》にきてからというもの、ずっとこんな調子だった。

カンナには「聞きだしてこい」などと言われたものの、どうやって切りだせばよいのか見当もつかない。こういった仕事はエレナのほうが絶対に向いている。

西部劇《ホース・オペラ》の幌馬車隊《ほろばしゃたい》のように、ぞろぞろとカートの列を引き連れながらレジへと向かう。

どうせ誰《だれ》も見ていない。このまま素通りしてしまおうかと一瞬《いっしゅん》思いはしたものの、ジークはポケットに手をつっこんだ。

「私、払います」

白いショートパンツの後ろポケットから、すっとカードが出てくる。

「いいよ。オレが払うって」

「いえ、私に払わせてください。まだ仕事料だって払ってませんし……」

「じゃあ、払うのはやめた。このまま持ってくことにする」

ジークはそう言って、両手を広げてみせた。払わないことにしてしまえば、どちらが支払いをするかでもめることもない。車と宇宙船のパーツとで、すでにいくつかの前科ができている。もうひとつふたつ増えたところで、たいして変わりはしないだろう。

「だめです。このまま持っていっちゃったら、キャッシャーのあの子が可哀想《かわいそう》です」

見れば、オート・レジのキャッシャー・マシンが、期待に読み取り部《リーダー》を輝《かがや》かせつつ、アームをもじもじと動かしているところだった。

「わかった。わかった」

ジークは観念して手を振った。合図を受けて、横一列に並んだ二十数台のカートは、二十ほどのキャッシャーに同時に進軍した。

何台ものキャッシャーたちが嬉《うれ》しそうに数えあげた料金表示が、数字の列となって、ジークたちのいるキャッシャーに向けて流れこんでくる。

「げっ……」

表示された金額に、ジークは泡を食った。この惑星《ほし》の物価はとんでもなく高いらしい。仕事柄、各地の現地通貨は用意するようにしているが、足りるかどうか――。

そんな心配をしていると、アリエルがさっさとカードを出してしまった。

「はい、これでお願い」

「あ、だからオレが――」

アリエルの差しだしたカードを、アームが受け取ってスリットに送りこんでしまう。認証の行われる一瞬《いっしゅん》の間があり、まずカードの残高表示が出てくる。そこに現れた数字に、ジークはふたたび驚《おどろ》きの声をあげることになった。

「げっ――いち、じゅう、ひゃく、一千億ポンドぉ！」

「そんな驚かなくても……。オンラインのお金なんて、ただのデータですから……。増やそうと思えば、いくらでも増やせます。一兆でも、一千兆でも……。あ、心配しないでください。いまのお仕事のお金のほうは、クレジット通貨のほうでお支払いしますから。一枚だけ、ここにしまってるんです」

アリエルはショート・ブーツのかかとを、こんこんと床で鳴らしてみせた。

ジークが声もなく立ちつくしていると、キャッシャーを通ってきたカートたちが、ジークの周りにわらわらと群がってきた。

「わっわっ、おいこら、なんだよ。やめろって」

足元にまとわりついてくるカートたちは、ジークに運搬の指示を要求していた。駐車場《ちゅりしゃじょう》まで荷物を運ぶのもオート・カートの仕事なのだ。

「えーと、君たちはとりあえず、道路の反対側のディーラーに行っててくれ。わかるか？　あそこの、宇宙船ディーラーの、建物の、人口のところ。そこで車に積みこむから。オーケー？」

わかったのか、わかっていないのか、とにかくカートたちは、ぞろぞろと連れ立って表に出ていった。

握りしめたままの買い物メモをポケットに戻そうとしたジークは、リストに二枚目がついていることに気がついた。

「ええと……まだあるのか？　なんだって？　ナプキン……？　レギュラー三十個入りが四袋、スーパーが——」

そこまで読みあげたところで、ジークはその文字列のしめしているものが、生理用品であることに気がついた。

「ア、アリエルっ！　これ頼むっ！　頼むよっ！」

ばたばたとメモを振りたくる。できるなら投げだしてしまいたいところだ。

「……？　アリエル？」

アリエルの姿は、いつの間にか消えていた。

「おーい！　アリエルぅ！」

しばらく待ったが、返事はない。

ジークはジャケットの内側に手を入れた。ホルスターのホックを外し、レイガンのグリップに手をかける。

いくつかの棚をまわりこんで先に進むと、アリエルの声が聞こえてくる。

「――うん。それはまだ。でもだいぶ近づいてきてると思うから、もうすぐ――」

アリエルの姿は、二階に上がる階段のわきにある映話《ヴイジフォン》ボックスで見つかった。

「なんだ。映話《ヴイジフォン》か……」

「うん。わかってる――やっぱり巻きこめないものね。だから……」

話している相手の顔はモニターに映っていなかった。奇妙な幾何学模様が回転しているばかりだ。

終わるまで待とうと、ジークは棚に背中を預けた。

ふと――、どこにかけているのだろうと、疑問が浮かぶ。

人類が宇宙に乗りだして四百年にもなるが、星系間をまたぐ超光速通信というものは、いまだに実用化されていない。光年単位の通信は、もっぱら郵便船に頼っているのが現状だ。リアルタイムの会話がされている以上、相手は当然この惑星上のどこかということになるのだが――。

「おいアリエル！　誰《だれ》と話してるんだ」

ジークの叫び声に、アリエルは、はっと振り返った。モニターの画面を体で隠しつつ、後ろ手で回線を切断するのが見える。

「あ、あのっ――」

「いま話してたのは、どこなんだ？　いまの……もしかして、生存者じゃないのか？」

「な、なんのことですか――私、いま、ちょっと情報サービスを使ってただけです。誰とも話してなんか、いません」

「そっ――」

そんなはずはない。いまのは明らかに会話だった。

だが――ジークはその言葉をぐっと飲みこんだ。下手《へた》な嘘《うそ》をついてまで隠そうとするには、なにか理由があるに違いないからだ。

「そう……か。ごめん。オレの勘違いだったみたいだ」

「いえ、いいんです……」

ぎこちなく笑うアリエルとともに、ジークはスーパーをあとにした。

✺✺✺

その日の夕食は、重い空気の中で進行した。

エレナが手をかけたせっかくの品揃え《メニュー》も、味さえわからぬまま胃袋に送られてゆく。スーパーでの一件は、もうカンナには話してあった。皆にも伝わっていることだろう。

「わぁい、お肉お肉！　お肉だぁ！」

リムルだけがひとり、わかっているのかいないのか、明るい声をあげていた。ナイフとフォークをちゃきちゃきと鳴らして、ステーキ肉にかぶりついている。

シャトルの翼《つばさ》の下に椅子《いす》とテーブルが置かれ、キャンプとは思えないほど豪華な食事が並んでいる。

だがジークは、血の滴るようなメイン・デイッシュを素通りして、早くも食後のコーヒーを飲みはじめていた。アニーやエレナたちも普段より口数が少なく、ジークと同じようにもうコーヒーに手をつけている。

約二名をのぞいて食事が終わったのを確認して、ジークはおもむろに口を開いた。

「あー、これでようやく船も直ったわけだしぃ……。さて、これからどこに行こうかな？」

さりげなく、というのはじつに難しいものだ。ジークのとなりでは、アニーが肩をすくめて夜空を仰ぎ見ていた。

「あの……」

ぼそぼそと食欲がなさそうに、皿の上のコーンを一粒ずつ食べていたアリエルが、ようやく顔をあげた。

「あの、そのことなんですけど――」

「どこへだって行けるよ。メガドライブの調整も終わったし、燃料も推進剤も食料も、はみ出るくらいにたっぷり積んだ。さぁ、どこに行けばいい？」

「あの……。せっかくですけど、ここまででいいです」

「へっ？」

「ですから、ここまででいいんです。お願いするお仕事は、ここでおしまいです」

「いや、そんな。おしまいって言われても……。こんな無人の惑星《ほし》にひとりで残って、いったいどうするっていうんだよ？」

「宇宙港に船がありますから。自動操縦《オート・パイロット》のＡＩ君に頼んで乗せてもらいます。だいじょうぶです」

アリエルは一歩も動かないという顔で、そう言った。

「だめだっ！」

ジークは立ちあがって、叫んでいた。

「なんでですか？　どうしてだめなんですか？」

いまにも泣きだしそうな顔になって、アリエルはジークを見上げた。

「どうして……って！　それはオレのほうが聞きたいよ！　どうしてひとりで、なにもかも抱えこもうとするんだ！」

「だって……。だってジークさん、言ったじゃないですか」

「オレが？　——なにをさ？」

「これはお仕事だって。お仕事だから、助けてくれるんだって——」

「言った言った。たしかに言った。あたしたち聞いてたもん」

鳥の足《フライド・チキン》をかじりながら、アニーがうなずく。

「ぼくも聞いてたよー」

「お仕事でやってくれている人を、これ以上巻きこめないじゃないですか！」

そう叫ぶと、アリエルはブーツの片方を脱ぎ捨てた。かかとをずらすと、隠しスペースからレンズ状の物体が転がり出た。額面一万クレジットのブルー・チップだ。

「これ、お仕事料です。足りないようなら、ネクサスの口座のほうにオンラインで振りこんでおきます」

差しだされたブルーチップを前に、ジークは首を横に振った。

「だめだよ。受け取れない」

「じゃ、あたしがもらって――」

アニーの手をひっぱたき、ジークは言った。

「どうして助けてくれるのかって、前に聞いたよね？」

「お仕事だからって、ジークさん言いました」

「いいや。本当の理由を、ぼくはまだ言ってない」

「本当の、理由――ですか？」

「ああ。そうさ――」

ジークはアリエルの顔から目を離した。星々が冷たく輝《かがや》いている夜空を見上げ、静かに話しはじめる。

「どうしてなのかな……。いつだってそうなんだ。ぼくの前に現れる女の娘《こ》は、抱えきれないような大きな荷物を背負ってて……、それでいて泣き言ひとついわず、前に歩こうとしてるんだ。ぼくにできることで、なにか手助けしてやりたいじゃないか」

「そうやって厄介ごとに巻きこまれてゆくのよね――もう慣れたけど」

アニーは食べおわったチキンの骨を、ぽいと投げすてた。

「でもっ――だけどこれは、みんな私たちのせいなんです！　だから私たちで、なんとかしないとっ――」

「なにも荷物を肩代わりしようっていうんじゃない。ただ上り坂で、背中を押すくらい――そのくらい、させてくれたっていいだろ?」

透き通ったブルー・アイをいっぱいに見開いたまま、アリエルは返事も忘れて立ちつくしていた。その瞳《ひとみ》に、ぽつりと涙が浮かびはじめる。

「あのっ、あのっ、私っ――」

アリエルは立ったまま泣きじゃくりはじめた。

ジークはしばらくためらったあと、アリエルにそっと胸をかした。

「ほら――やっぱ下心、あるんじゃない。その腰に回した手はなによ?」

「ジークのえっちぃ」

勝手なことを言う外野の声を聞きながら、ジークは泣きつづけるアリエルを、そっと抱いていた。

✧✧✧

車はサウス・シティへと向かっていた。

アリエルをなだめて聞きだしたところでは、この件に関《かかわ》っている者が、もうひとりいるらしい。スーパーでアリエルが映話《ヴィジフォン》をしていた相手ということだ。詳しい話は、その〝彼〟もまじえてからということになっている。

「あの……セントラル街のほうに向かってもらえますか」

後ろから、シートの縁《ふち》に手をかけてアリエルが身を乗りだしてくる。リアシートでジリオラの広い胸に顔をうずめていたアリエルだったが、ようやく立ち直ってくれたらしい。

「ジャッキー・パラダイスってお店……そこに行ってください」

まだ赤い目をしているものの、行き先を告げる声はしっかりとしたものだった。

ジークはダッシュボードに埋めこまれた端末から、検索サービスを立ちあげた。

「ジャッキー・パラダイスね。ええと……。おい、ここって――」

横から画面をのぞきこんできたアニーが、黄色い声をあげる。

「やだぁ、もうっ！　ここって快楽《プレジャー》センターじゃないのぉ！」

「えっ？　快楽《プレジャー》センター？　なんですか、それ？」

「なんですか……って、君が言ったんだろ。その店の名前を」

「感覚変換機《イコライザー》のあるところを検索したら、出てきたんですけど……」

アリエルはきょとんとした顔を向けてくる。なんと説明すればよいものか。

「あのさっ、そ、その感覚変換機《イコライザー》ってのは……。いったいなんなんだい？」

「あのっ、ですから快楽《プレジャー》センターって……なんなんですか？」

「まァまァ――この私が、若いふたりの好奇心に答えてやろうじゃないかね」

カンナが割って入ってきた。

「まず快楽《プレジャー》センターっていうモノはダ——」

そこでカンナは、なぜかジークを指差す。

「こーゆー、性欲を持てあましてるニーチャンがやってきて、カネを払って性的なサービスを受けるところさね」

「せいてきな、さぁびす……ですか？」

アリエルは小首を傾《かし》げた。

「そうそ。えっちなサービスだヨ。アダルトなやつナ。ネコ耳が付いてなきゃイヤだの、メガネで三つ編みがイイだの、言うこと聞いてくれる女神様でなきゃダメだの、どんなオーダーも思いのままだそうだゼ」

「あの、それって……あっ！」

ようやく理解したのか、アリエルはまっ赤にした顔をうつむかせた。乙女《おとめ》がみせる恥じらいの表情に、カンナはにんまりと笑いを浮かべた。それからジークに顔を向けてくる。

「——んでモッて感覚変換機《イコライザー》のほうだが、その快楽《プレジャー》センターで使われているハードウェアのことさね。人間の脳に同調して、人の意識を電脳界に送りこむワケさ。最近は廃《すた》れちまったようだケド、昔はハッカーなら誰《だれ》でもコイツを使ってたもんさ」

「電脳界だなんて、古くさい言い回しだなぁ。お前、いったいいつの時代の生まれなわけ？」

「んなコタぁ、このさい関係ナイ」

「だけど、なんだってその感覚変換機《イコライザー》とやらが必要になってくるんだ？　映話《ヴイジフォン》だったらこの車にもついてるけど、これじゃだめなのかな？」

ジークはそう言いながら、車載端末のボタンを押した。画面が検索サービスから映話《ヴイジフォン》モードに切り替わる。

「あの、〝彼〟——私たちの使ってる音声言語って、どうも馴染《なじ》めないみたいなんです。会話のテキストといっしょに辞書も何冊か渡してみたんですけど、やっぱりだめみたいで……。だけど感覚変換機《イコライザー》を使えば、思考の直接伝達ができますから」

「もしかして……。その。〝彼〟って、ＡＩ？」

「いいえ、人ですけど」

「わかんないな。人間なら、なんで会話がだめなんだ？」

「あ、人っていっても、人間《ヒューマン》じゃないです。異星人《エイリアン》ですから」

「いッ——異星人だってて⁉」

「はい」

アリエルはあっさりとうなずいた。

「へぇ——異星人のボーイフレンドなわけ？　やるじゃない」

「おまえなっ、もうちょっと驚《おどろ》けよ！　異星人なんだぞ、異星人！」

「なんだってのよ、そのくらい。異星人の一匹や二匹で、いまさら驚いていられますかってーの」

「あのっ、〝彼〟の種族の個体って、一輪、二輪……って、数えるそうです。それからべつに、ボーイフレンドってわけじゃぁ……」

「うっそぉ、ただの友達なら、〝彼〟なんて呼ぶはずないもん！　ねっねっ？　そいつさ、オスなのよね？　もちろん？」

シート越しに、アニーは身を乗りだした。

「あの、それもはっきりしないんですけど。なんか性がぜんぶで六つあるみたいで……」

「ストーップっ！」

ジークは叫んだ。女同士の話なら、あとでいくらでもすればいい。

「つまり――だ。その異星人の〝彼〟に会いに行くわけだな？　これから？」

「はい。みんなで会うための感覚変換機《イコライザー》です」

すっかり自信を取りもどした顔で、アリエルは言った。

エレベーターを降りてまず目についたのは、いかがわしげなオプティカル・アートだった。

光のモールがアーチを作り、ネオンがフラッシュを繰《く》り返して、店名をアピールしている。

「えーと、なになに……当店では、貴方《あなた》のどんなご要望にも――」

「読まんでいいっ！」

いかがわしげなポップアートを読みはじめたアニーを引っぱって、ドアをくぐる。

狭苦しい店内だった。薄暗《うすぐら》いなかに、安っぽい内装ばかりが目についてくる。

「これがそうか……。なんか冷凍睡眠《コールド・スリープ》のカプセルみたいだな」

目当ての感覚変換機《イコライザー》は、床に並べられた棺桶《かんおけ》のような機械だった。カプセルの数は八つほどある。

「えっと……これ特殊用途で、しかも旧型みたいで――あっ、開きます」

店内にひとつきりしかないカウンターの内側で、アリエルはコンソールを操作していた。カプセルの扉が、ぱくりと上に向けて開いてゆく。

「やだぁ……なんか白くてぬるぬるしたの、いっぱい入ってる～」

アニーが顔をしかめた。

「あ、それ皮膚《ひふ》感覚補正用のローションです。いまは触感まで必要ないから、排出しちゃいますね」

ゲル状の無気味な物体は、溶解すると同時に洗いだされていった。

「もう入っていいです。セッティング、終わりましたから」

「いや、その……。入ってくださいって言われても――」

躊躇《ちゅうちょ》しているジークたちをよそに、アリエルはカプセルのひとつを選ぶと、その中にさっさと体を横たえてしまう。

「あ、服着たままでいいんだ」

「しかたないなぁ。えい、女は度胸！」

　アリエルのあとに、アニーがつづく。

「だけどさっきの白いの、ほんとうにローションだったんでしょうね？」

「ローションでなけりゃ、なんだっていうんだよ？」

「乙女《おとめ》の口から言わせる気？　やめてよね」

「じゃあ、閉めます。蓋《ふた》が閉まったら、気を楽にしていてください。目は閉じてても開いててもいいです」

　全員が入ったことを確認すると、アリエルはそう言った。

　蓋が閉まりはじめ――やがてカプセルの中は、完全な暗闇《くらやみ》で満たされた。

　その直後、まぶたの裏側で光の乱舞がはじまる。

「うわっ――」

《視覚の擾乱《じょうらん》です。すぐに慣れますから心配しないで――》

　聞こえてきたそれは、声ではなく思念だった。

　控え目に触れてくる感触。アリエルの心のごく一部――ほんの表面に近いところが、ジークの心と重なりあうように存在していた。

《わぁっ、なになにこれなにぃ！　おもしろいの―！　みんないるよ―！　やっほ―！》
底ぬけに明るく弾んでいるのは、リムルの心だ。
《ちょっと！　こっちのぞかないでよね！　やめてっていうのに！》
口が悪いのも、うわべだけのようだ。アニーの心は、思った通り優しく純粋《ピュア》な色に輝《かがや》いていた。
《……》
ジリオラは、やはり心も無口だった。感覚変換機《イコライザー》の描きだす不思議な世界にいても、鉄の強さを備えた心は、何の動揺もみせていない。そしてエレナはといえば――万華鏡《まんげきょう》のように輝きを変え、なんともつかみどころがない。不思議な人だ。
《こらっ！　そこの覗《のぞ》き魔《ま》！　そういうあんたのほうは、どうなのよ！　見せなさい！》
《あっ、こらやめろって――》
アニーが覗いてくる感覚があった――ジークは素早く身を縮《ちぢ》めた。だが一瞬《いっしゅん》遅く、心の表層まで踏みこまれてしまう。
《そっ――そんなの！　そんなのずるいわよっ！》
《なにがだよ！　なにがずるいんだよ！》
何を見られたのか、どきどきしながらジークは言い返した。自分の心を自分で見れないというのは不公平だと思う。

《まァまァ子供たち、はしゃぐのもそのへんにしときナ》
ひねた調子はいつものままだが、軽口の裏に、驚《おどろ》くほどの深みが張りついている。せいぜい百歳か――そのくらいの年齢《ねんれい》ではないかと思っていたのだが、本当のところは、もっともっと長生きしているのかもしれない。
《ちょっと交感指数が高過ぎますか？　もうちょっと、落としますね――》
アリエルがそう言うと、重なりあって存在していたお互いの心が、すっと離れていった。声で行う会話とほとんど同じレベルになり、ジークはようやく落ちつきを取りもどした。
そうしているあいだに、光の奔流がだんだんと収まってくる。光が消えて澄《す》みわたった空間に、なにか妙な物体が浮かんでいた。
文字の書かれたプレートだ。
《ええと、なんだって？　貴方《あなた》は二十一歳以上ですか？　このソフトは法令によって――》
《あ、それは――ＹＥＳにさわってください。「Ｉ　ＡＧＲＥＥ」ってほうです》
さわってみると、文字列は消滅した。そして――。
「オゥ、アイム！　カミング、カミング！　オゥ、イエーッ！」
《うわっ！　わわっ、わわわーっ！》
どういうわけか、シークはいきなり個室の中に出現していた。全裸のブロンド美人が抱きついていて、悩ましげな声を張りあげて悶《もだ》えまくっている。

《ストップ！　――ごめんなさい。まだ設定が残っちゃってて》
アリエルの声とともに、ブロンド美人は動きを停止した。彫像のように固まった美女から身を引っぺがして、ジークはベッドの端まで逃げだした。
部屋の中をぐるりと見回すものの、どこにもドアらしきものが見あたらなかった。現実世界ではあり得ないレイアウトだが、仮想現実《ヴァーチャル》なのだと思って、自分を納得させる。
顔を戻すと、固まったまま動かない裸の女体が目に飛びこんでくる。目のやり場に困り果てて、ジークは天井を見上げた。
《おーい、アリエル――ここから出してくれよ》
返事は、しばらく遅れてやってきた。
《……いまみんなのところを止めてます。ちょっと待っててもらえますか》
《じゃあせめて、もう少し広いところに……》
《ごめんなさい。この店のシステム容量だと、お部屋ひとつが精一杯みたいです。すぐに外と接続しますから――》
ジークはアリエルに言われるまま、円形ベッドひとつの殺風景な部屋に訪れる変化を待った。
それは、なんの前触れもなく始まった。
個室の四方を囲む壁《かべ》が、外側に向けて倒れながら小さく砕けてゆく。ベッドやブロンド美人という部屋の中にあったものも、壁と同様に小さな立方体に分解していった。
風が、吹いた。
実際のところはデータの流れなのだろうが、この世界での〝風〟がひと吹きすると、立方体はどこかに運び去られていった。
《お待たせ――ごめんなさい。遅くなって》
《うわぁっ！》
目の前に出現してきたアリエルの姿を見て、ジークは今日何度目かの叫び声をあげた。
《なっ！　なんで裸なんだよ！》
《えっ？　――きゃっ！》
アリエルは細い体をあわてて覆《おお》い隠した。
《あのっあのっ、ごめんなさい！　私、つい、いつものつもりで――》
《いいから服を着てくれっ！》
アリエルが腕をひと振りすると、妖精《ようせい》の羽のような素材でできた薄《うす》い羽衣《はごろも》のような服が出現し、彼女の肢体をふわりと包みこむ。
《あっ！　ジークはっけーん！》
《あ、いたいた――》
リムルとアニー、そしてエレナたちが――。

《だからどうして裸なんだってばっ！》
　こちらの女たちは、アリエルと違って裸身を隠そうともしない。
《そういうあんたも、裸でしょうに――》
《えっ？》
　ジークは慌てて自分の体を見た。さっきまではたしかに服を着ていたのだが、部屋の消失とともに、服まで消えてしまったらしい。
《しかも、下をそんなんさせて――》
《えっ？》
　アニーの視線を受けて、ジークは反射的に股間《こかん》を隠した。ブロンド美人に抱きつかれてから、そう長くは経《た》っていない。手で隠した場所は、とても困ったことになっている。
《えとえとっ――。男のひとの服は、服はっ――》
《こんな感じで、どうかしら？》
　パニックを起こしているアリエルのかわりに、エレナが手をひと振りした。
　手のひらの上に、ぽんと一枚の葉が出現する。手首のスナップで投げられたイチジクの葉は、ジークの股間にぴたりと張りついた。どうしてまともな服をだしてくれないのだろうと思ったが、その仕打ちにあまんじて耐えることにする。
《ほら落ちついてってば、アリエル。もう凶器は隠したからさ――》

《はい、あのっ――すいません》
ぺこりと頭を下げたアリエルは、女たちのために自分と同じような羽衣《はごろも》を作りだした。
《それで、ここってどこなわけ？》
アニーは周囲をぐるりと見回してから、そう言った。
ジークたちの立っているのは、街のような景観をした場所だった。街といっても現実の街並みとはだいぶ違っている。見えているものは、だいたいふたつに分類できた。人間ほどの大きさで、ちょろちょろと動き回っている立方体と。そしてビルほどの大きさがあって、まったく動かない長方形のオブジェクトの二つだった。
上下の区別がない世界でも、〝道〟というのは決まっているらしい。動き回る立方体は、決まったラインを通っている。
《ここは、この惑星《ほし》のネットワークです。あの動いているのが、ＡＩ君たち。それから大きな建物みたいなのが、あちこちにあるデータバンクです》
《これが、ネットワーク？》
《はい。障壁《ファイア・ウォール》を取り払って、お店のシステムを外部と繋《つな》げました》
《ネットワークを中から見てるってわけか。けっこう広いもんだな。ひとりで歩いたら、すぐ迷子になっちまいそうだ》
ジークは周囲を見回した。前後左右、そして上と下。すべての方向に、ビルのようなデータバンクがどこまでもつづいている。無重力区画に雑然と作られた街並みだ。
そう大きな惑星《ほし》ではなかったはずだが、内側から見てみると、かなり大規模なネットワークが存在していたのだとわかる。
《それで、〝彼〟とやらはどこにいるんだい？》
アリエルはくすりと微笑《ほほえ》んだ。
《ここには、いません。まだあと二階層ほどシフトしていかないと……》
《二階層？　シフトする？》
《はい。じゃあ、まずひとつ――》
目を閉じたアリエルが、両手を広げる。
世界が――縮《ちぢ》みはじめた。ＡＩたちの立方体が、そしてデータバンクのビル群が、ぐんぐんと小さくなってゆく。あるいは自分かちのほうが大きくなっているのかもしれない。だがこの世界には、基準とするべきものが何もなかった。まわりが縮んでいるとしか言いようがない。
ビル群はジークたちと同じサイズになり、ミニチュアの建物になり――ついに街全体が手で持てるほどの大きさになってしまった。ボウリングでもやるのに、ちょうどよい大きさだ。
そのサイズに縮小《しゅくしょう》されても、見ようと思えばどんな細かいディテールまでも確認することができるのだった。視覚が高性能なカメラ・アイにでもなったように、動き回っているＡＩの立方体も、その立方体がどんな表情をしているかさえ――意識を向けるだけで簡単に読みとれてしまうのだ。
《わあ——ほらほら、ほかにもいっぱいあるみたいよ》
アニーに言われて、ジークは顔をあげた。
ここの惑星のネットワークと同じようなものが、周囲にいくつも浮かんでいた。すこし移動すれば手が届くほどのところに数個ほど。ちょっと離れたところに何十個。さらに遠くには、数え切れないほどたくさんの数が見えている。
《あら、あそこのあれは——ネクサスみたいね》
近くにあったネットのひとつを、エレナが指差した。
惑星の発展状況によって大きさが変わるのか、そのネットワークは両手をまわしても抱えきれないくらいの大きさを持っていた。
《ふぅん……あたしん家《ち》、見つかるかな？》
すっと近づいていったアニーが、光で織《お》りあげられた網の目に、そっと手をふれた。
《そんな簡単に見つかるもんかよ》
そう言った矢先に、アニーのはずんだ声が返ってくる。
《あははっ！　見える見える！　これは廊下の防犯カメラかな？　玄関のドアと廊下の絨毯《じゅうたん》の張り替え工事してる。ベイカーもたいへんねぇ》
球状のネットワークの中から、アニーは指先で映像を引っぱりだした。工事にきた職人に、老執事がこまごまと注意を与えているところが見える。壁《かべ》の絵画は高いから気をつけるようにとか、いつものように口うるさく言っているに違いない。

《ねぇ、これって話とかできないの？　いきなり飛びだしてきちゃったから、パパとママ心配してるんじゃないかと思ってさ》

《近くに映話《ヴイジフォン》の端末でもあれば、呼びだすことができますけど》

《あるある。廊下の端に――》

アリエルの手助けを受けたアニーが、実家に向けて呼びだし《コール》をはじめるのを見て、ジークはとなりに浮かんだカンナに話しかけた。

《ネクサスとは何光年も離れているはずだろ？　どうして話ができるんだ？　超光速通信なんて、発明も実用化もされてないはずだよな、たしか》

《あるモンはしかたないダロ。とにかく二百年も前からこいつは存在して、動いてたワケだ。ただ使うことができたのは、ラナエルの一族のほかは、ほんのひと握りだけだったがナ。ったく――あの女、この私に使用権渡さねーでやんの。いったい何回、しわくちゃのババァから、お肌ツヤツヤのコムスメに若返りさせてやったと思ってンだ》

《ハッカーさんたちのあいだじゃ、ここは精霊界《スピリチュアル・ワールド》って呼ばれているわね。人の立ちいれない、ＡＩの精霊《せいれい》の世界っていってね……。私も十二の時に見つけて以来、毎年毎年、ひとつ歳《とし》をとるごとに挑戦してるんだけど、ついついこんな歳になってしまって。いやね、もう》

アリエルが振り返って、話に加わってくる。
《あっ！　あれってエレナさんだったんですか？　今年はほんと、いいところまで来てたんですよ！　私の代になってから、あの深度まで来た人ってはじめてで……私、わくわくして、待ってたんですけど》
《あら、それはごめんなさいね。じゃあまた来年、挑戦させていただこうかしら。今度は実力でね》
《はい――待ってます》
《あー、ストップ、ストップ。それはそれとして、〝彼〟はどこだい？》
《あの、ここにもいないんです》
《そういえば、さっき二階層とか言ってたっけ――まだこの先があるのかい？》
《ええ。もうひとつ、上に――》
《あらまあ、精霊界《スピリチュアル・ワールド》の上っていうと、神々の世界《ゴッズ・ワールド》ってとこかしら？》
《はい――こっちは終わったわよ。急な仕事で、しばらく帰れないって言っといた。――どしたの？》
映話《ヴィジフォン》を終えてアニーがやってきたのを確認して、アリエルは、すっと両手を広げた。
ふたたび世界の縮小《しゅくしょう》がはじまる。
精霊界《スピリチュアル・ワールド》――人類の居住惑星のすべてを結ぶネットワークが、しだいにその全容をあらわしてくる。

　それは雪の結晶のような形をしていた。放射状に伸びた六つの枝を軸にして、きらきらと輝《かがや》くいくつもの〝世界〟が絡みついている。ひとつひとつの世界は、塩の粒ほどの大きさにしか見えない。だがそれぞれに何億人かの人々と、何百億ものＡＩを含んでいるのだった。

《わぁ――きれい》

　アニーが感嘆の声をあげる。

　あまりの美しさに、ジークもまた、見入ってしまいそうになった。

　その途端《とたん》、無数の世界に暮らす何億人もの人たちの光景が一気に押しよせてきそうになり――

――ジークはあわてて目を離した。慣れない者がへたに覗《のぞ》くものではない。

　さらに世界の縮小《しゅくしょう》はつづいていた。

　それはもう、本当に雪のひとひらだった。手の中にすっぽりと収まるほどの大きさになった〝世界〟を――人類のすべてを含んだ雪のひとひらを、アリエルは手のひらでそっと包みこんだ。

　光が遮られ、真の暗闇《くらやみ》が――訪れることはなかった。

《上を――見てください》

　ジークは言われるまま、上を見上げた。

　星の海。

満天を覆《おお》いつくす大星雲が、無限の広がりをみせている。
星雲を形作っている星々のひとつひとつ。
それは。まさか。もしかして――。
《行きます――》
ジークたちを連れたまま、アリエルは飛びあがった。星雲の中に飛びこんでゆく。
精霊界《スピリチュアル・ワールド》の上に広がる、神々の世界《ゴッズ・ワールド》へと――。

✵✵✵

船は惑星の周回軌道に入りつつあった。

「よぅっし！　こんどこそ、間違いないわっ！　やつら、この惑星《ほし》に逃げこんだに違いないんだから！」

真紅のスペース・スーツに身を包んだ女性が、耐Gシートの上でふんぞり返っていた。キャプテン・スカーレット、その人である。

その前のシートに座るのは、青の賢者《けんじゃ》の異名をとる《ヒーロー》、ライナスだ。かつてはグラナリア公国の公認《ヒーロー》であったものの、とある事件で大失態を演じて資金援助を打ちきられ、現在は旧友であるスカーレットのアシスタントという身分にあまんじている。

──《ヒーロー》も、後援国家《パトロン》なければ失業者《ブータロー》。

禅と東洋思想に親しむライナスが、退任の折に詠《よ》んだ一句である。

「そうだねぇ。こんどこそ、間違いないといいねぇ」

三時のおやつには栗《くり》きんとんがいい、とでも語る口調で、のんびりとライナスはうなずいた。

「こんどこそっ！　こんどこそ間違いないわ！　あたしの中にある正義のハートにっ！　こうッ、びりびりきてるんだからっ！　こんどこそホントなのっ！」

スペース・スーツを押しあげる豊かな胸を、スカーレットは、どんと叩《たた》いてみせた。

「君の中には、ほかにも色々と入ってると思うよ。破壊衝動《はかいしょうどう》とかさ、そういうのが色々と──」

「だからひとこと多いっつーの！」

ブーツのかかとが、ライナスの後頭部にめりこんだ。

直列に並んだ副座式のブリッジで、ライナスのシートは、高さといい方向といい、蹴《け》りつけるのにちょうどよい位置にあった。

「あんただって知ってるでしょうが──《ヒーロー》の法則ってやつを！　だから今度こそ間違いないのっ！」

「ああ、《ヒーロー》も歩けば棒にあたる──ってやつだね」

また、ライナスの頭にかかとが飛んでくる。

「ちがうでしょ！　《ヒーロー》の法則その一っ！　《ヒーロー》はトラブルに引き寄せられる──よっ！」

「ああ、そうとも言うね。ええと──行き先を決めないランダムジャンプで飛びだした先は、一回目が果物ナイフで旅客船をハイジャックしようとした現場で、二回目は燃料切れで難儀《なんぎ》してたレジャー・ボートだったたねぇ。うん。たしかにトラブルだし、つぎで三度目ってのも間違いない。いやぁ、じつは僕も今度こそはって、期待しているんだ。仏の顔も三度まで──っていうしね」

「それを言うなら三度目の正直でしょうが！」

三度目は、踵《かかと》でなくて拳《こぶし》が飛んできた。

ライナスの後頭部を殴りつけたあと、スカーレットはその頭を胸に抱きしめて、言い聞かせるようにつぶやいた。

「いい？　今度の獲物《えもの》はしっかり仕留めて、ちゃんと手柄にするのよ。そんでもって後援国家《パトロン》みつけて、公認《ヒーロー》になるんだから！　こんな宮仕えなんて、もうおサラバなんだからっ！」

「いいよねぇ、公認《ヒーロー》っていうのは……」

後ろ頭をスカーレットの胸に預けながら、ライナスは違い目をしてそう言った。ちょうど一年前まで、彼はその地位にあったのだ。

　公認《ヒーロー》の活躍《かつやく》におけるすべての損害は、その後援する国家が無条件に全額を補《ほ》償《しょう》することになっている。百数十年前に、人類を滅亡の淵《ふち》まで追いやった汎《はん》銀河戦争を百と八人の《ヒーロー》たちが終結させ、西暦《A.D.》のかわりに英雄暦《A.H.》による暦がはじまってから、そういう慣習がはじまった。

「公認《ヒーロー》はよかったねぇ、公認《ヒーロー》は。いつかみたいに君がコロニーを落としちゃっても、ぜんぶ後援国家《パトロン》が持ってくれたしねぇ」

「だっ——だからあれはっ、事故だって言ってるでしょうが！　だいたい無人だったし、結果的に被害者はひとりも出なかったしっ！」

「うんうん。天文学的金額の損害は出たけどね。けどグラナリアが持ってくれたから、僕は結局、始末書の一枚も書かずにすんだし——まあおかげでこうして、グラナリアの経済は傾いちゃったわけだし、僕はお払い箱になっちゃったわけだし——」

　スカーレットは、鼻にかかった声で頬《ほお》を擦《す》りよせた。

「だぁかぁらぁ～っ、ふたりで公認《ヒーロー》になろぉってぇ～、いうのぉ～、ねっ、ねっ？」

　ライナスはコンソールわきの自動給仕機からこぶ茶を取りだして、ひと口すすった。

「さて、そろそろ地上に降りてみようかね。スカーレット」

✿✿✿

ずいぶん長いこと、そうしていたような気がする。
頬に柔らかい感触を感じながら、ジークの意識はゆっくりと浮上しつつあった。女たちの声が耳に響《ひび》きはじめる。
《あっ――ほらほら、起きたんじゃない？》
《おッ、ようやくお目覚めかヨ、このノビタくんが》
《あはは－。ジーク、おメメがぴくぴくしてる－》
いつものことながら、女たちは勝手なことを言っていた。
だがそっちのほうは、まあいい――。いま問題になってくるのは、この柔らかい感触がいったい誰《だれ》のものであるかということだろう。
《あのっ――ジークさん。だいじょうぶですか？》
ジークは目を見開いた。
《うわぁ》
アリエルの胸から顔をはなす。
その瞬間《しゅんかん》、ジークはすべてを思いだした。

アリエルに連れられて、ジークたちの訪れた世界。それは言わば、神々のつかさどる世界だった。そこを流れる情報のほんの断片に触れただけで、ジークの意識はあっけなく吹き飛んでしまった。過負荷でブレーカーが落ちるようなものだ。

銀河系にくまなく張りめぐらされたネットワーク——それを利用していたのは、異星人たちだった。それもひとつふたつの種族ではない。何千、何万——いやもしかすると、何億という規模にあるのかもしれなかった。

ジークが踏みこむことのできたほんの入口に、ちいさな情報溜りができていた。奔流からもれだして、どこにも行き場をなくしてしまった迷子の情報塊《パケット》が、出力《アウトプット》先を求めてジークたちに接近してきたのだった。

本流からみれば、それはただの水たまりにすぎない。人類が過去数千年にわたって積みあげてきた情報のすべて——その何倍もの大きさのある水たまりだ。

《しっかしさぁ、なんで男って、こうヤワなのかしらね》

ジークが頭を振って回復に努めていると、アニーがそんなことを言ってくる。

言ってくれる——いくら神経が太いとはいえ、女たちもあれを体験して平気でいられるはずがない。きっと同じように、情けなく気絶していたに違いないのだ。目覚めるのが遅いか早いかの違いがあるだけで……。

ジークがそんなことを考えた、その時——。

《だめじゃないか、アリエル。彼は慣れていないのだから、君が気をつけてやらなければ——》
その声は、はるか天上から降ってくるようだった。
《カロン！》
アリエルは嬉《うれ》しそうな顔で上を——はるか高みに見える神々の世界《ゴッズ・ワールド》を振りあおいだ。
その星団から、星がひとつ。ひらひらと舞い降りてくる。
ジークたちのいるのは、精霊界《スピリチュアル・ワールド》と神々の世界《ゴッズ・ワールド》のちょうど狭間《はざま》にあたる場所だった。
その高さまで降りてきて、輝《かがや》く球体はジークたちの前で止まった。大きさは両手で抱えられるくらいだろうか。光のハローをまとっていて、どこからが本体かよくわからない。だがその光は穏《おだ》やかなもので、まぶしすぎることはなかった。
《やあ——はじめまして。アリエルから話は聞いているよ。彼女によくしてくれて、ありがとう。ずっと心配していたんだ。いつ彼女に人間の友達ができるだろうってね》
《もうっ、子供あつかいしないでって、いつも言ってるのに》
アリエルは拗《す》ねたように言った。ジークたちに向けるのとは違う口調だった。
《ははは。君たちの種族は、僕らからみればみんな子供みたいなものだよ……。おや？　その彼だけは、違うみたいだね——》
どこに目がついているのか知らないが、相手の注意が自分に向けられたことをジークは感じとった。
《話を聞くために来たんだ。いま、何が起こっているのかってことをさ》
相手が異星人だとしても、ジークはひるまなかった。
この種族には、出会ったことがある。未来でのことだから、「出会った」などと過去形でいうのは変かもしれないが、とにかくジークはこの種族のことを知っていた。たしか《幾重もの光輝《こうき》》という種族のはずだ。
《まあまあ――まずは挨拶《あいさつ》をさせてくれないか。せっかく君が、正装をしてやってきてくれたんだ。僕も紳士《ジエントルメン》として、それなりの礼をもって返さないと失礼かと思ってね》
《正装……？》
ジークは自分の姿を見た。いちじくの葉が一枚、股間《こかん》で揺れているばかりだ。
《私の記憶《きおく》が確かならば、聖書《バイブル》という古代史の本に載っていたよ。それは君たちの始祖たる最初の男性の服装なのだろう？　私のことはカロンと呼んでくれ。昔はピカピカと呼ばれていたものだが、最近ではアリエルは、そうは呼んでくれないんだ。そっちの名前のほうが気に入っていたんだけどね》
カロンと名乗った異星人は、しばらく前から、放射する光を小刻みに明滅させていた。どんな挨拶かは知らないが、時間のかかるものらしい。
《ちょっとカロンー――挨拶はやめて！　お願いだから、それだけはやめて。私だけじゃなく

て、友達もいるんだから──》
　なぜか切迫した声を出すアリエルに、ジークは気軽に言った。
《べつにかまわないよ、挨拶くらい。早くすませて、本題に入ろうや》
《ああ。もうすこし待ってくれ。あと少し──。う。》
　突然、〝彼《カロン》〟の輝《かがや》きが増したかと思うと、噴《ふ》きあがった七色の光のシャワーが、ジークたちに向けて降りかかった。
《わぁ、きれい──》
　アニーが声をあげて、光の流れを手ですくい取ろうとする。
《もうっ！　やめてっていったのに！　カロン、きらいっ！》
《べつにいいじゃないか、きれいだし》
《ねっねっ、これなに？　この光──》
　光の流れを手のひらにためながら、アニーは聞いた。
《それは結合子というものだよ》
《結合子？　なにそれ？》
《僕らの種族には六つの性があるんだけど──そのうち二つが結合子をだしあい、それが結びあわさって新たな個体が誕生《たんじょう》するんだ。優秀な結合子をどれだけ大量に保有しているか示すことが、僕らの種族では正式《フォーマル》な挨拶になってる》

《あの、それって、つまり――》
アニーの手のひらのなかで、それは七色の変化をみせている。
《けけけっ。私ャコイツ、気に入ったゾ。出会っていきなりザーメン・シャワーかましてくるなんざ、なんてイカしたジェントルメンだい？》
《いやぁーっ！　きたなーいっ！》
悲鳴とともに、アユーは手の中の光を拭《ぬぐ》いすてた。
《きたない？　そんなはずないさ。見てくれ、僕のはこんなにきれいなんだよ――》
さっきの残りだろうか。また七色の光が大量にしぶいた。
《あははー、またきれいなの。ぴゅーって！》
《まあ、そんな。続けてだなんて……。たくましくていらっしゃるのね》
リムルがはしゃぎ、エレナがため息をもらす。
《ちょっとちょっとっ！　ジークっ！　あんたもぶっかけてやんなさいっ！　どぱっとッ！お返しにッ！》
《む、無茶《むちゃ》いうなっ！》
《ねーねー、ぴかぴかさんっ！　もっとやってもっとー！　きれーなのっ！　あははー、すごいすごーい！》
リムルという良き理解者を得た〝彼《カロン》〟は、調子にのって光のシャワーを噴出《ふんしゅつ》させた。

しばらく経《た》って――。
取り乱していたアニーがようやく落ちつき、リムルに何度もアンコールをせがまれていた〝彼《カロン》〟が弾切れになったころあいを見計らって、ジークは話を切りだした。
《さぁ、そろそろいいだろ》
《あ、ああ、そうだね。さすがに、もうこれ以上はね……》
心なしか輝《かがや》きの弱まった〝彼《カロン》〟は、疲れの感じられる声でジークに告げた。
《じつは……。君たち人類に対して、侵略がはじまっている。君たちの持つ統一組織――惑星連合あたりでは、もう気づいているようだけどね》
ジークは聞いた。
《それは――《ストーカー》って連中のことか？》
《その呼び名を知っているってことは……そうか、やはり君だったんだな？》
〝彼《カロン》〟はジークの前にやってくると、輝きを一段と強めた。
《私の結合相手《パートナー》から聞かされたことがあるよ、過去からやってきて、《無貌《むぼう》なる者》の密猟者を殴り倒していった少年がいたってね。覚えていないかい？　君の認識でいうと、十五年先での出来事ということになるかな。君は私の結合相手《パートナー》と出会っているはずなんだが――》
《ちょっと待ってよ？　いったいなんのこと？　その未来っていうのは？》

《あの、あのっ、カロン――その結合相手《パートナー》っていうのって……？》
アニーとアリエルのふたりが、間に入ってきた。アニーはジークに、アリエルは〝彼《カロン》〟に、それぞれ質問を投げかける。
《おいコラ、ジーク……どういうこったい？　あァん？》
アニーとアリエルのふたりを押し分けて、ずいずいとカンナが前に出てくる。
《この私にわかるように、ちゃんと説明してミソ。おマエさ、いったいいつ未来なんぞに行ってきたんだヨ？　この私にナイショでもって？　――あァん？》
黙《だま》っていたことがよほど気に入らなかったものか、カンナの目が据わっている。
《いや、あのさ――》
ジークは後退《あとじさ》りながら、どう言い訳したものか考えた。
十五年先の未来に行ってきたということは――誰《だれ》にも、カンナにも話していない。エレナとカンナのふたりには、時間旅行をしてきたことは言ってあるものの、おそらくふたりとも、ジークが宇宙樹《ユグドラシル》の爆発《ばくはつ》から直接過去に飛んできたと思っているはずだ。
宇宙樹《ユグドラシル》の爆発に巻きこまれたジークは、十五年先の未来へと飛ばされた。そこでしばらく未来のアニーと暮らしてから、〝現在〟を通りこして、さらに過去に向りて旅立ったのだ。
《いや、だってさ――未来は変わったと思ったんだよ。ドクターの計画を防いだろ、それで、ほらっ――》

すぱん――と、頭を打ちぬかれた。
《いいから全部ゲロしろってーの！　さァ話せッ！　いま話せッ！　こんどはナニもかも、ゼンブ話すんだゾ！　いいナッ！》
《う、うん――》
カンナの迫力に押されて、ジークは首を縦《たて》に振った。

ジークは自分が十五年先の世界で見てきたことを皆に語った。

その時間線では、人類は《ストーカー》と呼ぶ異星種族の侵略を受けて、滅亡寸前にまで追いこまれていた。元々の一兆を越える全体数から比べれば、ほんのわずかな数――たぶん数万人もいなかったのだろう。生きる希望も失った人々が、保護区《ほごく》と称するどこかの惑星上で、カロンたち《幾重もの光輝《こうき》》の保護を受けて細々と暮らしていた。

自分が体験したことを、ジークはありのまま話した。

だがひとつだけ、語らなかったこともある。ジークを助けてくれたイーニャという女性が、じつは未来におけるアニーだったということ――。

《それで、つまり――おマエさんは、早合点したワケだ。サイクロプスの計画はぶっつぶしたから、もう安心だってヨ》

《だってさ――ビルが言ったんだよ。あの花火が《ストーカー》を引き寄せたんだって》

すぱん――と、頭を叩《たた》かれる。

《人のせいにすンなっ！　だいたいそのビルって誰《だれ》だいソイツはっ！》

《いま話したろ、歴史を教えてくれた男》

すぱん――と、またぶっ叩かれる。

《んなこたァ、聞いてナイ！　さァ、とっととツギを話せってーの！　トットと！》

《わかったから、もう殴んないでくれよ……》

頭を押さえて、ジークはぼやいた。

《それで、人類を密猟しにきた《ストーカー》を倒して……いや、倒してないか。一発ぶん殴ったところで、連れてかれちゃったんだっけ。ええと――そうそう、カロンの彼女にさ》

すぱん――と、今度叩いてきたのは、アニーだった。

《痛いなっ！　お前までなにすんだよ！》

《この鈍感！　叩かれてとうぜんでしょっ‼》

アニーの怒った理由がわからず、ジークは皆の顔を見回した。

アリエルが伏せていた顔をあげ――ジークに言う。

《いえ――いいんです。だいじょうぶです。それで、やっつけてから……どうしたんですか？》

《いや、そのあとはもう……。オレ、そのまま過去に行っちゃったから》

腕組みをしていたカンナが、口を開いた。
《ふぅん……あとは、まァ、私やエレナの知ってる通りか》
《お兄ちゃ——じゃなくて、社長がシャトルにやってきて、こちらの世界でドクターの計画をくじいたわけですわね》
《んでもって、そのビルって男の話だと——宇宙樹《ユグドラシル》が爆発《ばくはつ》した半年後だってナ。侵略が始まったッてーのは？》
《ああ、たしかそう言ってた》
《つまりそいつは——現在《イマ》ってことだナ？》
《そう……なるんじゃないかな？　たぶん》
《たぶんじゃなくて、そうナンだヨ！》
また、叩《たた》かれる。
《あの……そんなにポンポン、ジークさんのこと叩かないでください》
そう言ってくれたのは、アリエルだった。
《今回のことの責任は、ほんとうは私たちにあるんです。ねっ……カロン？》
《そうだね。やつらが最初にアリエルのいた惑星《ほし》を襲《おそ》ったことからして、たぶん確実だろう》
《いったいなにをやらかしたんだ……そっちは？》
ジークは〝彼《カロン》〟に聞いた。

《あの……。私が、そのっ、流しちゃったんです……星座のデータを》
《星座のデータ？　星座って……乙女《おとめ》座とか、獅子《しし》座とか、全部で十二宮あるっていう、アレかい？》
《私のいた惑星のローカル版だから、全部で十四宮ありましたけど……》
《いったい、なんでまた？》
すぱん――と、アニーが叩いてくる。
《あんた馬鹿《ばか》？　相性調べようとしたのに、決まってんでしょ》
《私がいけなかったんです。あの星座占いの本……私の惑星からみた星空の写真がのってたんです。だから……》
《なるほど。銀河のすべての恒星の位置や大きさを知っている相手なら、逆算して場所を特定できるってことか……》
ジークはうなずいた。いくつかの星の写った写真が一枚あれば、それが銀河のどの位置から撮ったものなのか、だいたい判明する。
《私が悪いんです。私が、よく考えずにやっちゃったから……》
《いや、僕の責任だよ。前もってアリエルには言っておくべきだった。彼らはどこにでも根を張りめぐらしているんだ。銀河中のすべての会話を盗聴しようなんて熱意を燃やしているのは、彼らぐらいなものだろうね》

《それが連中を引き寄せたっていうのは、確かなのかい？》
《そうです。私のせいです》
《確実というほどではないが、可能性としてはいちばん高いと思っている。ただ――何が原因であったということは、いまとなってはそれほど問題じゃないんだ》
〝彼〟《カロン》がそう言い、カンナがうなずいた。
《そうさね。原因を追及したところで、その《ストーカー》って連中が引き返してくれるワケもなし、いまはどうするかってコトを考えるのが先決さね》
《僕らもそう考えて行動した。僕もアリエルも、君たちの社会についてはまるで知らなかったからね。ふたりで色々と勉強したよ。それで知ったんだけど、君たちの社会には、《ヒーロー》と《ダーク・ヒーロー》という二種類の成体がいるようだね》
《成体？　ナンのコトだい、そりゃ？》
眉《まゆ》をあげたカンナに、ジークは言った。
《ああ、これはまだ話してなかったっけ。異星人――銀河で知的生物を名乗っている連中は、ひとり残らず《ヒーロー》と同等の力を持ってるんだよ。《ストーカー》の連中もそうだし、この――イカしたジェントルメンだって、もちろんそうさ》
ジークは顎《あご》をしゃくって、〝彼〟《カロン》をしめした。
《ふんッ！　んなこたァ知ってらい！　この私をダレだと思ってるんだい！》

　自分の知らないことが存在したのがよほど悔しかったのか、カンナはその場で地団駄《じだんだ》を踏んだ。
《それで調べてみた。《ヒーロー》のほうは、惑星連合発行の名鑑《めいかん》があったからね。そこに載っている約千人《ヒーロー》のそれぞれについて、過去にどんなことをしてきたか――すべて調べて、意志力の推定値を計算してみた。僕が思っていたのより、だんぜん高かったよ。これなら人類はすでに知的種族を名乗っていてもいいくらいだ》
《知的種族でナイってんなら、私らナンだい？　芸のできるおサルさんかい？》
　カンナが毒づく。
《だけど足りないんだ。それでも……。《無貌《むぼう》なる者》たちのすべてが動いていないとはいえ、戦いをするには、戦士の数が少なすぎる》
《登録されていない《ヒーロー》だっているだろ？　それは数に入れたのか？》
　ジークは言った。未登録《ヒーロー》なら、ここにもひとり実例がいる。
《もちろん入れたさ。あくまで推定での数だけどね。でもだめだった。せめてその三倍はほしいところだが》
　アリエルが〝彼《カロン》〟の言葉を継ぐように口を開いた。
《それで、私が……言ったんです。《力》を持っているのは、なにも《ヒーロー》に限らないんじゃないかって》

《まさか――おい、《ダーク・ヒーロー》の力も借りるっていうのか⁉》
《ほかにどうするっていうんです？　聞けば、《ダーク・ヒーロー》の数は、《ヒーロー》の倍はいるっていうじゃないですか。足し算すれば、ぜんぶで三倍になります！》
《そんな簡単にいくもんか。やつらがどんな連中か知ってて言ってるのか？》
《おなじ人間です。話せばきっとわかってくれます！》
《話してわかる相手なもんか！　君みたいな女の子が連中のところになんか行ったら――取って食われちまうのがオチだ！》
《それは初耳だね。君たちの種族に同族食いの習慣があるとは知らなかった》
《いやそうじゃないけど――とにかくあぶないから、だめだっ！》
ジークが叫ぶと、アリエルは驚《おどろ》いたような顔で言った。
《あぶないから、ですか？　あぶないからだめだっていうんですか？　そんなの――ジークさん、勝手です！　勝手すぎます！》
《なにが勝手だっていうんだよ！》
《あっ――それさ、あたしもそう思うな》
《だろ、だろ？》
ジークは深くうなずいた。
《――じゃなくて、あんたが勝手だっていってんの》

アニーは冷たい声で言い返してきた。
《いい？　アリエルが一度でも、あんたにむかって「守ってください」なんて言った？　言ってやしないでしょ？》
《そ、そりゃぁ――》
ジークは記憶《きおく》を探り、それからしぶしぶ答えた。
《――言ってないけど》
《だったら、いまのあんたの態度はなによ。あぶないからだめだ、ですって？　――あんたいったい、いつからアリエルのパパになったわけ？》
《うっ……》
ジークは言葉に詰まった。
《わかったわかった！　オレが悪かったよ！》
ジークは素直に頭を下げた。
《アリエル――ごめん！》
《あの、私のほうこそごめんなさい……。ジークさん、私のこと心配してくれてたんですよね。でも私、思ったんです。あのとき――ジークさんに抱きしめられた、あのとき――》
《抱きしめたぁ？》
アニーの目がつりあがり、ジークは慌ててフォローした。

《そそそっ！　そんなことした覚えはないぞッオレはっ、一度だってそんなことっ！》
《船の修理をしていたときです。もう忘れちゃいました？》
ジークは思いだした。リムルが急に人工重力を入れたおかげで、もつれあって床に落ちたときのことだった。
《ああ、アレね。あれかあれか。ああ、うん。抱きしめたと言わないこともないよね》
《あのとき、なんかふっと楽になっちゃいそうで――私、自分が怖かったんです。このままジークさんにみんな話して、すべてまかせちゃったら、どんなに楽になれるだろう――って。だけどそうしていたら、私、だめになっちゃうところでした。カロンにも言われてたんです。君がやらなくても、誰《だれ》か大人のひとに話せばいい――って。あ、この場合の大人のひとっていうのは、ジークさんとか普通の人じゃなくて、成体の――つまり《ヒーロー》のひとって意味ですけど》
〝彼《カロン》〟が言う。
《何度も忠告はしたんだ。誰か大人の人に事情を話して、あとは僕とその人に任せなさいってね……。でもアリエルは、どうしても自分でやりたいと言うんだ。それならば、止めるかわりに手を貸してやるのが――友達ってものだろう？》
《そうよねぇ――守ってもらうだけのトモダチなんて、聞いたことないもんねぇ》
アニーが、じつにいやらしく言ってくる。

《だからオレが悪かったって言ってるだろ。だけど——実際のところ、どうやって《ダーク・ヒーロー》を説得するつもりだったんだ？　仮に説得できたとしても、何人を動かせる？　時間だって、もうあまり残ってはいないんだろう？》

《それも考えてあるんだ。《ダーク・ヒーロー》の中に、カリスマ的な人物がひとりいてね……その人物さえ説得すれば、かなりの数を味方にできる》

《それって、キャプテン・ディーゼルのことか？》

ジークが言うと、カンナが鼻で笑ってきた。

《ふふン、だからおマエさんは小僧だって言うンだヨ。世の中にはな、アレなんかよりもっともっと大物がいるのサ》

なぜか勝ち誇ったように、カンナは言った。

《ソイツの通り名はナ——《ダーク・マドンナ》。十二人の娘《ワルキューレ》たちをかしずかせる、魔界《まかい》の女王さね》

✹✹✹

漆黒の宇宙空間を背景に、黒塗りの戦闘艇《せんとうてい》が浮かんでいた。

その数、十二隻。一隻ごとに細部の形状や搭載しているオプション類こそ違え、基本的な設計コンセプトはどの艇も同じであった。

《ダーク・ヒーロー》専用の、単座戦闘艇《せんとうてい》――。

その艇には、生命維持装置も、それどころか乗員を真空から守るキャノピーさえも存在しない。艇のすべてが――パーツのひとつひとつにいたるまで、宇宙を駆《か》け、ただ戦うためだけに存在している純粋な戦闘艇なのだ。唯一の例外は、上部装甲板の中央にほどこされた装飾《レリーフ》だろう。

槍《やり》を手にした戦乙女《いくさおとめ》――古い地球時代の神話から名を取って、この十二隻の戦闘艇は《ワルキューレ》と呼ばれていた。

一号艇である《ブリュンヒルデ》のコックピットでは、ひとりの女が、その長い髪を宇宙の真空になびかせていた。心地よい冷たさをもった真空が、彼女の肌を通りすぎてゆく。

冷たい美貌《びぼう》にうすく笑いを浮かべ、彼女は二号艇以下の妹たちに合図を下した。

十二隻の戦闘艇は、一気に散開した。大きな弧を描きつつ、あらゆる角度から噴射《ふんしゃ》プラズマの軌跡を曳《ひ》いて目標に迫る。

闇《やみ》を切り裂き、飛びゆく先には――異星生物の一集団がいた。

その数は五体。移動用の細長い形態で、群れを作って航行中だ。

彼女たちの船の主機関――反物質を燃料とするロケット・エンジンが咆哮《ほうこう》をあげる。一千Gを軽く超える超加速を行いながら、十二隻の戦闘艇は敵の集団を包みこむようにして、一斉に襲《おそ》いかかった。

緻密《ちみつ》な軌道計算のひとつも行わず、感性だけで艇を飛ばしていながら、そのタイミングには千分の一秒ほどの狂いもなかった。

どこにも死角のない同時攻撃《こうげき》が、敵のいた宙域を爆発《ばくはつ》の光球で彩る。

どの艇にも、連合軍の艦隊《かんたい》とも正面からやりあえるだけの武装が搭載されている。ミサイル、粒子ビーム、大口径レーザー――だがそれらの武器が、この戦いで用いられることはなかった。

彼女たちがこの敵と戦うのは、これが初めてではない。奴《やつ》らに対して通常の兵器が通用しないことは、最初の戦いでわかっていた。たとえ一撃で惑星《ほし》を吹きとばせるような威力を持っていたとしても、それが通常の兵器――物理法則にしたがって動作する物――である以上、まったく意味がないのだった。

すれ違いざま、彼女たちが敵に向けて叩《たた》きつけたのは、一種の衝撃波《しょうげきは》だった。高速で飛翔《ひしょう》する艇がまとうオーラ状の力場を、十二の面から同時に叩きつける連携技だ。

彼女たちの乗る《ワルキューレ》の設計コンセプトには、《ダーク・ヒーロー》も部品《パーツ》のひとつとして組みこまれていた。搭乗者である彼女たちは、艇を操るパイロットであると同時に、物理法則をねじ曲げる力場を発生する発動機《ジェネレーター》でもあるのだ。

十二の面に閉じこめられた空間では、あらゆる物質が素粒子へと返っていた。限りなく不死に近い奴らといえども、無傷ではいられない。やがて冷えてきた素粒子《クオーク》から原子が再構成され、濃密《のうみつ》な雲となって宇宙空間へと拡散してゆく。

原子雲におおわれた空間に、奴らの姿はあった。

「いまのを喰《く》らって、ダメージは薄皮《うすかわ》一枚ってところ？　ほんとうに、いやな相手ね――」

艇の目を通して、彼女は敵の姿を捉《とら》えていた。可視光や赤外線あたりでは濃密な原子雲しか見えてこないが、索敵レーダーに使われる極超短波あたりの帯域《バンド》でなら、敵のおぞましい姿がよく視える。

奴らはいま、先端の尖《とが》った細長いロケット状の形態を取っていた。固い殻につつまれた烏賊《イカ》のような形だ。おそらく長距離航行に適したどこかの宇宙生物の姿だろう。長い進化の果てに、星間航行能力を手に入れる生物がいる。核融合《かくゆうごう》によるロケット推進をするもの。特殊な筋肉組織で重力場を操るもの。惑星上で進化して宇宙に出てゆくものがいるかと思えば、はじめから恒星間空間に生まれ落ちるものもいる。

奴らは必要に応じて、さまざまな形態を取る。遠い昔に摂取して吸収した生物の〝マトリクス〟を思いだすことで、さまざまな形態を発現させるのだった。

そしていま、奴らは戦闘用《せんとうよう》の形態に変化しつつあった。ひび割れにおおわれた外殻がどろりと融解し、軟体動物のぬめりとした表皮にとってかわられる。せっかく与えたダメージも、これでちゃらとなってしまう。

いったんアメーバ状の形態になってから、奴らは合体を開始した。五つの個体がひとつに合

わさって、お互いの継ぎ目が消えてゆく。

粘液におおわれた表皮を突き破って、二本の角と、そして手足が生えだしてくる。

『はハァっ！　姉さん！　やつら魔王《ディアブロ》でくるつもりだぜっ！』

その声とともに、二女の駆《か》る《グングニール》が横に並んでくる。血の気の多さでは姉妹の中でも右に出る者がいない二女のことだ。奴《やつ》らの取った形態から、正面から力と力をぶつけあう戦いになると知って、声に喜びがこもっている。

「仕方ないわね。ならライナ、貴女《あなた》が穂先《スピアヘッド》をつとめるのよ。――皆も聞いてるわね？〝ワルキューレの槍《やり》〟で行くわ」

十二隻の戦闘艇《せんとうてい》は、漆黒の翼《つばさ》をひらいた。船体を薄《うす》く覆《おお》って防御結界《バリア》の役を果たしていたフィールドを翼の形に展開して、宇宙空間に広げたのだ。

《ヒーロー》と同じように、《ダーク・ヒーロー》もまた、《力》の色というものを持っている。それは例外なく、暗黒に属する色となる。《ヒロニウム》自体は同じでも、持ち主の精神《こころ》の色で輝《かがや》くのだ。

恍惚の赤《クリムソン・レッド》、破壊者の青《ガンナーズ・ブルー》――暗く鮮《あざ》やかな闇《やみ》の翼をうちふるって、彼女たちの戦闘艇は百八十度のターンを行った。

最後の一艇が反転を終えて、隊列の最後尾にぴたりとはまりこむ。二女《ライナ》の二号艇を先頭に、槍のような隊形が完成した。

それぞれの艇が待っていた翼が、縒《よ》りあわさり、混じりあって——鋭《するど》く研ぎ澄《す》まされた槍が出現する。その槍はもはや、〝色〟というものを持たなかった。お互いに打ち消しあったために、〝黒〟という色でない色だけが残される。

加速しつつ飛来する〝ワルキューレの槍〟を、魔王《ディアブロ》は動かずに待ち受けた。激突の寸前、渾《こん》身《しん》の力をこめて、二本の角を突き立てる。

槍の穂先《ほさき》と、角の先端が接触した。

鋭くとがった一点のみで、お互いの全力を支えあう。

力の均衡《きんこう》は、そう長くはつづかなかった。

角が——その先端からめくれあがるようにして、徐々に壊《こわ》れてゆく。魔王《ディアブロ》の角を破壊《はかい》しつつ、槍がもぐりこんでゆく。

〝ワルキューレの槍〟は、角から頭蓋《ずがい》——そして体内へとすすんだ。

魔王《まおう》が目を見開き、喉《のど》から絶叫をほとばしらせる。その悲鳴もすぐに止まった。槍が喉を串《くし》刺《ざ》しにしたからだ。

そこから先は、わずか一瞬《いっしゅん》だった。人型をした胴体を通りぬけ、二本の足の間を突き抜ける。

槍がほどけて、十二隻の戦闘艇に姿をもどす。

敵は誇り高き魔王《ディアブロ》から、ただの怪物——肉の塊へと姿を変えていた。

「さあ、そろそろよ。ひとつも逃がしては——」

彼女が言い終わらないうちに、それは始まった。肉塊が弾《はじ》けるように分裂し、五つの塊となってばらばらに飛びだしたのだ。

彼女たちは追いかけた。ひとつの個体に、二隻ずつ組を作って追いすがる。

だが敵の足は速かった。いついかなる場合でも、奴《やつ》らは逃走のためのエネルギーを残している。倒されることは決してない。そして捕まることもない。

妹たちから、目標消失《ロスト》の報告を次々と受けながら、彼女は自分の目標を全力で追っていた。主機関だけでは推力がまるで足りない。翼《つばさ》も広げて、前進する力に変換する。

彼女のすぐ後方に、十号艇《てい》がついてきている。いまは無人運行されている十号艇は、操縦《そうじゅう》者《しゃ》不在でありながらも、船体に残留した《力》だけで動き、彼女の一号艇についてきている。もう一隻――二女《ライナ》も同じ目標を追っていたはずだが、こちらはとうに脱落していた。あたりの強いポジションで力を消耗したこともあるが、もともと脚の速いほうではない。

星々の輝《かがや》きが、しだいに前方に集まってくる。スターボゥと呼ばれる現象だった。超加速を続けるうち、両者の速度が光速に近づいてきた証だった。

敵の姿が、ついにかき消えた。

生身でやすやすと光速を突破してゆく相手に、彼女はついに追跡をあきらめた。こちらも光速を越えることはできるものの、超空間《ハイパー・スペース》での戦闘《せんとう》となると、向こうに一日の長がある。そして姉妹たちもここにはいない。

十女の気配だけが存在する十号艇《てい》に指示を出し、自分の艇も翼《つばさ》を大きく開く。星間物質でブレーキをかける。そのころになって、ようやく衝撃波《しょうげきは》がやってきた。敵が超空間に突入した時の衝撃波に、彼女の艇は大きく揺さぶられた。

速度が光速の五十パーセントまで落ちたところで、彼女は航図に帰還《きかん》コースをセットした。

星間物質の風を翼で切りつつ、艇を緩《ゆる》やかに旋回させてゆく。

「まいったわね。また逃げられた……お母さまになんて言い訳したらいいの？」

そうつぶやいたとき、甘ったるい声で通信が入ってくる。

『母さま、おこっちゃいや～ん、っていうの、どうかしらぁ？』

「それはやめといたほうがいいわね。私なら、殺してしまいたくなるもの」

歳《とし》のわりに甘えの抜けない五番目《ローレライ》の妹に、彼女は冷たく言いはなった。

『ほうら、見なって。シェラザード姉さんだって、取り逃がした。賭《かけ》はあたいの勝ちだね』

『しらないもん！　サリィ、なんのことだかわかんないもん！』

『あっ！　てめー、きったねー！』

彼女の後ろから追ってきた翼の色は、勝負師《フォーチュン・グレーブ》の紺と、嗜虐《しぎゃく》のピンク——七女と末妹の十二女だ。

「あなたたち、他人事じゃないのよ。お母さまのお仕置き、受けたいっていうなら止めやしないけど」

『おかあさまのお仕置き……。うふふっ、とってもたのしみ』

うっかりしていた。影が薄《うす》くていつも忘れてしまうが、そういえば八女《クラウディア》の色は自虐《マゾヒスティック・ミスト》の灰だった。

彼女は言った。

「私はまっぴらね。虐《いじ》めるほうが性《しょう》にあってるもの」

彼女自身の色は、恍惚《クリムソン・レッド》の赤――その血が、もっと陶酔できるものを欲して騒《さわ》いでいる。

『姉様。遠く――ずうっと遠くに、別のがいるわ。じっと、動かずにいる一体――』

生まれつき盲目の六女《サーシャ》は、そのかわりに不思議な力を持っていた。艇のセンサーと同調《シンクロ》したとき、彼女の開かない目は、何光年もの距離を見通す力を得るのだった。

「動いていない？　一体だけ？　どういうこと？」

『さあ、そこまでは……。距離なら、およそ十光年』

「そう。行ってみないと、わからないってわけね」

六女の言葉を受けて、彼女は決断した。どのみち何の戦果もなく帰るわけにはいかないのだ。妹たちもいまの戦闘《せんとう》で疲労しているところだが、母親の怒りをのぞいて、この世に彼女たちを怖《おそ》れさせるものは存在しない。

十光年なら、要塞《ようさい》に戻らなくても届く距離だ。

「出迎えに行くわよ。――先導《せんどう》なさい、サーシャ」

『はい——』

六女《サーシャ》に連れられて、十二隻の戦闘艇《てい》は超空間に飛びこんでいった。

✲✲✲

その惑星の、森の奥深く——。

黒くわだかまったタール状の細胞塊が、大きな池を作りあげていた。

その黒い他の周囲から、ときおり人間の悲鳴が聞こえてくる。

もし誰《だれ》か見る者がそこにいたなら、黒い池のなかから、単細胞生物《アメーバ》の偽足のように、細胞が集まってできた肉の枝が伸びだすところが見られただろう。そして肉の枝に、目鼻が現れ、手足が作られ、人の形をとってゆく光景も——。

その人の形をしたものは、頭頂からひも状の細い枝で池と繋《つな》がっていた。人間のように動き、怯《おび》え、悲鳴をあげる。そして最後にはひねり潰《つぶ》されて、ペースト状の細胞塊にもどって池に流れこんでゆくのだった。

屠殺場《とさつば》の家畜のような悲鳴が、そのたびごとにあがる。

池にたまっている細胞塊は、心を——意識というものを持っていた。人とは比較にならぬほど強靭《きょうじん》な意識を持つ彼らは、《無貌《むぼう》なる者》という名で自身を呼んでいた。

彼は飽食して、満ち足りた気分でいた。

運がよかったのだ。まるで手付かずのポイントを、仲間よりも先に見つけることができた。ついさきほども、五体ほどの同族が彼の横――数光年ほど離れたところ――を通りすぎていった。羨《うらや》ましそうに横目で見てゆくさまに、彼の優越感はおおいに刺激されたものだった。そのころにはもう、彼は食事を終えていた。味わう暇もなく急いで詰めこみはしたものの、最低限のマナーは忘れていない。ゆえに食べ残しはひとつもなかった。同族たちはただ匂《にお》いだけを味わって、ほかの宙域へと移動していった。

どこからか流れてきた噂《うわさ》によって、同族の多くが、この付近に集まってきている。いままで知られていなかった穴場だった。

もはや彼を邪魔《じゃま》するものはなく、ゆっくりと時間をかけて、食べた食事を反芻《はんすう》することができた。

食事という行為は、栄養補給という本来の目的のほかに、楽しみという側面も持っている。この小さな惑星《いしころ》の表面にへばりついていた有機生命は、ほとんどが味も素っ気もないものであったが、中には味わい深いものもまじっている。

彼は味も確かめずに食べたものを、ひとつずつ反芻していた。

自分の体細胞の一部を使って、その形態《マトリクス》を再現させるのだ。

いましも、ひとつの個体が形を取りつつあった。二本の手と二本の足を持った有機生命が、頭部にある視覚器官をぱちりと開く。

その個体がおそろしく鈍い動作で頭部を左右に回し、可哀想《かわいそう》なほどに小さな脳で周囲の状況を認識しようとしているあいだに、彼はその個体の記憶《きおく》を読み取った。

その個体の性別はオスだった。どこかの惑星の公転を周期とする単位で、四十一齢《さい》を数えている。それが人生と称している記憶情報の量は、ごくわずかなものだった。すべてをスキャンするのに一瞬《いっしゅん》しかかからない。その個体が頭部を右から左に回すあいだに、誕生《たんじょう》から彼に捕食されるまでのちっぽけな一生を何度も繰《く》り返して再生する暇もあった。取るに足らない〝人生〟だった。

退屈な時間が過ぎ、その個体がようやく彼の姿を認識した。頭部の穴――発声と呼吸のための器官が大きく開き、気体の振動が長々とはじまった。

どうしてこうも、型にはまって同じ反応をするのだろう。

彼は触手をひとふりして、その個体をぐしゃりと潰《つぶ》した。不快な音波もそれで止まる。元の細胞塊にもどしてから、次の個体の再生にかかる。いままで百万ほどの個体を反芻して、十といくつかの当たりがあった。まだあと百万ほど残っているから、あと同じくらいの数は、楽しめる個体が見つかるに違いない。

彼は他《ほか》の同族たちとは違って、それほどの欲は持っていなかった。腹を満たすのに必要な量と、あとは舌を楽しませてくれるいくつかの個体が見つかれば、それで満足だった。

《聖女》を得ようという野心は、若さとともに失われてしまった。

もう三億歳ほども若ければ、彼も他の同族たちと同じように、心血を注いで《聖女》を追い求めていたはずだ。こうした未開の種族に、《聖女》はときおり現れることがあると聞く。この広い狩り場のどこかに、《聖女》がいるという噂《うわさ》があった。匂《にお》いを嗅《か》いだと主張するものが後をたたず、仲間を集めて追跡をはじめる連中も出たくらいだ。

若かりしころの情熱に思いを馳《は》せながら、彼は黙々《もくもく》と確認作業をつづけていた。ひとつひとつの個体を再現しては潰《つぶ》し――その繰《く》り返しだ。

そのたびに響《ひび》き渡る不快な声にも、だんだんと慣れてきた。見方を変えさえすれば、これはこれで悪くなかった。潰れる瞬間――神経を流れるパルスの味は珍味であるといえた。

作っては潰し、作っては潰すという単純作業を繰り返す。

その作業に夢中になりはじめたころ――彼はふと、何者かの気配が接近してくることに気がついた。何者かはわからなかったが、その気配から、相手が知的生命であることは間違いなかった。

数は二体。何かの乗り物にのって、高速で近づいてくる。

彼は警告《けいこく》の意をこめて、その二体に思念を飛ばした。彼ら《無貌《むぼう》なる者》の食事を妨げることは許されない。本来なら死に値するほどの非礼であったが、彼は紳士《ジェントルマン》だった。

だが彼の送ったせっかくの警告を、相手は無視した。

彼は立ちあがった。非礼には非礼を――。

紳士の食事を邪魔《じゃま》する者には、完全なる滅びを与えてやらねばならないだろう。

✺✺✺

「ったく、もうっ！　いったいどこにいるのよっ！　こらぁっ！　でてこーい！　犯罪者どもっ！」

スカーレットが赤毛を逆立てて、マイクに向かってがなりたてる。

彼女の前の席で、ライナスはシートをリクライニングさせてくつろいでいた。

「こらぁ、聞いてるんでしょ犯罪者っ！　惑星全住民の誘拐容疑で逮捕してやるから、出てきなさいってーの！」

「それは違うんじゃないかな、スカーレット？　重要参考人として同行願われたし、っていうのが、連合からの指示だったと思うけどなぁ」

「ふっ、あまいわね。そいつは、いわゆるひとつの建前ってやつよ！」

ライナスの指摘を、スカーレットは鼻でせせら笑った。

「わざわざあたしを御指名ってことは、本音のほうは、『手段を問わずに捕獲《ほかく》すべし』ってことに違いないわ。そこまで汲《く》みとって動かないようで、《ヒーロー》がつとまりますかってーの！」

「ああ、自覚はあったんだね」

ライナスの頭を蹴《け》りつけて、スカーレットは操縦桿《そうじゅうかん》を傾けた。

船体が大きく旋回してゆく。九十度近く向きを変えると、船外モニターにこれまで通過してきた場所の惨状が映しだされる。

大地をえぐり、遥《はる》か彼方《かなた》までシュプールがつづいていた。

地表すれすれを音速の五倍近い速度でかっ飛んでいるため、衝撃波《しょうげきは》が地上に数メートルもの傷跡を残している。連続して爆撃《ばくげき》を行っているようなものだった。

穀倉地帯の畑が台無しだ。そろそろ刈り入れの時期だというのに――もっとも、いまこの惑星には住民がひとりも存在していない。刈り入れる人間もいないわけだが。

「ったく、もうっ！　聞いてないのかしらね？」

ライナスは言った。

「どっちにしても、同じことだと思うよ。もし聞いていたら、応答できなくなってるはずだし……。君さ、さっきから戦闘《せんとう》出力で送信してるだろ。民間規格の受信機じゃ吹き飛んじゃってるよね、きっと」

「そういうことは、早く言いなさい」

　スカーレットは送信機の出力を絞った。

「おーい、犯罪者どもぉ！　いますぐ出てきたら、許してあげてもいいわよ～」

　そろそろ飽きてきたのか、呼びかける声が投げやりになってくる。情熱の赤《パッションズ・レッド》の持ち主は、飽きっぽいのが欠点だった。

　その点、賢者の青《ウィズダム・ブルー》を持つ彼は忍耐強い。だからこうして彼女のパートナーもやっていける。

　彼はスカーレットと話しながらも、油断なくレーダーに目を向けていた。

「スカーレット、レーダーに反応だ」

「出てきたのねっ⁉　よーし、許さないんだからっ！」

「たしかいま、許すって言ったところじゃないっけ？　まあそれはべつにいいんだけど……。残念ながら、これは別口のようだね」

　ライナスは各種センサーが捉《とら》えた分析結果をメイン・モニターに転送した。

「こ、これって……」

　スカーレットが驚《おどろ》きの声をあげる。

「そう。連合からの報告書にあった〝敵〟さ。惑星全住民消失事件の真犯人ってところかな？」

　カメラは高速で飛来する敵の映像を捉えていた。空中を浮遊する肉のダンゴだ。この形態には《アイ・ボール》というコードネームがつけられている。

　その敵に対して、船の警戒《けいかい》システムはなんの反応も示していなかった。何度リトライさせてみても、あらゆる計器はそこに何ひとつ異常なものはないと主張した。物体の高度と飛行速度。推定質量、武装の有無。それらすべてのデータがそろっていながら、最終的な判断をさせると、「何もなし」と返ってくるのだ。

敵の存在を感知できたのは、スカーレットとライナスのふたりだけだ。機械には視《み》えず、心ある者にしか捉えられない相手だった。報告書にあった通りだ。

「やっぱり自分でレーダーを見といて、正解だったねぇ」

この惑星《ほし》に近づいて、無人であることが判明した時点から、ライナスはレーダーの監視《かんし》を自分の目で行うようにしていた。

空中浮遊ひとつとってみても、それが重力制御によるものならば、重力場の歪《ゆが》みが検出される。空力を利用して飛んでいるなら、空気の流れの変化が観測できるだろう。だが物理法則、それ自体をねじ曲げているとなると、観測機器には反応が出てこない。観測するはずの装置自体が、物理法則によって動いているからだ。

人と、ブレイク・スルーに達して自意識《こころ》を得たＡＩだけが、その存在と《力》を感知することができるのだ。

「まいったねぇ、向こうさん、やる気まんまんらしいよ」

レーダー上で、敵の姿はぐんぐんと近づいてくる。自動追尾《オート・トラッキング》が効かないおかげで、姿をカメラに捉《とら》えておくのもそろそろ難しくなってきた。ライナスはカメラの映像を切って、後席のスカーレットに振り返った。

「さて、どうする――って、こっちもやる気まんまんらしいね」

操縦桿《そうじゅうかん》を握る彼女は、目を輝《かがや》かせて、口許《くちもと》に微笑《ほほえ》みまで浮かべている。

彼としては戦略的撤退《てったい》という選択《オプション》に一票を投じたいところだが、彼女の表情を見ただけで無駄とわかってしまう。なにより無口になったことが、彼女が本気になった証拠だ。

「せめて宇宙に出て戦おうよ――って、ぜんぜん聞いてないねぇ」

ひとりでつぶやいて、ライナスは火器管制システムを立ちあげた。伸びだしてきた左右のスティックを握りしめる。こちらも自動追尾《オート・トラッキング》は作動しないため、手動で照準をあわせる必要がある。腕の見せどころだ。

「この船にもAI積んどけばよかったねぇ、二百年物くらいで、よく喋《しゃべ》ってくれる娘《こ》をさ――って、やっぱり聞いてないんだねぇ。スカーレット」

ライナスは覚悟を決めた。

この敵と交戦した者は、まだいない。戦闘《せんとう》データを取って連合に提出するのは、最初に遭遇した《ヒーロー》の役目だろう。

いまごろ地球《テラ》の南極にある連合本部では、各星系の代表が集まって対策会議がはじめられているはずだ。話の流れしだいでは、全面戦争というケースも考えられる。どうみても和平の通用しそうな相手ではない。

「僕は平和主義者なんだがなぁ」

　敵が近づいてきた。

　接触まで、あと十秒――。

　ライナスは主砲に直結したスティックを握り直した。

✹✹✹

《――で、その《ダーク・マドンナ》ってのは、どこにいるんだ？》
　ジークが聞くと、アリエルは困ったように顔を伏せた。
《それは……。このへんにいるってことしか、わからなくて……。あ、でも、前線にいることは間違いないんです》
《前線だって？》
《やつらは銀河の中心方向からやってきたからね。まず君たちのいう、射手座《いてざ》方面から侵略がはじまった。最外縁《さいがいえん》のソレイドという惑星《ほし》が最初の犠牲《ぎせい》になり、そこからほぼ半球状に広がってきている。その前線さ》
〝彼《カロン》〟の言葉を受けて、アリエルは腕をひとふりして銀河の立体映像を空間に呼びだした。直径百数十光年にも広がった人類版図《はんと》が一望のもとに確認できる。〝彼《カロン》〟の言う通り、音信の途絶えた星系は半球状に広がっていた。
《どういうわけか、戦ってるみたいなんです。その《ダーク・マドンナ》さんと十二人の娘さんたちが、《ストーカー》たちと。だから話せばわかってもらえると思ったんですけど……》
《戦う？　《ダーク・ヒーロー》たちが？　どうしてだよ？》
《まッ、ナワバリってモンもあるだろーしナ。銀河のために戦ってるツモリじゃないだろうサ——オッと、ネクサスもヤバかったとこだワサ。ちょうど前線にあるぜい》
《えっ？　うそっ!?》
アニーがあわてて銀河図をのぞきこむ。
《私——ネクサスに寄るまえに、前線のあちこちを回っていました。それではっきりしたんですけど、この近くにいることは間違いないんです》
《近くって、どのくらいだい？》
《半径数光年ってところだと——》
《それじゃあ、広すぎる。せめてどの星系にいるのか断定できないと……》
ジークが腕を組んで考えはじめたとき——。
《あははー！　おねーさん、やられてるのぉ》
リムルの気楽な声があがった。見れば精霊界《スピリチュアル・ワールド》からなにか映像を引っぱりだして、はしゃいでいるようだ。

《おいリムル。遊ぶのはいいけど、じゃましちゃだめだぞ――ところで何やって遊んでるんだ？》
《あのねあのね、あのまっ赤なおねーさんがね、やられてるの。どかーんて》
《まっ赤なお姉さん？　誰《だれ》だそりゃ？》
《ジークさんっ！　これっ――これ見てくださいっ！》
アリエルが声を張りあげた。リムルの見ている映像を引きよせて、ジークの前にもってくる。
《あー！　ぼくのなのにー！》
見覚えのある真紅の宇宙船が、何者かと交戦していた。
大気圏内の映像らしい。
船体よりも太いビームの直撃《ちょくげき》を正面から受けとめて、宇宙船がバランスを崩す。船体を覆《おお》った赤い力場《フォース》でビームの大部分を弾《はじ》いたものの、いくらかは喰《く》らったらしく、がくりと目に見えて高度が落ちる。
遠距離から発射されたビームが、もう一度、船体を襲《おそ》う。
一瞬《いっしゅん》弱まった赤い力場《フォース》のかわりに、青い力場《フォース》が船体を覆う。敵のビームを正面から受け止めようとするかわりに、ひらりとかわして、身軽に上昇してゆく。
《この惑星《ほし》です！　あっ――、私たちの体のある惑星《ほし》ですけど》
《敵は！　戦ってる相手はなんだっ⁉　見せてくれっ！》

《ちょっと待ってください！　ええと、近くにＡＩは……ＡＩの子は……いたっ！》
アリエルがもうひとつの映像を引きだしてくる。どこかの畑に立つ案山子《かかし》ロボットのようだ。棒切れを持って鳥を追い散らしていた彼は、その手を止め、首を設計限界まで上に向けた。
空を見上げる案山子の視界を通して、ジークたちは空中に浮かぶ肉の塊を見た。十メートルほどの肉色のボールの中央に、ひとつの巨大な目玉があった。ボールの周囲からは何本もの触手が伸びだして、うねうねと気味悪くうごめいている。
かっと目玉が見開いて、またビームが発射された。巨砲の撃《う》ちだすエネルギーの奔流を、まつげのように生えそろった触手が狙《ねら》いを定める。
《やつらだ……。《ストーカー》に間違いない》
ジークは言った。その途端《とたん》、すぱん――と頭を打ちぬかれる。
《んなこたァ、見りゃわかる！　んで、どうすんだヨ？》
《ど、どうするって――なにをさ？》
《助けンのか、それとも見殺しにするのかって聞いてンだヨ！》
ジークはぎょっとして、映像に目をもどした。
スカーレットたちの船は、はやくも退却の体勢に入っている。船を覆っていた真紅の力場《フォース》にはあちこち欠損が生じ、そこを青い力場《フォース》が補っている。それでも何ヶ所か、船体がむきだしになっている部分もあった。

《ストーカー》が音もなくすべるように空中を飛んで、全力で逃げに入った船の頭を押さえにくる。上昇することもできず、船は地表すれすれを飛ぶことを強いられた。

丘を避《さ》けて回りこみ、森の上を飛びこえる。噴射《ふんしゃ》されるプラズマの炎で、原生林の森が焼きつくされる。

《このままじゃ、長くないな……。でも助けるったって、船は置いてきたままだぞ。もどるにしたって、三十分は――》

《船なら、ここからでも動かせます。――アニーさん！》

《なっ、なにっ？》

アニーがびっくりした顔で返事をする。

《コックピットをイメージしてください！　船のコックピット！》

《イ、イメージ？　そんな、いきなり言われても……どうすればいいのよ？》

《なんでもいいです！　操縦桿《そうじゅうかん》とか、パネルの配置とか、シートの座り具合とか、そういうイメージです！　なんでもいいですから、やってください！》

その剣幕《けんまく》に押されて、アニーは目をつぶった。

《え、えーと……シートはかたくて、操縦桿はふにゃふにゃで……》

アリエルは手を頭上に振りあげると、どこからともなく光を呼びよせた。きらきらと川のように流れてきた光が、アニーの周囲にくるりとまといつく。

光が結晶して、船のコックピットがそこに出現した。
いつのまにか椅子《いす》に座っていたアニーの前に、椅子と計器のついたコンソールパネルが並んでいる。メインモニターが、その奥に広がる。そこに見えるのは、穏《おだ》やかな日差しを受けるジャガイモ畑だった。
操縦席だけが存在していて、まるでシミュレーターのコックピットだ。
《このあいだ修理したときに、外部からの遠隔操作の回線も直しましたから、これで動かせます。さあ、船を呼んでください。船の速度なら、三分もかかりません！》
《よ、呼べばいいのね。はっ、はい――》
アニーがとまどいながら操縦桿に手を伸ばす。本物と細部が微妙に違っている気もするが、それは確かに《チビドラ》の操縦席だった。
《そのあいだに、私たちは戻ります――体に！》
《ちょ、ちょっと待って――》
アリエルは待たなかった。腕をひと振り――光の帯でジークたち全員を拘束するや、足元に絨毯《じゅうたん》のように広がっている精霊界《スピリチュアル・ワールド》に飛びこんでゆく。
人類全体のネットを通り過ぎて、ローカルな惑星ネットに――。
そしてジークは、感覚変換機《イコライザー》のカプセルの中で意識を取りもどした。
カプセルの蓋《ふた》が開いてゆくのを感じたが、しばらくカプセルから出られなかった。

いくら念じても、体がカプセルから出ていかないのだ――いや、それで正常だ。現実の〝体〟というものは、思っただけでは飛んでくれない。

ジークは手足を使って、カプセルから転げでた。

視覚もどこかおかしい。前しか見えず、横と後ろの光景が――いや、これも正常だった。現実の〝目〟というものは、横や後ろを見るためには、そちらに顔を向ける必要があるのだ。

「早く――屋上に！　もう着きます！」

さすがに慣れているのか、アリエルはひと足はやく立ち直っていた。その言葉が終わらないうちに、どん――と大きな衝撃《しょうげき》が頭上から振ってきた。

「シャトルが来たのか――!?」

建物全体が打ち震《ふる》える。細かな破片が天井から舞い落ちてきて、大きく揺れた照明が次々と消えていった。回転していたミラーボールも、モーターが止まって停止してしまう。

「ぎゃん！」

まだ蓋《ふた》の開いていないカプセルの中から、アニーの悲鳴が聞こえてきた。シャトルを操縦《そうじゅう》するため、停電の直前まで感覚変換機《イコライザー》にかかっていたのだ。

「アニー！」

「おッと、おマエはコッチ――」

カプセルに飛びつこうとしたジークの手を、カンナが引っぱる。店の入口をくぐり抜けると、非常階段の位置を示すライトが灯っていた。停電となっては、エレベータは使えない。

気絶したアニーを、ジリオラが肩に担いで運びだしてくるのを見て、ジークは非常階段に飛びこんだ。踊り場の壁《かべ》を蹴《け》りつけるようにして、狭い階段を屋上まで一気に上ってゆく。

洗濯物《せんたくもの》の干されている屋上に、ジークは飛びだした。

雑居ビルの屋上に不時着したシャトルは、猫の額《ひたい》のような狭い場所に胴体中央を乗せていた。船首と船尾が大きくはみだし、シーソーのように危うげに揺れている。

「無茶《むちゃ》しやがって！」

ジークはいまさらながら、アニーの腕に舌を巻いた。うまい具合に、エアロックのハッチは目の前にあった。いや、そこに来るようにアニーがシャトルを降ろしたのだろう。

「乗るぞ！　コックピットだ――」

階段を駆《か》けあがってきたカンナとリムルにそう叫び、ひと足先にハッチに飛びこむ。

コックピットに向かおうとしたところで――ぐらりとシャトルが傾きはじめる。あとから乗りこんできたふたりに、ジークは慌てて叫んだ。

「待った――お前らふたり、後ろだっ！　いちばん後ろの機関室！」

シーソーのバランスを崩さないように、コックピットへと進む。アニーのかわりに操縦席について、遠隔操縦《リモート・コントロール》のスイッチを切る。

『全員乗りましたわ――社長』

伝声管から聞こえてきたエレナの声に、ジークはスロットルを押しこんだ。下方向に解放されたバーニアの推力が、シャトルを空中高くほうりあげる。重力がシャトルを地表に引きもどそうとするよりも早く、目を覚ましたメイン・エンジンがそこから先を引き継ぐ。

ほんの数秒で、シャトルは空に昇っていた。サウス・シティの街並みが眼下に広がる。

「マッたく――私ら、バランサーかい！」

文句を言いながらも、カンナは飛びこんできて航法士席についた。エレナが通信コンソールでインカムを取りあげる。

「進路このまま。前方二千キロで交戦中のようですわね」

「わかった。――ジル、右の推力が七パーセントも足らない。推力偏向《ベクター・スラスト》も効いてないみたいだ」

「わかった」

ジリオラが、アリエルとリムルにアニーを預けて機関の面倒をみる。暖気もなしにいきなり全開にしたおかげで、すこぶる機嫌が悪い。

ほうっておくと右に曲がってゆこうとする機体を、小刻みに進路修正しながら、ジークはアニーに顔を向けた。

「だいじょうぶか？」

アニーはまっ青な顔をしながらも、アリエルとリムルのふたりに支えられて、操縦席《そうじゅうせき》のシートに手をかけてくる。

「あ……、あたし……。あたし、やるから……」

「いいから、しばらく休んでろ」

いつもは自分の座っている副操縦士席に、アニーを座らせる。

「停電で強制切断されたから、脳に負担がかかっただけです。しばらくは目眩《めまい》するだろうけど、だいじょうぶですから――」

アリエルとリムルのふたりも、補助シートを引き出してベルトを締《し》める。

全員がシートについたことを確認して、ジークはスロットルをMAXに入れた。一G、そして三G――。加速度計の針はそこで止まってしまう。《サラマンドラ》なら十Gというところだが、この船ではたったの三Gがせいいっぱいだ。

いったん成層圏より上までのぼって、宇宙の下端をかすめる弾道飛行に入る。

「こちら『SSS』、《チビドラ》――ノーザン・フェニックス号のスカーレットさん、聞こえますかしら？」

インカムのマイクを口許《くちもと》によせて、エレナが送信する。

しばらく待ち――もういちど口を開こうとしたとき、返事があった。

『ちょっとォ！　どうしてくれんのよ、あんたたちのせいよっ、この犯罪者どもっ！』

スピーカーから飛びだしてきた女の声に、ジークは答えた。

「元気そうだな。その様子なら、こちらが到着するまで、あと三分――持ちこたえられそうか？」

『こちらの到着――ですって？　馬鹿《ばか》いってんじゃないわよ！　あたしたちはいま戦闘中《せんとうちゅう》！　見てわかんないの⁉　あんたら民間人は、だまって隠れてなさい！　いいこと？　首をようく洗っておくのよ！　こいつをどうにかしたら、あとで捕まえにいってやるから！』

『どうにかされたら……の間違いじゃないかなぁ。僕はそう思うんだけど』

スピーカーの向こうで、なにやら打撃音《だげきおん》が聞こえる。

「大気圏再突入まで、あと三十秒――」

エレナが手短に告げてくる。弾道飛行で大気圏を飛びだしたために、再突入時に数十秒ほど通信が途絶してしまうのだ。ジークは要件を切りだした。

「いいか、こっちは民間人かもしれないが、そいつと戦ったことがある。経験者の言うことは聞いたほうがいいぞ。逃げるなら、本気を出していない――目玉の怪物でいてくれるいまのうちだ！」

『逃げるですって、冗談じゃないわ！　あたしの中の正義が、そんなことは――』

「跳躍機関《ジャンプ・ドライブ》のエネルギー・チャージには、何分かかる？」

『だから逃げるつもりはないって言ってんでしょ！　――十五分かかるけど』

それでも答えを返すところに、彼女の弱気が見えている。

『いやいや、あと五分ですむよ。しばらく前から、僕がチャージ始めてたからねぇ』

『あんたはッ！　さっきから主砲のパワーが落ちてるって思ったら、あんたのせいだったのねっ！』

『いいじゃないか。せっかく手を貸してくれるっていうんだ。ここは好意に甘えておこうよ。戦略的撤退《てったい》――ああ、なんて素敵な響《ひび》きだろうね』

『あんたはっ！《ヒーロー》のプライドってもんがないのっ！　よりにもよって民間人の、しかも犯罪者なんかに――』

「そろそろ大気圏に再突入する。到着まであと百二十秒。痴話喧嘩《ちわげんか》はそのあいだに済ませといてくれ」

『こらぁっ！　だぁれが痴話喧嘩なんて――』

その言葉を最後に、交信が途絶する。

大気との摩擦《まさつ》によって、シャトルは瞬時《しゅんじ》にして、二千度近い高熱に包まれた。窓の硬化テクタイトが赤熱してオレンジ色に輝《かがや》きはじめる。防眩《ぼうげん》シャッターが自動で降り――ようとしなかったので、ジークは自分の手でシャッターを下げた。

大気圏に突入してしまうと、パイロットにできることはしばらくのあいだ何もない。レーダーも通信機も使えなくなる。

「ジークさん、突入前に行った最後の観測だと、追いかけっこしてる真正面に飛びだすことになります。気をつけてください――」

エレナのとなりで、アリエルが告げる。いつのまにかコンソールの前にしっかりとポジションを取っている。

思えば、彼女には引っぱり回されてばかりだった。

「あのさ、アリエル。これが終わったらさ——」

「はい？　なんですかっ！」

「これが終わって落ちついたら、うちの社員にならないか？」

自分でも何を言っているのだろうと思いながら、ジークはそう言っていた。

「えっ？　えっ？」

計器に示されるカウントダウンの数字が、ゼロになった。

「よし、抜けたっ！」

叫びながら、ジークは防眩シャッターを跳《は》ねあげた。まだ赤く熱の残る窓を通して、空の青が広がっている。そして眼下には、空よりもなお青い海。

追うものと、追われるものと——両者の姿は、目前にあった。

まだ無事でいてくれたらしい。とにかく、相手の注意をこちらに引きつけなければならない。

ジークは息を大きく吸いこみ、そして言った。

「主砲、発射用意——」

「ねェよ」

「へっ？」

「だからねェって、そんなモン」

カンナが暇そうな顔で鼻をほじる。

「中古で買った貨物船に、んなモンついてるワケねーダロ」

「し、しまったぁ！」

ついつい《サラマンドラ》に乗った気になってしまっていた。

絶好の攻撃《こうげき》チャンスを失って、《チビドラ》は両者の真ん中を抜けていった。

大気圏突入時の影響《えいきょう》を残しているために、音速の数倍近い速度がある。追いかけっこをする両者との距離はぐんぐんと開いてゆく。あわてて操縦桿《そうじゅうかん》を握るが、速度のために舵《かじ》の効きが異様に悪い。

右手だけでなく、左手も添えて操縦桿に力をこめていると、その重さが急にふっと軽くなった。

「あたしに、かしなさいって……」

副操縦士席のほうで、アニーも操縦桿に手をかけていた。

「だいじょうぶか？　まだ、オレが――」

「誰《だれ》かさんが誰かさんを口説《くど》いているとなりで、おちおち気絶なんかしてられますかっていうの」

「なんだよ、それ」

ふたりで操縦桿《そうじゅうかん》に力をこめていると、機体の向きがゆっくりと変わってゆく。速度が音速の三倍くらいにまで落ちたところで、アニーはスロットルを吹かして、速度を維持した。

「わかってるな、オレたちが囮《おとり》になって——」

「あの高飛車女を逃がしてやるっていうんでしょ？　ったく、いつも女のことになると目の色かえるっていうか、なんていうか——」

「ジークさん、あの……。ちょっとすいません、《ストーカー》が——」

後方モニターに、やつの姿が映っていた。体の中央の巨大な目玉で、ぎょろりとこちらをにらんでいる。肉厚のまぶたが、閉じては開く。

《ストーカー》はスカーレットの船を追うのをやめて、進路を変えた。

「来たか——」

ジークはジャケットの胸元に手を入れて、ペンダントを握りしめた。


驚《おどろ》きから、喜びへ——。

彼の中に生じた感情は、その形を変えつつあった。

よもやこんなところで、《聖女》に出会えるとは——。

いや、まだ未熟だ。まだ《聖女》にはなりきっていない。あの物質の力を借りねば下等生命から抜けだすこともできないような――いうなれば《乙女《おとめ》》というところだろう。

だがいずれにしても、女であることに違いはない。こうした未開種族のあいだに、ときおり《聖女》が現れるという噂《うわさ》は、あながち嘘《うそ》でもなかったのだ。

若かりしころの情熱が、彼の体に暗い炎となって蘇《よみがえ》る。

女だ。女を我が物にするのだ！

となりに《力》を持った男がいるようだが、彼が数億年にわたってたくわえてきた《力》で、ひねり潰《つぶ》してくれよう。簡単なことだ。


「追ってきたぞ！」

「ほイ。三秒後、左下、十二度――二Gだワサ」

「了解――っと」

カンナの出してくる指示に、アニーが機を操ってこたえる。

機体の制御は、もう完全にアニーの手に移っていた。ジークが操っていた時とは、生まれ変わったような運動性だ。エルロンやラダーという舵《かじ》を使う大気圏内での空力制御にくわえ、本来は宇宙で使われるべきバーニア噴射《ふんしゃ》も駆使《くし》して、航空機にも宇宙船にも不可能な機動を行う。

さすがは宇宙樹《ユグドラシル》生まれだ。たった十数時間しか飛ばしていないというのに、機体の隅々にまで血が通っているようだ。

がくん——と、エアポケットに入ったように、前触れなく機体が下に降下する。その直後、頭上を柱のような大さのビームが抜けていった。

「ヒュー、イマのは近かったナ。おッと——距離五千に接近してきたゾ」

「ちょっと！　もう長くはもたないわよ！　あいつ！　あの女っ！　まだノロノロそのへんウロついてんの⁉」

アニーが癇癪《かんしゃく》を起こす。

通信機のスピーカーから、あの女の声が飛びだしてきた。

『ちょっとっ！　誰《だれ》がノロノロですって⁉　あたしら公務員はねっ！　あんたら民間人を守るために毎日毎日、汗水たらして働いてんですからね！　それをよくも——』

「その民間人に守られてるやつが！　偉そうにしてんじゃないわよ！　このへっぽこ《ヒーロー》！　無駄飯食らい！」

『なっ、なっ、なっ——へっ、へっ、へっぽこですって！　コロス！　ぜったいにコロス！』

『さぁスカーレット、チャージが完了したよ。お言葉に甘えて、逃げさせてもらおうじゃないか』

『よしっ、ライナス！　大気圏外まで上昇するわよっ！』

「あらっ——なんだ、行っちゃうの」

アニーが拍子抜けしたような顔になる。

後部視界のモニターの中で、スカーレットの船は垂直上昇をはじめていた。赤い噴射炎《ふんしゃえん》の柱に船体を乗せて、数十Gの加速で槍《やり》のように雲を突き抜けてゆく。

「ようやく行ったわね、最後まで騒々《そうぞう》しい女――」

「アニー、どうだ？　なんとか逃げられそうか？」

スカーレットたちの救援という、本来の目的を果たしたところで、つぎは自分たち自身が逃げる番だ。

「さぁね、ダメなんじゃないの？　《サラマンドラ》ならともかく、この船じゃねー」

あっさりと、アニーは答えを返した。

「距離、四千――もう一発、来るゾ」

こんどの攻撃《こうげき》は至近距離だった。

レーザーでもなければ荷電粒子ビームでない、ピンク色をしたギザギザの怪光線が、機体の右横をかすめてゆく。

「きゃっ！」

悲鳴があがった。右側のコンソールに火花が走る。――そこにいるのはアリエルとエレナのふたりだった。

シートを通して、尻《しり》の下から嫌な振動が伝わる。構造材の引きちぎれる感触――。窓を通して、右翼《うよく》の先端が吹き飛ぶのが見えた。

「こなくそっ！」

スピンに入りかけた機体を、アニーはバーニア噴射を使ってなんとか立て直した。だが右翼《うよく》の一部分を失った機体は、右に傾げながら高度を落としてゆく。

「アリエル！　エレナさんっ！」

とっさに身を引いていたエレナが、インコムを外しながら汗ばんだ顔をジークに向ける。

「え、ええ──だいじょうぶですわ。でも、通信機とレーダーが、いまので……」

「わ、私も……平気です。でも……でも、ごめんなさい！　わたしの、わたしのせいで、皆さんを巻きこんでしまって……」

アリエルはうつむいたまま自分を責めていた。

ぐんぐんと下がりつつある高度計の針にちらりと目をやって、ジークは言った。

「そう簡単にあきらめないでくれよ。なぁに──これくらいのピンチ、うちは何度だって、くぐり抜けてきたんだ」

「そうだよ。だってジーク、《ヒーロー》なんだもん。正義の味方なの」

補助椅子《いす》にくくりつけられたまま、リムルが胸を張る。

アリエルは伏せていた顔を、ゆっくりと上げた。

「あの、《ヒーロー》……って？　誰《だれ》がですか？」

アリエルは顔にとまどいを浮かべていた。その視線は皆の顔をさまよったあげく、窓の外へと向けられてしまう。

「あの、《ヒーロー》の……スカーレットさんたちって、もう逃げちゃいましたよね……？」

「ちがうのー！　おねーさんたちもそうだけど、ジークが《ヒーロー》なのぉ！」

「えっ？　えっ？」

アリエルは理解できないといった顔で、うろたえるばかりだ。

機体のほうはなんとか持ち直して、失った高度を徐々に取りもどしつつある。後ろの席では、女たちが何枚ものモニター画像を壁《かべ》のスクリーンに呼びだして、全周囲にわたる索敵を行っていた。

「やつはまだ見つからないのか？」

「ええ、どこにも姿が――」

エレナが答える。カンナとジリオラと三人がかりで、十数枚のモニター画像を分担している。さきほどの攻撃《こうげき》で、レーダーは使えなくなっていた。索敵は自分たちの目に頼るしかない。

「もっとよく探せ、かならずどこかにいるはずだ」

どの方角も水平線まで楽に見通せる。大洋上空の視界は、ほぼ無限大だった。見つからないはずがない。いちばん近い雲でさえ、数十キロは離れているのだ。

「あの、私も探します……」

疑問を一時棚上げすることに決めたのか、アリエルも索敵に加わった。

「ロストする前は後方四千にいたんだ。そう遠くには――待てよ？」

半径数キロ以内で存在する、唯一の死角。それは――。

真下――海の中だった。

「下だ！　下方モニター！」

隅のほうに縮小《しゅくしょう》されていたモニターの画像が、中央に最大サイズで表示される。

ピンク色をした光の円盤《えんばん》が、海中を高速で移動していた。やや後方から近づいてきたそいつは、真下を抜けて、追いこしてゆく。水中を――飛行中のシャトルよりも速く移動してゆく生物とは、いったいどんな形態をもっているのだろうか。

ジークは、はっと我に返った。

「来るぞっ！　かわせっ！」

「無理いわないでよ！　飛ばしてるだけでも、ほめてもらいたいもんだわ！」

前方で、水柱があがった。

「だから無理だッてーのにッ！」

悪態をつきながらも、アニーは回避《かいひ》行動を取っていた。

ほとんど壁《かべ》となって、水の柱が前方にそそり立つ。機体が真横に傾き、目の前まで迫ってきた水の壁が、ざっと下方向に抜けてゆく。

ぎりぎりでかわしたと思った瞬間《しゅんかん》、水柱の中から、緑色をした何かが伸びてきた。

急減速をかけたような衝撃《しょうげき》がくる。シートベルトが体に食いこみ、ぎしぎしと骨格が悲鳴をあげる。

「ハッ――！　なっ、なんだっ？」

肺から空気が搾《しぼ》りだされてしまって、まともに声が出せない。

シャトルはもはや、空を飛んではいなかった。下方モニターに映る海面で、大波が揺れているのが見える。シャトルはいま、空中にありながら完全に静止していた。

後方モニターに、シャトルを宙吊《ちゅうづ》りにしているものの正体が映っている。緑色をした触手――表面にぶつぶつと無数の吸盤《きゅうばん》らしきものを持った、しなやかで強靭《きょうじん》な触手だった。長く伸びるその先は、水柱の中に続いている。

吹きあげられた海水が、落下をはじめて海面に帰ってゆく。やがて水の幕がすべて落ちきると、怪物の姿があらわれた。

平べったく、槍《やり》の穂先《ほさき》にも似た頭部が、海面上に高く突きでていた。まっとうな牛物なら顎《あご》に相当するあたりから、無数の触手が伸びだしている。そのうちの数本が数百メートルも伸びて、シャトルを捉《とら》えているのだった。

カンナがシートから身を乗りだして、なにやら叫んでいる。

シャトルは触手につかまったまま、怪物のほうに引き寄せられていった。

さらに数本の触手が伸びてきて、両翼《りょうよく》にぐるりと巻きつく。窓にぺたりと吸盤が張りつき、カンナが気味悪そうに顔をしかめた。

「大怪球のおツギは、クトゥルフかい。よくもマァ、つぎからつぎへと……」

「魔王《まおう》もあるさ。やつが本気になればな。——完全につかまっちまったな。アニー、だめか？」

アニーはスロットルを数秒ほどＭＡＸに入れ、びくともしないことを確かめてから、両手を持ちあげた。

「だめね、もうあたしには、お手上げ——」

「そうか……」

ジークはジャケットの中に手を差しいれた。シャツの下にしまっていたペンダントを、首筋からひっぱりだす。鎖《くさり》のついた小さなインゴットは、ジークの手の中で、明滅するように頼りない光を放っていた。

いままで幾度となく使ってはきたものの、使いこなせているとはいいがたい。肝心な時に輝《かがや》かせることができず、死にかけたことが何度もあった。

できるなら、こういった不確実な手段に頼ることはしたくなかったのだが——。

目を向けると、アリエルがまじまじと目を見開いていた。ようやくわかってくれたのか。

「ジークさん……。あのっ、ジークさんて……、《ヒーロー》だったんですか？」

ジークは言った。

「ちがうよ。オレは《ヒーロー》なんかじゃない」

「でも、それって……《ヒロニウム》ですよね。私だって、それくらい知ってます」

ぎしっ――と、船殻が軋《きし》みをあげた。不穏《ふおん》な音に、皆が首をすくめる。

ジークはペンダントを握りしめたまま、輝いてくれと祈りかけ――あわてて思いとどまった。

祈るのではない。

《ヒロニウム》を輝かせるものは、祈りではなく、意志の力だ。

ジークはコックピットの中を見回した。五人の女社員たち。そしてアリエル。皆が自分を見ていた。

窓の外に目を向ける。窓に張りついた触手と、その向こうに怪物の姿が見えた。

やつらは人を喰《く》らう。人の記憶《きおく》と経験と、人格のすべてをすすり喰らう。ここにいる女たちが喰われるさまを、ジークは見たくなかった。絶対に――。

《ヒロニウム》が、白く輝きはじめる。

ペンダントを握りしめた左手から、腕を、そして体全体を――白い光が薄《うす》く覆《おお》いつくす。

ジークはもう片方の手を、船のコンソールに置いた。手のひらを通して、その輝きを船に伝えようと――。

「あれっ――？　あれあれっ？」

輝きは船に伝わらなかった。どういうわけか、輝きは手から船体に染みわたろうとしないのだ。

船体が、みしっと再び音をあげる。

「ちょっとおっ！　冗談じゃないわよっ！　あんたのソレが頼りだったんだからね！　しっかりしてくんなきゃ困るでしょーがっ！」

「だからコレをあてにするなって、いつも言ってるだろうがっ！」

ジークはアニーに言い返した。

「えばるなっ！　あんたなんて、それを取ったらただのノビタでしょーがっ！」

「あーっ、ノビタって言ったな！　いまノビタって！　なんだかよくわかんないけど、すっげー腹立つんだよなっ、それって！」

窓の外に、ぎょろりと目玉が見えた。怪物の緑に光る眼球が、窓を通して船内をのぞこうとしている。

ジークは船体に《力》を通わせるのをあきらめた。シートベルトを跳ね飛ばして立ちあがると、わきに吊《つ》ったレイガンを引き抜いた。

窓の外の巨大な眼球に向けて、両手でぴたりとポイントする。

「最初から、こっちにしとけばよかったんだ」

物心ついたときから使いつづけているレイガンは、手の一部といってもいいほど馴染《なじ》んでいた。何の抵抗もなく《力》が浸透してゆく。

トリガーを、引き絞った。

銃口からほとばしった青い光条は、窓を素通りした。はめこまれた硬化テクタイトには傷ひとつつけず、怪物の眼球だけを貫いた。

物理攻撃《こうげき》──ただのレーザーなら通用しなかっただろうが、いまジークの胸では、《ヒロニウム》が白い輝《かがや》きを放っている。

《──────!!》

怪物が悲鳴をあげた。声ではなく、思念による悲鳴が頭の中に響《ひび》きわたる。

「きゃぁ！」

女たちが悲鳴をあげて、頭を抱える。怪物の感じている痛みが思念によって伝染してくる。

シャトルを捉《とら》えていた触手が、するりとほどけた。

船体が落下をはじめ──つぎの瞬間《しゅんかん》には、アニーがコントロールを奪い返していた。

自由をふたたび手に入れたシャトルは、メイン・エンジンの全推力を解放した。数百万度という、水爆《すいばく》の爆心地にも匹敵する高熱が、プラズマ炎となって怪物の粘液質の体に叩《たた》きつけられる。だが相手が相手だ。目くらまし程度の効果しか期待できないだろう。

船は加速を開始した。だが片方の翼《つばさ》を半分ほどもぎとられた状態で、そうそう速度は上げられない。音速の半分も出さないうちに、早くも異常な振動が船体を襲《おそ》いはじめる。

後方モニターの中で、怪物が身をひねっていた。傷ついていないほうの眼《め》で、じろりとねめつけてくる。

触手が、飛来した。

数百メートルを伸びてきた緑の触手に、束《つか》の間《ま》の自由はふたたび絡め取られてしまった。

「わわっ！」

「きゃっ！」

ベルトを外して立ちあがっていたジークは、急減速のショックにバランスを崩した。隣席《りんせき》のアニーの上に倒れこんでしまう。

その時。ジークの体から、アニーの体へと——輝《かがや》きが染みこんでいった。

「そうか！」

ミニスカートに顔をうずめた格好で、ジークは叫んでいた。

このシャトルを手足も同然に操っている人間が——ここにいた！

アニーの太股《ふともも》をぎゅっと抱きしめながら、ジークは叫んだ。

「アニー！　全開だっ！」

叫ぶと同時に、《力》を送りこむ。船にではなく、アニーにたいして——。

アニーを通して、《力》が機体に染みわたる。

「ぜっ、全開ねっ⁉」

アニーはスロットルを押しあげた。エンジンの咆哮《ほうこう》が、船体を震《ふる》わせる。

設計限界を遥《はる》かに超えた推力が絞りだされ、膨《ふく》れあがった噴射炎《ふんしゃえん》は、数百メートル彼方《かなた》にい

る怪物までも包みこんだ。

びちびち——と、船体の外から、何かを引きちぎるような音が聞こえてくる。

怪物の触手を力ずくで引きちぎって、シャトルは自由を手に入れた。

「このまま宇宙まで逃げだせ！」

「言われないでも、逃げるわよっ！」

アニーの膝《ひざ》の上にへばりついたまま、ジークは動くことができなかった。いま体を離したら、船は落ちる。きっと落ちる。

しばらく前から故障して沈黙《ちんもく》を守っていた通信機のスピーカーが、ノイズを発したかと思うと、とつぜんのように息を吹き返した。

『そこの民間船っ！　聞こえてないのっ！　ちょっとっ！　そこから離脱しなさいって言ってんのにっ！』

「うるさいわねっ！　いま逃げてるところでしょっ！　どこに目ぇつけてんのよっ！」

スカーレットの声に、アニーが叫び返す。

「社長——軌道上に、ノーザン・フェニックス号ですわね」

壊《こわ》れていたはずのレーダーも復活しているらしい。

「あっ、こらジーク、動くな！　そこだめっ！　だめだってばっ！　やめてよっ！　あたしまだヴァージンなんだからっ！」

頭を動かしてレーダー画面を見ようとすると、アニーがぽかぽかと殴ってくる。

『よぅっし、そのまま上がってきなさい。さぁ、ここはあたしたちにまかせて、お逃げなさい』

「そっちこそ、まだ逃げてなかったのかよ？　こっちは自力で逃げだせる……と思う。だから心配しないで、さっさとジャンプしちまえ！」

『逃げるですって？　冗談じゃない。そんなこと、あたしの中の正義が許すもんですか！　よぅっし、チャージ完了ぉ！』

「ちょっと待て！　いったいなにをやるつもりだ!?」

『なにをするか――ですって!?　倒すに決まってんでしょ、ぶっ倒すにっ！』

「エレナさん！　向こうの船はどこにいる!?　現在位置とベクトルはっ！」

「現在位置――《ストーカー》さんの真上ですわね。およそ三百キロ。機首を真下に向けて全力加速中。秒速にして十二キロ」

「真下っ!?　落ちてくんのか！」

『落ちてるんじゃないわよっ！　体当たりしよーとしてんのっ！　ライナス、跳躍機関《ジャンプ・ドライブ》に溜《た》めといたエネルギー、ぜんぶ主砲に回してっ！』

『それはべつにかまわないんだけどね……、ちょっと時間をくれるかなぁ？　いま辞世の句を考えちゃうからさ』

『あんたはっ――！　遺書でもなんでも好きなだけ書いてなさいっ！』

『ああ、遺書のほうはいいんだ。君とコンビを組むのが決まった時に、もう書いてあるから』

げしっ――と、ブーツで頭を蹴《け》りつけるような音が電波にのって聞こえてくる。

「ノーザン・フェニックス号――砲門、開きます」

モニターのひとつに真紅の船が映しだされる。船首を真下に向けて、軌道上からまっしぐらに降下中だった。モニターの隅にある数字――測定高度をしめすカウントが、百キロを切る。

『いっくわよぉ〜、ファイアーバード・アターックぅっ！』

長く尾を引く叫びとともに、ノーザン・フェニックス号は大気圏へと突入した。

ぱぁっと、炎が燃えあがる。

真紅の船体は、それよりもなお赤い炎に包まれつつ、さらに速度を増そうとしていた。宇宙に向かって、プラズマの尾が長々と伸びる。船体の何倍もの長さをもつ噴射《ふんしゃ》ガスの尾羽根だった。

突入前から早々と開いていた砲門から、極太のビームが発射される。数メートルもの直径をもつ純粋光《レーザー》の柱だった。

だがたとえ、その赤色レーザーが要塞攻略砲《ようさいこうりゃくほう》なみの出力を持っていたとしても、それだけで倒せるような相手では――。

「なんだってぇ!?」

スカーレットの取った行動に、ジークは我が目を疑った。

ノーザン・フェニックス号は、爆発《ばくはつ》しかねない勢いでエンジンを噴《ふ》きあげると、いったん発射したビームを後ろから追いかけた。ビームの中に突っこみ——そしてあろうことか、赤い純粋光《レーザー》をその身にまとう。

船体を被《おお》った純粋光《レーザー》が、翼《つばさ》のように広げられる。

その姿は、まさに火の鳥《ファイアー・バード》だった。

もうひとつのモニター——怪物の映像を捉《とら》えつづけていた後方モニターに変化があった。

海の王《クトゥルフ》形態をとっていた《ストーカー》が、体をまるめ、青黒い肉のボールへと姿を変えていた。粘液におおわれた原形質がのたうち、半透明な表面を通して、内部に二本の腕と二本の足、そして一対の角を持った巨人の姿が生まれはじめているのが見える。

ジークの怖《おそ》れていた魔王《ディアブロ》の形態だった。スカーレットのしめした《力》が、相手を本気にさせたのだろう。

だが——。

「遅いんだよ」

ジークのつぶやきと同時に、火の鳥《ファイアー・バード》が赤い矢となり、空より舞い降りた。

貫いて、抜ける。

海が沸騰《ふっとう》した。白い水蒸気が、爆発の勢いで広がってゆく。

モニターの一面が、白く閉ざされる。

「衝撃波《しょうげきは》、来るぞっ――」

本来は見えないはずの衝撃波が、海面を――大気を揺らして迫ってくる。球面状に広がる衝撃波が後ろから追いついてきた瞬間《しゅんかん》、シャトルの船内は大揺れに揺れた。

揺れが収まる。

噴《ふ》きあがった水蒸気は、キノコ雲をつくりあげていた。その周囲では、冷えて水に戻った水蒸気が激しいスコールを降らせている。

「アニー、引き返してくれ！　あの連中の救助に――」

「その必要は、ないようね」

エレナが呼びだしたモニター映像――その中に、海面下から飛びだしてくる宇宙船の姿があった。わずかに残っていた炎が、風と混ざって消えてゆく。火の鳥の羽根の最後の一枚が抜け落ちると同時に、交信が回復した。

『はっ、ははっ……。見なさい。このあたしが本気をだせば、ざっとこんなもんなんだから……』

声に疲れがみえる。力場《フォース》の守りも消えかかり、ダメージを受けてぼろぼろになった船体は、よろよろと頼りなく飛んでいた。

ライナスのとぼけた声も聞こえてくる。

『相手のダメージの三分の二くらいが自分に返ってくるような技だからねぇ……。いやぁ、生きてるって、ほんと素晴らしいことだねぇ』

進路を変えず、ゆっくりと飛ぶだけのノーザン・フェニックス号に、アニーは船体を寄せていった。

「なによ、相討ちになっちゃえばよかったのに――」

『つ、つぎは、そっちの番よぉ……、ま、まってなさいよぉ……』

もはや気の利いた悪態を返すだけの気力もないのか、スカーレットは荒く息継ぎするばかりだ。

「こちら《チビドラ》、救助を要請《ようせい》するか？　――って、こっちも飛んでいるのがやっとなんだけどな。最寄りの陸地は、三時方向だ。それともこのまま着水するか？　付きあうよ」

船を飛ばしつづけるために、ジークはアニーの膝《ひざ》の上から動けない。

「ちょっと！　――あれ見て！」

アニーが突然、悲鳴に近い声を張りあげた。

海面下を、ピンク色の光がいくつも移動していた。

数十もの小さな光が、海面下を這《は》うように移動している。それは一ヶ所に集まろうとしているようだった。

「ま、まだやれるのかよ……」

見ているあいだに、ピンク色の大きな円盤《えんばん》が海底にできあがる。

ピンク色の輝《かがや》きが、ふっとかき消えた。つぎの瞬間《しゅんかん》、海面が大きく盛りあがる。

海面を下から貫いて、銀色の槍《やり》が飛びだしてきた。

まっすぐに――飛びだしたときの速度を緩《ゆる》めることなく、それは空へと駆《か》けのぼっていった。

『へ、へへーん……、逃げるかぁ、こぉの臆病者《おくびょうもの》ぉ』

『そゆこと言うのはやめようね、戻ってきたら困るからさ』

スカーレットたちの船が、ぐらりと船体を傾けた。

そのまま、海へと落下してゆく。

「あははっ！　落ちた落ちた！」

アニーが笑い声をあげた瞬間、こちらの船もぐらりとくる。

「こっ、こらジーク！　しっかりしてよっ！　落ちてる落ちてる！　落ちてるってばっ！」

「そう言われてもなぁ……」

いちど抜けてしまった気というものは、そうそうもとには戻らない。

二隻の船は、仲よく船体を並べて海面に不時着することになった。

「あの、ジークさん……」

アニーの膝《ひざ》の上に、ぐったりと倒れ伏したジークに、アリエルが遠慮《えんりょ》がちに声をかけてくる。

「敵の……《ストーカー》っていう敵ですけど、いま超空間に突入していったみたいです」

「そうか……」

　ジークはいったん持ちあげた頭を、また太股《ふともも》に落とした。観測機器も作動を停止しているはずだが、アリエルは頭の中にある端末を通じて、この惑星《ほし》のネット――そして精霊界《スピリチュアル・ワールド》と常に接続しているのだろう。

「いいかげん、どきなさいってーの」

　言葉とは裏腹に、アニーの手はジークの髪を撫《な》でてくる。

　ジークは疲れに目を閉じかけた。

「あの、ジークさん……」

「しーっ……」

　アニーが何か言っている。ジークは気づかないふりをした。

「あの。何か、来るんですけど――軌道上から」

「えっ？」

　驚《おどろ》いて首をもちあげたジークに、アリエルが言う。

「数は十二。《ストーカー》じゃ……ありません。速度は……そんな、亜光速？」

　それは宇宙からやってきた。

　大気圏突入というのは、真空を飛ぶ宇宙船にしてみれば、粘土の中に頭を突っこむようなものだ。凄《すさ》まじい抵抗に手足を取られ、速度が充分に落ちてくるまでは自由などない。

　だがその十二隻の宇宙船――いや、宇宙艇《うちゅうてい》は、分厚い大気の層をやすやすと突き抜け、ジークたちの前に姿を現した。

つい数十秒前まで晴れ渡っていた空に、突如として暗雲が立ちこめる。亜光速で飛びこんできた宇宙艇が持ちこんだ途方もないエネルギーが、大気を押しのけ、部分的な低気圧を作りだしたのだった。

暗い空に、オーロラが流れる。水面に石を投げこんだときのように、幾重ものオーロラが波紋状に広がってゆく。

嵐《あらし》がはじまった。

稲妻《いなづま》が走る。波間を漂うことしかできないジークたちの船は、木の葉のように翻弄《ほんろう》された。

吹き荒れる嵐の中、十二隻の戦闘艇《せんとうてい》は、その黒く輝《かがや》く力場《フォース》の翼《つばさ》を大きく広げ、空中に静止していた。

第三章　グランド・クロス

数日が過ぎて――。

捕虜としての生活も、だいぶなじんできたような気がする。

半分ほど皮を剥《む》いたジャガイモが、調理場の床に転がる。

「あ、痛っ――」

「だいじょうぶか？　ちょっと見せてみな――」

ジークはジャガイモを拾うと同時に、アリエルの手をとった。細い指にぷっくりと浮かんだ血の玉を、口で吸う。

「あ、あのっ――」

ポケットから取りだした絆創膏《ばんそうこう》を巻いてやる。手当てをされるあいだ、ずっと困り顔をしていたアリエルに優しく笑いかける。

「これでよし、さぁ、残りもはやくやっちまおう」

「ちょっとぉ、まだ皮剥きおわんないのぉ？」

戸を開けて調理場に入ってきたアニーが、ひとつしか埋まっていないカゴを見て呆《あき》れ声をあげた。ここ数日で、メイド服がすっかり板についている。くびれたウエストに手をあてて、アニーは大きくため息をついた。

「やめてよ。夕食遅らせたら、シェラザード様に殺されちゃうじゃないの。連帯責任なんですからね、わかってんの？」

「わかってる。すぐに終わらせるって——」

「あの、ごめんなさい——私が遅いのがいけないんです」

アリエルはそう言って、さっきからずっと剥いているジャガイモと向きあった。危なっかしくて、とても見ていられないような手付きだった。じつのところ埋まっているカゴのほとんどはジークのやったもので、アリエルが剥いたのはわずかばかりだ。

この移動要塞《ようさい》にいるのは、下は十歳から、上は二十四歳まで——妙齢《みょうれい》の女性ばかり十二人ほどだ。言いかえれば、食べ盛りの年代がそれだけいるということだ。毎度の食事の仕込みは相当な量になる。

「はいはい、あたしが代わるわ」

ジークからペティナイフと剥きかけのジャガイモを奪ったアニーは、メイド服のスカートをまくりあげると、椅子《いす》にどっかと腰をおろした。

「おい、べつにいいってば——手伝ってくれなくても」

「あんたはシャワーの修理、ネリス様の部屋のね。六時前に終わらせないと、殺されるわよ。さっ——わかったなら、行ってらっしゃい」

なるほど。食事の準備のほうが、まだ楽そうな仕事だ。

ジークはエプロンを外すと、立ち上がった。真面目《まじめ》な顔でジャガイモと向きあっているアリエルを残して、廊下に出てゆく。

明かりもまばらな通路には、人気《ひとけ》がまるでなかった。古びた洋館風の趣《おもむき》をもった居住区画がどのくらいの大きさを持っていて、全体が何層構成になっているのか——まだ把握しきっていない。とにかく広いのだ。

この廊下など、無限に続いているのではないかと思うほどだ。

ジークたちが捕らえられ、連れてこられたのは、《偉大なる十字架《グランド・クロス》》という名の小惑星だった。名前の通り十字架の形をした全長十キロほどの岩塊を、彼女たちは移動要塞として使っていた。

こんな巨大なものをどうやって移動させているのか、その動力源は見当もつかない。あの惑星のあった宙域からはとっくに離れて、どこかに向かって航行している最中だった。現在位置ははっきりとしないものの、星の配置が変わったところから、ここ数日だけで数光年もの距離を移動していることは間違いない。

「まるで幽霊屋敷《ゆうれいやしき》だよなぁ——って、うわぁっ！」

前方に幽鬼のような顔が浮かびあがり、ジークは思わず声をあげていた。

「あっ、ジークだぁ！　ジークはっけん！」

リムルだった。自分の顔を下から照らしていたハンドライトを、ジークに向けてくる。

「おっ、おどかすなよな！」

「だってぇ、暗いんだもん」

リムルの着ているのも古風なデザインのメイド服だった。こちらはまったくといいほど似合っていない。だいたい、昨日あたりから『男の子周期』に入っているはずではなかったか？

「オレさ、これからシャワーの修理に行くんだけど、いっしょに行くか？」

「だめだもん。ぼくサリィさまにお呼ばれしてるんだもん」

サリィ様というのは、姉妹の中でいちばん下——十二女だ。十歳ということだから、リムルと精神年齢《ねんれい》がぴったり合う。

十二人の《ダーク・ヒーロー》姉妹の顔と名前、それから上下関係のヒエラルキーは、初日のあいだに死ぬ気で覚えた。名前を間違えたりしたら、それこそ命にかかわる。ついさっきアニーが、「殺されちゃうんだから」と連発していたが、あれは決して冗談などではない。文字通り、そのままの意味だ。

「あっ——そうだ！　あのねあのねっ、ジークあのねっ」

気楽な顔で歩いて行こうとしたリムルは、勢いよく振り返った。

「ナディアさまがねっ！　トイレ掃除しときなさいって、言ってたのー。ぴっかぴかにしときなさいって、じゃあねっ！」

「おいこら、ちょっと待てっ！」

駆《か》けだしていこうとした手をつかんで、あわてて引きとめる。

「じゃあね、じゃないだろっ！　言いつけられたの、お前だろっ！」

「えー、でもぼく忙しいんだよー。きょうはカイボーごっこなんだってー。ジーク、かわる？」

「うっ……」

十二女《サリィ様》の色は嗜虐《しぎゃく》のピンク。「カイボーごっこ」というのは、ことによると文字通りそのままの遊びなのかもしれない。《ダーク・ヒーロー》というのは、とにかく常識の通用する相手ではないのだ。

「あー……でも、ほどほどにしとけよ。夕食前にはくっついているくらいに」

「うん」

元気よく駆けだすリムルを、ジークは見送った。まあ不死身だから、手足くらいまでならいいだろう。

しばらく廊下を歩いていると、つぎに出くわしたのはエレナだった。

壁《かべ》の蝋燭《ろうそく》を取り替えながら歩いてくるエレナに、ジークはおそるおそる声をかけた。

「あ、あの……エレナさん」

「あら、社長――」

そう言ってエレナは、メイド長の顔で振り返った。もう十年もこの要塞《ようさい》で働いているかのような自信と落ちつきが、その笑顔からこぼれだす。

「あのさ、エレナさんってさ、いま忙しいよね……？」

「ええ、とっても……」

「そう。じゃあ、オレはこれで……」

「ああ、社長――」

やっぱり、呼びとめられた。

「よろしければ、ベッドメイクお願いできません？　シェラザード様のお部屋から、サリィ様のところまで、十二部屋。わたくしこれから、サーシャ様の湯浴《ゆあ》みのお世話をしなければならなくなりまして――」

ジークが泣きそうな顔をしていると、エレナは首を傾《かし》げた。

「お嫌でしたら、交替してもいいですけど……？」

ぶんぶん――と、ジークは首を横に振りたくった。湯浴みのお世話というのは、盲目のサーシャ様の体をお洗いするという仕事なのだ。

「じゃ、お願いしますわね……ああ、忙しい」

エレナも行ってしまう。

指を一本ずつ折って、夕食までに終わらせなければならない仕事の数を考えていると、今度はカンナがやってきた。

「よゥっ、大将。——元気か？」

「カンナぁ、助けてくれよ～。オレいまさァ——」

「ストップ！」

子供用メイド服を着込んだカンナは、手に下げたケースをジークの前に突きだしてきた。

「私ャ、これからコイツだワサ。麻雀《マージャン》。セティカとクラウ、あとセディアの四人でもって、メシまで半荘《ハンチャン》だ」

「あのなっ、〝様〟をつけろっての！　殺されちまうだろ！」

「いま誰《だれ》もいねーんだから、いいジャン」

ため息をひとつついて、ジークは聞いた。

「ところでジルはどこにいるんだ？」

メイドの服がおそろしく似合わない彼女の姿を、今日は昼過ぎから見かけない。

「トレーニング・ルーム。ライナのスパーリングに付きあってるワサ」

「延々ぶっ通しで、何時間も？」

「体力バカがふたり、気が合うらしーゼ。んじゃ、私ャ行くから。あっ、そうそ——」

歩きかけたところで、カンナは振り返った。

「大時計のゼンマイ、ジルのかわりにお前が巻いとけ。夕食前にナ」

「う、うん――」

広間の機械時計のゼンマイは、巻きあげるのにパワード・スーツがいりそうな代物《しろもの》なのだ。

「それから、ランドリー・ルームの洗濯《せんたく》モノ、洗っとけヨ」

「それはお前の仕事だろぉ！」

「だから私ャこれから、コレだってーの。おマエ、かわってくれんのか？　ブットビとヤキトリで腹を切る真剣勝負《セメントルール》だぜイ？」

ジークはぶんぶんと首を横に振った。すべてのルールを書きだしただけで、本一冊になるようなゲームなのだ。

「下着とか、あとで変なコトに使おーとかして、ポケットに拝借しようなんて思うなヨ？　私らゼンイン、首チョンパだかんナ」

「するかっ！」

カンナも立ち去って、しばらくすると、廊下の向こうから足音が聞こえてきた。

その人物の姿を見る前に、ジークは廊下のわきによけていた。直立不動の姿勢を取って、彼女を待つ。

「しっかり働いているようね。いいことよ」

腰までかかる長い髪。すらりと伸びた長身を、レザー地のレオタードが被《おお》っている。しなやかな細身を黒系統の色で固めつつ、胸と腰を強調する挑発的な格好だ。

十二人姉妹の長女をつとめる、シェラザードだった。

ジークは直立不動のまま、その場に立ちつくしていた。はいとか、ありがとうございますとか、何か返事をしようとしたのだが、喉《のど》で声がつかえてしまっている。

彼女は緊張《きんちょう》しているジークの前に立つと、頭から足先まで、じっと目をそそいできた。前髪に隠れた冷たい目に見つめられて、ジークの背中に冷や汗が流れる。

「なにをそんなに硬くなっているの？　ふぅん……私が、怖い？」

腰に手をあて、片方の脚をずいっと前にだす。黒のレオタードと、ガーターで吊《つ》られた黒のロングブーツ。その合間にある腿《もも》の白さが、目に鮮《あざ》やかだった。

「い、いえっ、そんなっ。シェラザード様、怖くなんかないです！　とっても綺麗《きれい》です！」

「ふふっ、ありがと。だけど忘れないようにしなさい。なんでもするし、なんでもできるから殺さないで――って言ったから、生かしておいてやってるのよ。役に立たないと思ったら、すぐに処分してしまうから。おまえたちの存在価値なんて……そこの、屑鉄《くずてつ》くらいしかないんだってことを、肝《きも》に銘じておきなさい」

そう言って彼女は、廊下の隅で座りこんだままの給仕ロボットに目を向けた。壊《こわ》れて動かなくなったロボットが、片付けられないまま廊下に座りこんでいる。

修理しようとして中を開けてみたこともあったが、内部はまったくがらんどうだった。中身

がからっぽの、ただの鉄の人形だ。この要塞《ようさい》と同様に、どんな原理で動いているのかまったくわからない。

「でもいまのところは……おまえたち、いい線いってるわ。お風呂《ふろ》は直ったし、料理はおいしいし、それにサリィやパムには遊び相手までできたしね」

香水の香りをその場に残して、彼女は歩き去っていった。後ろ姿で、くっと小粋に持ちあがったヒップの双丘が交互に動く。

遠ざかってゆく彼女の後ろ姿を目で追って——そしてジークは、大きく息を吐きだした。

自分たちの仕事は認められているようだ。命拾いした。

「いけねっ！　シャワー直さないとっ！　いやその前に洗濯《せんたく》が先かっ⁉　えーと、ベッドメイクと、あとなんだっけっ⁉」

ジークは大慌てで、廊下を駆《か》けだした。

夕食まで、もういくらも時間がない。

「おなかがへったぁ♪　スープはまだかぁ♪」

ちゃんちゃちゃちゃんか、ちゃんちゃちゃちゃんか——と、スープ皿が銀のスプーンで打ち鳴らされる。十二女のサリィ様と、十一女のパム様の二重奏だ。

「はーい、ただいまっ！」

十歳と十二歳のクソガキ――もとい、お嬢《じょう》さま方のために、ジークはワゴンを押していった。今夜のスープは、カリブ海風、トマトスープ。一流レストランのシェフを務めたこともあるというエレナの自信作だ。

スープが全員の前に並べられると、長姉であるシェラザードが「さあ、いただきましょう」と声をかけるものの、それより早く食べはじめてしまっている者もいれば、おしゃべりに夢中で聞こえていない者もいる。

年ごろの娘たちの食事としては、あまり行儀《ぎょうぎ》がいいとはいえない。

食前の祈りを捧《ささ》げるものもなく――いや、ひとりだけいた。狂信の黄《ファナティック・イエロー》を持つ五女のローレライが、いつも首から下げている逆十字を握りしめ、ぶつぶつと宙を見つめて祈っている。なんの神に祈っているのか、わかったものではないが。

「おっかわりぃー！」

「こっちもこっちも！」

「サラダまだぁ？」

「酒もってこーい！」

突きだされた皿にスープを注ぎ、サラダの皿を四枚同時に持って走る。ジークとアニーとジリオラ――三人で広間を駆《か》けまわって給仕をする。

行きがけに皿を持っていけば、戻りには氷を詰めたクーラーからワインを引き抜き、娘たちのあいだを注いで帰ってくる。

「あ、あのあのっ、メイン・ディッシュですっ」

アリエルがワゴンを押してやってくる。慌てているせいか、頭に乗せたメイド飾りが、ポニーテールの髪から半分ほど落ちかけている。

「これおさかなのほうです。お肉のワゴンも、すぐ持ってきますから――」

「アリエルっ！」

ワゴンを預けて駆けもどろうとするアリエルに、ジークは親指を立ててみせた。「今日もがんばって生き抜こう」というサインだ。

大きくうなずいたアリエルは、顔を輝《かがや》かせて帰っていった。厨房《ちゅうぼう》ではカンナとエレナが腕を揮《ふる》っている。これだけの料理をたったふたりで――アリエルもいるが戦力外だろう――どうやって作っているのかは不明だが、温かい料理が遅延《ちえん》なく出てくるおかげで、ジークたちの首は跳ね飛ばされずにすんでいる。

「ほぅら――リムルリムルぅ、こっちおいでー、あげるから」

「わん、わんわん――」

テーブルの下で、リムルが可愛《かわい》がられている。いま十一女のパム様の手から、エサをもらっているところだ。

「お待たせしました。今夜のメイン・ディッシュでございます」

右手に舌平目《したびらめ》のムニエル、左手には鯵《あじ》の塩焼き。すっかりウエイターになりきって、皿を置いてゆく。

たちのぼるバターの香りが、ジークの腹をくぅと鳴らせる。召し使いであるジークたちの食事は、シェラザード様たちの食事が終わって、片付けも終えて、それからのことになる。しかもこんな豪勢な食事ではなく、仕事の合間にかきこめるように工夫したスープかけご飯だ。

正直言って、リムルがちょっと羨《うらや》ましい。

「ああ、そうそう――ジーク」

通りがかったとき、四女で二十歳のネリス様がジークを呼び止めてくる。

「おまえ、私の部屋のシャワー直してくれたんだってね？　助かったわ、夕食前に使えるようになってね――ありがと」

さらさらの栗毛《くりげ》で――《ヒロニウム》さえ持っていなければどこかの姫君といっても通用するような綺麗《きれい》な女性から、花のような微笑《ほほえ》みをかけられる。

「はっ、はい――」

ジークは殊勝な顔でうなずいた。《ダーク・ヒーロー》の口から、まさか感謝《かんしゃ》の言葉が出てくるとは思わなかった。驚《おどろ》きを表情に出さないように苦労する。

「あら？　夕食前って、ジーク――洗濯室《ランドリー・ルーム》にいなかったかしら？」

そう言ってきたのは、ネリス様のとなりに座る五女のローレライ様だ。握っていた逆十字を法衣の胸にもどして、あどけない顔で首を傾《かし》げる。

「うっそだよぉ。だってジーク、ベッドメイクにきたもん。あたしらが麻雀《マージャン》やってたときに。メシ前に――なぁ？」

ショートカットで活発な印象のギャンブル娘――セティカ様の言葉に、三女と八女、セディアとクラウディアがうなずいた。夕食前までカンナと雀卓《じゃんたく》を囲んでいた面子《めんつ》だ。

「えっ？　だけどジーク、トイレ掃除してくれたんだけど？」

そうそう――ジークは思わずうなずきそうになった。潔癖症《けっぺきしょう》の気があるナディア様のトイレは、舐《な》めても平気なくらい綺麗にしておく必要があるのだった。

そしていちばん最後に言ってくれたのは、シェラザード様だった。

「大時計のゼンマイを巻いていたのも、おまえだったわね？　――なぁに？　みんなして、そんなに用事を押しつけてたの？」

「いや、だってさぁ……」

長姉のたしなめるような視線を受けて、妹たちは顔をみあわせた。

「お姉ちゃんたち、だめよ！　ジークいっこしかないんだから！　パムがつかうのー！」

サリィ様とならんでクソ餓鬼《がき》コンビの――パム様が口をとがらせる。

「パムもおやめなさい。いいこと？　そんなに無茶《むちゃ》してたら、だめでしょう？」

ジークは思わず涙しそうになった。死ぬ気になってすべての仕事を終わらせてきた甲斐《かい》があったというものだ。

「これはみんなの物なんだから……。あとで誰《だれ》か、割当て表を作りなさい。誰がいつ使うか、ひと目でわかるようにね……あら？　どうしたの、おまえ？」

「いえっ、なんでもないですぅ……」

ジークは涙した。

「お肉、お待たせしましたっ――」

広間の扉が内側に開いて、メイド姿のアリエルがワゴンを押して入ってきた。

トレーニングで腹を空かせたライナ様の前に、座布団《ざぶとん》のような四ポンドステーキの皿が置かれる。武闘派《ぶとうは》の彼女は、これをもう一枚お替わりするのだ。

全員の前にメイン・ディッシュが並ぶと、ジークたちにも、ようやく息をつく暇が与えられる。ワインを注いで回るのと、お替わりと、あとは最後にデザートを出すだけだ。

「あの、シェラザード様……ちょっとよろしいですか？」

ナイフとフォークを優雅に扱っている女性に、ジークはおそるおそる声をかけた。さっきのこともあって、彼女は上機嫌な顔をジークに向けてきた。

「なぁに？」

「あの、そこの空席のことなんですけど……。その、お食事の用意のこともありますし」

ジークは長テーブルの端に顔を向けた。ここ数日、ジークたちが給仕をするようになって、その席に誰かが座っているのを見たことがない。

姉妹たちが座っているのは、細長い長方形のテーブルだった。長姉のシェラザード様から順番に、年齢順《ねんれいじゅん》――一部は実力順――に、テーブルの両側にわかれている。

ジークが見ているのは、シェラザード様のすぐ左側。長テーブルのもっとも端にあたる席だった。配置から考えていちばん上座――彼女たちの母親の席に違いない。

「ああ、ティンね……。あの子はちょっと、怪我《けが》をしていてね……。明日も食事は用意しなくていいわ」

そう言って彼女が顔を向けたのは、ジークと反対側の端だった。たしかにその場所にも空席があった。十一女のパム様と、九女のナディア様の中間の席。ジークたちが来てから、そこもずっと空いたままになっている。

「いえ、あの、そうじゃなくて、こちらの上座なんですけど――お母様のお席ですよね？」

誰かが、スプーンを取り落とした。

銀のスプーンが絨毯《じゅうたん》に落ちるその音が、なぜだか、はっきり聞こえた。その一瞬《いっしゅん》、すべての会話は、たしかに止まっていた。

「リムルぅ、スプーンとってくれる」

「はーい！」

テーブルの下でリムルがスプーンを拾いに走り、かわりに頭を撫《な》でられる。

何事もなかったのかのように食事は続いていった。やがてデザートがテーブルにあらわれる。

そのころになっても、ジークの脳裏からは、いま見た光景が消えなかった。

シェラザードたち姉妹が一瞬《いっしゅん》だけみせた表情――。

それは恐怖というものだった。

✲✲✲

「あのぅ……シェラザード様？　どこまで行かれるんでしょうか？」

シェラザードに連れられて薄暗《うすぐら》い廊下を歩きながら、ジークは聞いた。

懐中《かいちゅう》電灯を持って歩くこと、十五分――さすがにこのあたりまで来ると、一度も来たことのない区画だった。

どこまで歩いても、廊下は延々と伸びている。ことによると無限に続いているという噂《うわさ》は本当なのかもしれない。

「おまえは黙《だま》ってついてくればいいの。いまは私の割当て時間なんだから」

そう言って、シェラザードは歩きつづける。その腰に、いつもは見かけない鞭《むち》をぶら下げている。スイッチひとつで電気ショックを与えられる電磁鞭だ。

それから、わからないことがもうひとつ。ジークの持つバスケットには、彼女に言われるまま、サンドイッチとお茶が用意してあった。鞭を持って、彼女とふたりきりで、まさかピクニックでもないだろうが――。

「さぁ、着いたわ」

廊下の先にあったその部屋は、牢《ろう》だった。

頑丈そうな鉄扉を開けて部屋に入る。男女がひとりずつ、鎖《くさり》で壁《かべ》につながれていた。

赤いスペース・スーツを来た女性は、部屋に入ってきたシェラザードを見ると、その顔に不敵な笑いを浮かべてみせた。

「ふんっ、ようやくおでましになったわね。けどあんたも馬鹿《ばか》な女ね、《ヒーロー》が兵糧攻《ひょうろうぜ》めなんかで、音《ね》をあげるわけないじゃないのさ」

スカーレットだった。少しやつれた感があるものの、その軽口は健在だ。

「いやぁ、よかったよかった。ようやく来てくれたね、シェラザード――。もう昨日あたりから、水と食べ物のことしか浮かんでこなくてねぇ。待ってたんだ。ほらっ――降参したくても、君が来てくれないと、できないじゃないか」

「ちょっとっ！　こらぁっ、あんたっ！　こぉの裏切り者ぉ！」

ライナスの言葉に、スカーレットがじゃらじゃらと鎖を鳴らす。

「あら、ダーリン……物わかりがいいのね、助かるわ」

甘い声でライナスに語りかけるシェラザードに、ジークはぎょっとなった。こんな声が出せる女性とは思っていなかった。

「おまえ、ダーリンに飲み物を――。女のほうには、必要ないわ」

ジークはバスケットから水筒を取りだした。たっぷりと入ったお茶を、カップに注ぐと、ライナスたちの顔色が目に見えるほど変化した。

ライナスの前に歩いてゆき、カップを口許《くちもと》に持っていった。

「ストップ」

シェラザードの声に、ジークはぴたりと動きを止めた。乾いてひび割れた唇の五センチ手前で、カップは止まっていた。

「いじわるしないでほしいなぁ。なぁ、頼むよ、シェラザード……。なんでも聞いてくれていいんだよ。どぉ～んな秘密だって、いくらだって、答えちゃうからさ……。だから、なっなっ？　いいだろ？」

ライナスはしきりに唇を突きだすものの、あと少しでカップまでとどかない。

「ダーリン、あなたのほうこそ、いじわるね……。わたしがなにを望んでいるか、知ってるくせに……」

シェラザードの手が伸びる。ライナスの首筋を、愛《いと》おしそうに撫《な》であげる。

「あはは……さぁ、なんだろうね？　わかんないなぁ」

シェラザードは、ジークからカップを取りあげ、茶を自分の口に含んだ。そのまま唇を押し指先を這《は》わせた。

あてる。口移しで茶を飲ませ終えたシェラザードは、そっと唇を離すと、ライナスの細い目に

「この目……どうすれば開いてくれるのかしら？　五年前のあの日……目を開けたときのワイルドなあなたに打ち負かされて、私はあなたに恋してしまったのよ。知ってるくせに」

「いやぁ、これでもちゃんと開いてるんだけどねぇ」

細い目だ。開いているんだか、いないんだか――他人にわかるはずもない。

シェラザードはライナスの胸に、自分の豊かな胸を押しあてた。

「私は欲しいものは、みんな手に入れてきたのよ。でもあなただけは例外――どう？　私のものになってくれる気はないの？」

「うーん。困ったなぁ。秘密を話すのは別にかまわないんだけどねぇ――緊急避難《きんきゅうひなん》ってことで、公務員の職務規定で認められてるからさ。けど僕の体は、僕のものであって僕のものではないんだなぁ、これがさ」

「じゃあ、あなたはいったい誰《だれ》のものなの――そこの女のもの？」

スカーレットが、ぷいと顔をそむける。

ライナスは笑った。

「あはは、いやだなぁ――僕のこの体は、正義のためにあるに決まってるじゃないか」

ぱん――と、ライナスの頬《ほお》が鳴った。

頬を叩《たた》いたその手で、シェラザードは腰の鞭《むち》を解きはなった。

床をびしりと、叩いてみせる。

絨毯《じゅうたん》が破け、その場所だけ床がむきだしとなった。

「いいわ。なんとしてでもその目を開かせて、もうひとりのあなたに同じことを聞いてみるわ」

「ちょっとっ！　このヒス女！　振られた八つ当たりなんてみっともないわね！」

シェラザードの目が、スカーレットに向く。

「おお、怖い――いまのあんたのその顔、鏡《かがみ》にうつしてみてごらんなさい！　百年の恋も冷めるってやつよね！　ははぁーん！」

「まぁまぁ、シェラザード……ほらほら、早く叩いてくれないかなぁ。いやあ、じつは僕、叩かれるのって嫌いじゃないんだ。ほらほら」

ライナスがくねくねと体を動かして、鞭をせがむ。

「あら、心配しなくても、こっちの女を叩いたりしないわ。だって私、あなたを本当に怒らせるつもりなんてないんだもの……。だけど、この口の聞きかたを知らない子に、きっちりと罰をあたえないとね」

シェラザードはスカーレットの前に移ると、その喉元《のどもと》に手をあてた。

「このお口から出てくるのは、悪い言葉だけなのかしら？」

スペース・スーツの首元をさぐって、指先がジッパーのつまみを引っぱり出す。

「ちょ、ちょっと——！」

気密ジッパーが開かれる。その下はアンダーウェアだけだった。

赤いタンクトップとショーツが目に飛びこんできて、ジークは手にしたカップを取り落としそうになった。空のカップとお茶の入った水筒をバスケットに戻し、目のやり場と居場所に困ったあげく——ジークは床の上に正座した。

スカーレットの手は、スーツの内側にもぐりこんでいた。

「ちょ、ちょっと——やめなさいよっ！　あたしそっちの趣味《しゅみ》はないわよっ！　ノーマルなんだからッ——あ」

電流が走るように、スカーレットが体を震《ふる》わす。

スカーレットは長いまつげを震わせ、体を襲《おそ》う快楽に耐えようとしていたが——腰までの赤毛を振り乱して絶叫した。

「あ——あァ！」

その道に長《た》けた《ダーク・ヒーロー》の愛撫《あいぶ》というのがどういうものか、経験のあるジークは知っていた。

「いい声ね——もっとお啼《な》きなさい」

いちど出てしまった声は、もはや止まりようがない。

ジークは正座したまま、繰《く》り広げられる狂態から目をそらした。じっと床を見つめるが、耳に入ってくる〝声〟ばかりは、どうしようもなかった。

「さぁ、おまえの仕事よ。彼に手当てをしてあげて――」

そう言ってわきにどいたシェラザードの顔は、上気して桜色に染まっていた。

スカーレットを静かにさせたあと、彼女はライナスに鞭《むち》をあてはじめた。数え切れないほどの鞭が、ライナスの鍛《きた》えあげた体にあてられた。皮膚《ひふ》はとっくに裂け、肉までがえぐり取られている。

スカーレットはそのとなりで、ぐったりとうつむいたまま気絶していた。鎖《くさり》につながれているので、床に倒れることもできないのだ。彼女がシェラザードの手で最後の声をあげさせられたのは小一時間ほども前のことになるが、まだ意識はもどっていない。

なるべく彼女のほうを見ないようにしながら、ジークはライナスに駆《か》けよった。いくら《ヒーロー》であるとはいえ、《ヒロニウム》がなければ普通の人間と変わりない。十二人の姉妹たちに捕らえられたとき、ふたりは《ヒロニウム》を奪われていた。そうでなければ、《ヒーロー》をこんな鎖一本で捕まえておけるはずがない。

バスケットの中から救急セットを取りだして、裂傷の消毒にかかる。飲み物や食事といっしょに、こんなものまで持たされていた理由がようやくわかった。

「それが済んだら――私の部屋に来なさい。いいわね？」

「あっ、はい！」

部屋を出ていこうとするシェラザードに、ジークは返事をした。

「あ、あいたた……もっと優しくやってくれないかなぁ」

シェラザードの姿が消えると、ライナスはそう言ってきた。どうやらずっと意識はあったらしい。目が細いから、気絶しているものとばかり思っていた。

「か、彼女のほうを……スカーレットのほうを、先にやってくれないか……頼むよ」

ジークは首を振った。

「どう見たって、あんたのほうが重傷だろ。それに彼女には………オレじゃなくて、誰《だれ》か女の子を呼んだほうがいいだろ？　アリエルにあとで来てもらうよ」

「そ、そうだね……」

そう言って、ライナスは今度こそ本当に気絶した。


スカーレットを介抱してもらうため、アリエルに牢《ろう》の場所を教えてから、ジークはシェラザードの部屋をおとずれた。「後で部屋に来なさい」と言われたことは忘れていなかった。うっかり忘れようものなら、首が飛ぶ。

「あの、ぼくです……ジークですけど」

返事がない。しばらく迷ってから、ジークはドアを開けて部屋に入った。どうせ召使いの仕事で、何度も足を踏み入れている部屋だ。

シェラザードの姿はない。ベッドの上と周囲に、皮のレオタードやロングブーツが投げだされている。血にまみれた鞭《むち》も床に落ちている。

彼女の衣服を拾い集めていると、シャワー・ルームの扉が開いた。

「あら、来たわね」

「すっ――すいませんっ！　すぐ出て行きますからっ！」

シャワー・ルームから出てきた彼女は、生まれたままの姿で、何ひとつ身にまとっていなかった。股間《こかん》の翳《かげ》りが目に焼きついている。まわれ右してドアに向かおうとするジークの前に、彼女は回りこんで立ちふさがった。

「どうして出て行くの？　用があるから、おまえを呼んだのに……」

「あ、あのっ――用っていうのは？」

目のやり場に困りながら、ジークは聞いた。

「私を、抱きなさい。いま、ここで――」

「へっ？　な、なにを……」

「セックスの相手をしろというの。おまえでも――まあ、いいわ」

ようやく意味がわかった。と同時に、ジークは激しくうろたえた。

「い、いや、でもっ、あのっ、そんなことっ！」

　なんとなく予感はあったのだ。鞭をあてているときの彼女の陶酔しきった顔――そういえば、姉妹の誰《だれ》かから、シェラザードの色は恍惚《クリムゾン・レッド》の赤だと聞かされたことがある。血と陶酔をもとめる暗い色だ。

　ジークがとまどっていると、彼女はベッドの上の衣服から短刀を取りあげた。刃渡り三十センチはある特殊鋼《とくしゅこう》のナイフを、鞘《さや》から引き抜く。

「嫌だというなら、首をはねます」

　これも本気なのだろう。目でわかる。

「い、いや、でも、ぼ、ぼく――そ、そういうの、し、知らないもんで」

「知らない？　女を抱いたことがないっていうの？　うそおっしゃい。おまえ、あんなにたくさんの女を船に抱えこんでいたくせに」

「いや、あれはみんな社員でして……」

　シェラザードは逃げることをジークに許さず、迫ってきた。豊かで張りのある上向きの乳房を、ジークの胸に押しあてる。先端の硬さが、シャツ越しに感じられた。

「まあどっちでもいいわ。初めてでも、そうでなくても……。べつに早くてもかまわないのよ。何度だって、できるようにしてあげるから。私の《力》でね」

　ぼうっと、彼女の裸身を、血のように赤いオーラが包む。

「抱きなさい、これは命令です」

最後通告が突きつけられる。ジークは首を縦《たて》に振るしかなかった。ライナスの代用に使われるのは嫌だったが――命あっての物種《ものだね》というものだろう。

「いい子ね――さぁ、人の知らない気分を味わわせてあげる」

朱色の唇が近づいて――。

「おーい、姉さん！　こっちにジークきてないか？　姉さんってば！」

ドアが乱暴に叩《たた》かれた。

彼女が動きを止めた瞬間《しゅんかん》に、ジークは身を離していた。

「ラ、ライナ様ですね――あの声はっ！」

二女のライナは、勝手にドアを開けて部屋に入ってきた。

裸の姉とジークを見比べて、目を丸くする。

「ライナ、いったいなんのつもり？　すぐに出て行って」

「姉さんこそ、ずるいじゃないか。ジークの割当て時間、もうとっくに過ぎてるんだぜ？」

悪びれもせず、ライナは言った。男言葉が妙に似合う女性だった。

そう指摘されて、シェラザードは不快そうに眉《まゆ》をひそめた。ジークの割当てを決めようといい出したのは彼女自身だ。

「いまはオレの時間ってこと。オレさ、ジークに話があるんだよ。連れてくぜ？　いいだろ」

「わかったわよ。そのかわり――そうね、リムルがいいかしら？　あの子に、ここに来るように言っておいて」

「あいよ。さぁ行こうぜ、ジーク——」

　ほとんど引きずられるようにして、ジークはライナの手で連れだされた。

「ちょ、ちょっとライナ様——離してくださいよ」

　廊下に出たところで、彼女の腕から逃れようともがいた。胸にぐいぐいと首を抱えられて、たまったものではない。薄手《うすで》のトレーニング・ウエアから女の汗の香りが立ちのぼり、ジリオラのように固めのバストが頬《ほお》に押しあてられてくる。

　もがきながらも、ジークは彼女が自分を連れだした理由を考えていた。トレーニング・ルームに入り浸りの彼女は、ジリオラと鍛錬《たんれん》に励むのが日課になっていた。いちどさし入れを持っていったことがあるが、練習メニューは実戦さながらのスパーリングだった。

「なぁ、ものは相談なんだが——」

　ジークの首を腕に抱えたまま、ライナは言った。

「ジリオラのやつを——オレにくれないか？」

「へっ？」

　暴れるのを忘れて、ジークは聞き返した。

「あいつにさ、オレのものになれって言ったんだ。そしたらさ、困るって言うんだ。オレは思ったね。オレの女の勘にピンときた。あいつ、惚《ほ》れてるヤツがいるんじゃないかって」

「それで——どうしてぼくのとこに来るんですか？」

「おまえ、船に乗ってた女全員とそういう仲なんだろ？　ほら、どろどろの肉体関係ってやつ？　なァに、いくらオレだって、そのくらいわかるってもんさァ」

「違いますっ！」

彼女の腕をもぎはなして、ジークは叫んだ。

「なんだ？　違うの？　オーケー、オーケー。了解、了解。それじゃ、もういちどアタックしてくるかー！」

勘違いも早ければ、納得するのも早かった。廊下を駆《か》けだしてゆく彼女を見送って、ジークは大きくため息をついた。

✺✺✺

「あのっ……。ライナスさんたちなんですけど、なんとか助けてあげられないでしょうか？」

ジャガイモの皮を剥《む》きながら、アリエルがそう言ってくる。

「そうは言ってもなぁ……」

剥いたジャガイモをカゴの中に放りこみ、ジークはつぶやいた。アリエルとふたり、カゴの中身はもうほとんど変わらない。料理の仕込みに関しては、アリエルはずいぶんと上達が早かった。

シェラザードによるライナスの誘致――ジークから見ればただの拷問だが――は、毎晩のように行われていた。

アリエルは夜中になると、ふたりのところにこっそりと飲み物と食べものを運んでいた。それがなければ、あのふたりはとっくに餓死《がし》しているところだろう。

ふたりはそろそろ限界に近づいてきている。見ていればわかる。

体中に鞭《むち》の跡をつくるライナスはもちろんのこと、スカーレットのほうも、毎夜のように人外の快楽で責めたてられて、激しく消耗している。

《ヒロニウム》さえふたりに渡せれば、怪我《けが》や体力などは、どうにでもなる。キャプテン・デイーゼルの言葉ではないが、《ヒーロー》に大切なのは気合いだった。どんな怪我も体力の消耗も、気合いさえ満ちていれば一瞬《いっしゅん》で回復してしまう。だがそれも、ふたりの気力がもっているあいだのことだ。

「やっぱり、やるなら今夜かな……」

「助けてあげられるんですか!?」

アリエルは膝《ひざ》を乗りだして、ジークに迫ってきた。

「逃がすしか、ないだろう。それにあのふたりには、惑星連合への足掛かりになってもらわないといけないし……」

この《偉大なる十字架《グランド・クロス》》で召使いとして働いている努力が実り、十二姉妹の母親である《ダーク・マドンナ》と面会を許され、説得に成功したとしても、まだ《ヒーロー》側を結束させるという大事業が残っている。

どうも《ヒーロー》の持つ〝正義〟というのも、何通りかの種類があるらしい。スカーレットたちを見ていると、そう思えてならない。それに《ヒーロー》をまとめるということは、銀河をまとめるということだ。高名な《ヒーロー》には必ずスポンサーである国家がついている。それぞれの国家の思惑というものもあるだろう。すんなりまとまってくれるとは到底《とうてい》思えない。

だがそれは、惑星連合が考えればいいことだ。一介のなんでも屋の社長にすぎないジークにできるのは、ライナスたちを逃がしてやるくらいだろう。

「それで、作戦なんだけど……」

調理場の片隅で顔を寄せあうようにして、ジークは数日前からあたためていたプランをアリエルに語りはじめた。


深夜、二時――。

ふたりは足音を忍ばせながら、廊下を歩いていた。

メイド姿のアリエルの手には、流動食のはいったバスケット。もし誰《だれ》かに見とがめられたら、いつもの差し入れだと言い張ることになっている。

鉄扉の前で足を止めると、ジークは部屋の中の様子をうかがった。

OK——誰もいない。アリエルを手招いて部屋に入れる。廊下の左右をもういちど確認してから、ジークは鉄扉を閉めた。

鎖《くさり》で壁《かべ》に繋《つな》がれたふたりは、死人のような顔色をしていた。

一瞬《いっしゅん》、手遅れではないかと心配したものの、アリエルが水を口に含ませると、ふたりは弱々しく呻《うめ》き声をあげた。

スカーレットは、腫《は》れぼったい目蓋《まぶた》を開いて、ジークを見た。

「なんだ、あんたか……人の安眠を、じゃま……しないでよね。寝不足は……お肌に悪いんだから……」

「そんな口がきけるなら、まだだいじょうぶだな。助けにきた」

「やぁシェラザード、今日はおそかったじゃないか。さぁ、今夜もふたりで楽しもう……」

こちらは意識が朦朧《もうろう》としているのか、アリエルとシェラザードを勘違いしている。

「ライナスさん、しっかりしてください。私です。ちゃんと目を開けてください」

「おや、誰かと思えば、僕の天使様じゃないか。今日のメニューは……」

そこまで言って、ライナスはぱたりと気絶した。ライナスをアリエルにまかせて、ジークは意識のあるスカーレットに近寄った。

「ち、ちょっと……やめてよ、来ないでよ。な……、何日も、お風呂《ふろ》はいってないんだからぁ」

「いまはそんなこと言ってる場合じゃないだろ」

匂《にお》いのことは気にしないようにして、ジークは彼女の手足の枷《かせ》を調べた。

「だめだな、こりゃ……。いったい、どうなってんだ？」

鍵穴《かぎあな》が見あたらないのだ。それどころか、鎖《くさり》にも手足にはまっている金属の枷にも、どこにも繋《つな》ぎ目らしきものが存在しない。溶接の跡さえもなかった。どうやって手足にはめこんだのだろうか。

「物質透過よ。原子同士を浸透させてね……。そんな難しいことじゃないわ。あの女なら」

鎖は宇宙船の装甲にも使われているスペース・チタニウムだった。焼き切るには、高出力のレーザー・カッターが必要だろう。

「なによ、くそぉ……、《ヒロニウム》さえあれば、こんな鎖、引きちぎってやるのに……」

悔しそうにつぶやくスカーレットに、ジークは言った
「あるよ」

「へっ？」

スカーレットは、ジークの顔をまじまじと見つめた。

「だから《ヒロニウム》だろ。あるよ――隠してあるんだ。ここにさ」

「きゃっ――な、なにするんですか、ジークさん」

急に足を持ちあげられたアリエルが、スカートを手で押さえこむ。

「ご、ごめん。ち、ちょっと——しまっといたアレ、出してくれるかい？」

ぽこぽこと、頭を叩《たた》かれて、ジークはアリエルの足首を離した。

泣きそうな顔でショート・ブーツを脱いだアリエルは、力をこめてその踵《かかと》をひねった。はずれた踵の中から、ジークのペンダントが転がり出てくる。

「連中に取りあげられないように、隠してたんだ。ほらこれを使って——」

スカーレットの手に握らせようとするが、彼女は受け取ろうとしなかった。

「なんのつもり？」

「いや、なんのつもり——って、だから《ヒロニウム》だろ？　これがあれば、あんたは自分で——」

「それはあんたのものなんでしょ？　だめよ。人の使ってた《ヒロニウム》なんて渡されたって——何ヶ月かしまっといて、色抜きしなきゃ他人が使えるはずないじゃない。そんな養成校に入った最初の授業で習うようなことを——あんた、もしかしてさ、未登録の《ヒーロー》なわけ？」

「う、うん。まぁ……」

ジークはうなずいた。養成校などというものがあるのも初耳だ。《ヒーロー》を養成する学校でもあるのだろうか？

「あっきれた。そんな、野良犬《のらいぬ》みたいなやつに助けられるなんて……」

「彼が野良犬だったら、僕らは飼い犬ってとこかな。あんまり失礼なこと言うもんじゃないよ。スカーレット」

ライナスが意識を取りもどしていた。

「ふ、ふんっ……とにかく、それはあんたが使いなさい。あんたしか使えないんだから。はいっ、この鎖《くさり》を切って」

スカーレットは自分の手首を突きだした。

「い、いや、切れって言われても……」

困っているジークに、スカーレットは怪訝《けげん》そうな顔を向けた。

「あんたなんでしょ？　このあいだ戦ってたとき、船に力場《フォース》張ってたのは？」

「う、うん。あのときは、そうだけど……」

「あれができるんだったら！　鎖ぐらい！　簡単でしょうが！」

「しっ――静かにしてください。お願いしますから」

短気を起こしかけたスカーレットの口を、アリエルが慌てて押さえにかかる。ナイスなタイミングだ。

口を押さえたままで――と、アリエルに目で合図して、ジークは話した。

「オレがこいつを使えるのは、なんていうか――ぱぁっと、まばゆく輝《かがや》いたときだけなんだ。

こんな――ぼうっと光ってるくらいじゃ、なんにもできっこないよ」

吊《つ》り下げた手のなかで、《ヒロニウム》はかすかに光を放っている。

「馬鹿《ばか》ね。なにも落ちてくコロニーを持ちあげようとかいうんじゃないんだから……。それだけ光ってりゃ充分でしょうが。だいたい、まばゆく輝くだなんて――そんなの、一生に何度もあってたまりますかってーの」

「そ、そうなの？」

すでに何度もあったような気がする。自分の場合だが。

「そうよ。無制限に《力》が使えるだなんて、そんなずるいこと、そこの朴念仁《ぼくねんじん》が目を開いたときだけよぉ」

スカーレットは大きくため息をついて、自分の手首を見た。

「はぁ……、これは初歩の初歩の講義がいるかしらね……」

「頼む」

神妙な顔で、ジークはうなずいた。

「いい？　まず対象物、この場合はスペース・チタニウムについて詳しくイメージするわけ。分子構造とか、その性質とか……」

ジークは言われるまま、脳裏にイメージした。チタンの原子と、微量の添加原子が手を結びあい、六角形の多層格子を作っている様を――。

「それが充分にできたら、《力》を通わせる。自分と対象物を馴染《なじ》ませる——」

　スカーレットの手首を拘束している手枷《てかせ》に、ジークは手をふれた。冷たい金属の感触はそこになかった。動物の毛並みに触れたような、優しく温かい感触があるばかりだ。

「《力》が通ったら、支配してやるのよ。——わかる？」

　支配——？

　いや、それは違うのではないか？　ここは親和をはかるべきでは——力でねじ伏せるのではなく、心を通わせて同化するのだ。

　スペース・チタニウムの手枷に手を触れたまま、ジークは言った。

「たぶんできたと思うけど……これから、どうすればいいかな？」

「そうね、柔らかくしてくれる？　チョコレートみたいに」

　簡単なことだった。ジークは金属格子の枠組みに、ほんの少しだけ自由度を与えた。お互いの原子が結びあう手をいくつか外しただけで、それは金属の硬さを失った。

「ありがと」

　溶けかけのチョコレートのように柔らかくなった手枷を指先でむしり取り、スカーレットはそう言った。

　唇で軽く、ジークの頬《ほお》にふれてくる。

「できのいい弟子で、助かったわ」

「ほんとうに……。あんたたち、いっしょに逃げなくていいわけ？」

　ふたりを係船ドックまで送ったところで、スカーレットは最後にもういちどジークに確認してきた。

　ジークはアリエルに顔を向けた。ふたりでライナスに肩を貸しているから、彼女の顔はすぐ近くにあった。アリエルがうなずくのを見て、ジークもまた、うなずきかえした。

　それから、スカーレットに顔をもどす。

「ああ、逃げない。《ダーク・マドンナ》に話をつけなきゃならない」

「なにも《ダーク・ヒーロー》の力まで借りなくったって、銀河中の《ヒーロー》が集まれば、侵略異星人の百匹や二百匹――」

「だめだ。それじゃあ、勝てないいんだってば」

「まるで見てきたようなことを言うのね」

　そう言われて、ジークは黙《だま》りこんでしまった。

　彼女から聞いた話だと、惑星連合は異星人の侵略をとうに察知しているらしい。すべての登録《ヒーロー》に非常呼集がかけられ、それと同時に、人類発祥《はっしょう》の地である「地球」の南極大陸にある連合本部に、各星系の代表者たる首脳陣が集まっていた。対策会議が連日のように行われているということだ。

ジークは知っていた。

人類が《ヒーロー》だけで《ストーカー》に対抗しようとした、その結果を——。

「ほら、しっかりしなさいってば——ライナス」

そういう自分もよろけつつ、スカーレットはライナスに手を貸した。ジークたちの手を離れ、ふたりだけで自分たちの船に向けて歩いてゆく。

ノーザン・フェニックス号は、真紅の塗装もあちこち剥《は》げ落ちて、見るも無残な姿になっていた。だがさすがは《ヒーロー》の特務艦《とくむかん》だ。あれだけの戦闘《せんとう》を行って、無整備《ノー・メンテナンス》でほうり出されていたというのに、まだ充分な航行能力を保っている。

その真紅の船のほかに、係船ドックには十二隻の戦闘艇《せんとうてい》が並んでいた。隅のほうにはジークたちの《チビドラ》も係船されている。

今日もまた、昼過ぎに出撃《しゅつげき》があった。《ストーカー》との交戦があったおかげで、姉妹のほとんどはもう寝付いてしまっている。起きている者もカンナたちが相手をして、引きつけておく手筈《てはず》になっていた。

今夜はシェラザードによる拷問もなく、いたって静かな夜だった。ふたりを逃がすにはもってこいだ。

ふたりが船内に消えて、しばらく待っていると、ブリッジの窓越しに姿が現れる。親指を立てたサムアップ・サインをスカーレットから受けて、ジークは壁《かべ》のパネルに近寄っていった。

「アリエル、エアロックの向こうに——いや、これで平気かな？」

手を伸ばして、アリエルの手を握る。《ヒロニウム》は胸に下げてある。意志をこめて輝《かがや》きを増そうとする必要はなかった。ぼんやりとしたわずかな輝きでも、無駄なく使うことによって——。

「あっ……」

アリエルは自分の体を包みこんだ白い光を、不思議そうに見つめた。

ジークはパネルを操作して、宇宙への扉を開いていった。空気が抜けて真空になった係船ドックで、ジークとアリエルのふたりは、ゆっくりと滑りだしてゆくノーザン・フェニックス号を見送った。

漆黒の宇宙空間に赤い船体が消えてゆくと、ジークは船を出入りさせるための大型ハッチを閉じた。ふたたび空気が充填《じゅうてん》されはじめる。

「さぁ、オレたちは戻ってアリバイ作りだ」

ジークとアリエルのふたりは、今夜、十一女のパム様が途中で投げだしたジグソー・パズルを組みあげるという仕事を与えられていた。実際には、カンナがひとにらみしただけで、数千もある全ピースを組みあげてしまっているのだが、徹夜《てつや》でそれをやっていたことにしておかねばならない。このまま寝ないでいて、朝までには、目蓋《まぶた》を腫《は》らしておく必要があるだろう。

係船ドックから廊下に戻り、居室のあるブロックに向けて歩いていると、突如として警報《けいほう》が鳴り響《ひび》いた。

「な、なんだっ？」

「も——もうバレちゃったんでしょうか⁉」

「そ、そんなはずないだろっ、作戦は完璧《かんぺき》な——」

この古めかしい要塞《ようさい》には、対空監視《かんし》レーダーのような電子機器の類がいっさいない。レーダー役のサーシャ様は、アニーが酒を持ちこんで酔い潰《つぶ》しているはずだし、明日の朝まで、バレるはずはないのだが——。

警報に続いて、舌ったらずなお子様の声が響いてきた。

『ねえさまたち、たいへんたいへん、たいへんなのっ！　おきておきて、おきてー！　サリィ、いまおトイレにたったらねっ！　あの女の赤いお船が逃げてくのっ逃げてくのっ！』

「くそっ、お子様がっ！　おとなしく寝てろってんだ！」

ジークは毒づいた。せっかくの作戦が台無しだ。

「あのジークさん、どっ——どうしましょう？」

「とにかく、こうなったらシラを切るしかないだろ。殺されたくなかったら」

「いえそうじゃなくて——みんな、ここに来ます！」

そうだった。この係船ドックまで、居住区からは一本道なのだ。

「とっ、とにかく戻るしか——」

アリエルの手を引いて、ジークは駆《か》けだした。廊下はまっすぐ続いている。中央のブロックまで戻らないと、別れ道はない。

足音を立てないようにして、廊下に敷《し》かれた絨毯《じゅうたん》の上を走りつづける。

廊下の曲がり角が見えた。――それと同時に、曲がり角の先から、いくつかの足音が聞こえてくる。

「やばいっ――」

ジークは立ちどまった。

「ジークさん、こっち――」

すぐ近くに扉があった。いちども入ったことのない部屋だが、この際、迷っている暇はない。

ドアのノブに飛びつく。ほかのすべての部屋と同じように、ここも鍵《かぎ》は掛かっていなかった。

アリエルとふたりで部屋に飛びこみ、後ろ手で扉を閉めたのと――廊下を足音が駆け抜けてゆくのは、ほぼ同時だった。

「ふぅ。とりあえず、これで見つからずに――」

ジークは息をついた。スカーレットたちのことは心配だったが、跳躍航法《ジャンプ・ドライブ》にはいってしまえば、姉妹たちもそうそう追いつけないだろうし、予備の《ヒロニウム》を船に隠してあるとも言っていた。

「ジーク、さん……」

アリエルが立ちつくしていた。

彼女が見つめるものを、ジークも見て、そして同じように立ちつくした。

「こ、これは――」

部屋の中いっぱいに、液体を湛《たた》えたガラスのタンクが置かれていた。だいぶ奇妙な形をしているが、医療《いりょう》目的の全身治療タンクだと思われる。問題なのはタンクではなく、その中身だった。

比重を調整された溶液の中で、浮きもせず沈みもせず、同じ高さに漂っている少女――。

少女から女になりかけたばかりの肢体が、殺菌ライトのブルーの光にさらされていた。長い黒髪が水中に広がり、楚々《そそ》とした股間《こかん》の翳《かげ》りが水草のように揺れている。

三角形の小さなプレートが、少女の小さな額《ひたい》に埋めこまれていた。たぶんそれが《ヒロニウム》なのだろう。

姉妹のうち、十番目の娘だけは、ジークたちの前に一度も姿を現さなかった。怪我《けが》をしているのだと、シェラザードは言っていた。

彼女はずっと、ここにいたのだった。

「あの、ジークさん……。この子……生きて、ますよね？」

アリエルが背中に隠れて、怖々《こわごわ》とのぞきこむ。

少女はまるで、死んでいるように見える。

《ダーク・ヒーロー》を何日も治療《ちりょう》カプセルに浮かべておける怪我《けが》というのは、いったいどんなものだろう。ジークは彼女に外傷があるかどうか調べようとして、溶液をたたえたタンクに近づいていった。

その変化は、少女の胸——両の乳房の間あたりで始まった。

なめらかな肌に、突如として縦割《たてわ》れが生じる。ぎょろりと、握りこぶしほどの大きさの眼球がうまれ、焦点の定まらないぼんやりとした視線をジークたちに向けてきた。

その目に、ジークは見覚えがあった。

「ス、《ストーカー》だ……」

彼女の胸から皮膚《ひふ》を伝って、黒々とした嫌らしい組織が増殖してゆく。

ぷつぷつと泡だちながら増えていった細胞は、少女の体を内側に覆《おお》いこみ、水槽《すいそう》の内部で巨大なミート・ボールを形成した。

青黒い肉の合間から、少女の髪がはみだしていた。わずかに残った髪先が、溶液の中で頼りなげに揺れている。

「あ……、あっ、あっ——」

アリエルが言葉にならない声をあげていた。その手がジークの肩をつかんでいる。肩に食いこんでくる爪《つめ》の痛みによって、ジークは吐き気をこらえることができた。

ジークたちの見ている前で、ミートボールは縮《ちぢ》みはじめた。

最初の変化を逆にたどって、みるみる体積を減らしてゆく。青黒い組織の合間に、人の白い肌があらわれた。

やがて《ストーカー》の組織の一片までもが消えうせると、少女の裸身がふたたび現れた。

「ど、どういうことだよ……？」

ジークのもらしたつぶやきに、女の声が答えた。

「食いあいをしてるのよ。体の支配権をめぐってね――」

戸口にもたれかかるようにして、シェラザードが立っていた。冷ややかな視線で、ジークたちを見つめている。

「シ、シェラザード、様……」

「おまえたち、逃がしたわね？　あのふたりを――」

「いえ、その……」

ジークは口ごもった。額《ひたい》に冷や汗を浮かべつつ、アリエルを背中にかばいこむ。

「いいのよ、怖がらなくても。お仕置きは、なしにしておいてあげる。そう――むしろ感謝《かんしゃ》しているくらいだわ」

「えっ？」

「あの人の命があるうちに行動してくれて、感謝《かんしゃ》してるって言ってるのよ。――それよりも、その娘《こ》のこと、聞きたくはない？」

シェラザードはそう言って、水槽《すいそう》の中の少女を目でしめす。

「は、はい……」

ジークはうなずいた。

「彼女の名前はティン。十番目の妹。しばらく前の戦いで不覚をとってね——敵に食いつかれて、そのまんまってわけ。ずっとこんな調子で、もう三ヶ月もね……」

「あのっ、なんとか……助けてあげられないんでしょうか？」

そう言ったのは、アリエルだった。

「助けられるもんなら、助けてあげたいわよ。でもね、これはそう簡単なことじゃないの。この娘がこうなってしまっている原因は、この娘自身にあるのだから。私たち姉妹の中でも、特別な娘だったわ。強すぎる《力》を持っていて、そのせいで、じわじわと心を蝕《むしば》まれていって……。おまえ、私たち《ダーク・ヒーロー》の《力》の根源って、なんだと思う？」

とつぜん話題を振られて、ジークはうろたえた。

「えっと、その……《ヒロニウム》、ですか？」

答えつつ、シェラザードの耳に目を向ける。

彼女は長い髪をかきあげ、耳につけたピアスを見せつけた。《ヒロニウム》製のピアスだ。

「いいえ——こんなものは、ただの触媒。お母様ぐらいになればね、こんなものなくったって《力》は使えるんだから。私たち《ダーク・ヒーロー》の《力》の根源、それは——狂気よ」

「狂気……？」

「そう。とてもとても暗い力——強すぎる力は、心を滅ぼす」

彼女は遠い目をして、言葉をつづけた。

「愛する人を手にかけることに悦《よろこ》びを覚えるような暗い力よ。おまえに感謝しているといったわね？　半分はほんとう。けれど、もう半分の私は——」

向けられた視線に、ジークはぞくりとなった。

「狂気を抑えるか、克服するか、さもなければ折り合いをつけてなんとかやっていくか——どれでもいいのよ。この娘自身の戦いってわけ。この娘はお母様のいちばんのお気に入り——こんなザコに黙《だま》って喰《く》われるような娘じゃないのよ」

いつもの目付きにもどり、シェラザードは言った。

「おまえたち、今夜はもう休みなさい」

「えっ？　でっ、でも……」

ジークはとまどった。見逃してくれるというのが不思議だった。

「あのふたりのことが、心配？　ふふっ、そろそろ帰ってくるころね。追手に出したのは、ライナとローレライとサリィの三人。みんな正面からの力押ししかできない娘たちだから——見てなさい。きっと取り逃がして帰ってくるわよ」

「は、はぁ……」

ジークは振り返った。アリエルに言う。

「い、行こうか……」

ドアを開け、廊下に出ようとしたとき――。

「あ、そうそう――」

背中から声がかけられる。

「おまえ――。そのペンダント、しまっておいたほうがいいわよ」

言われて、ジークは慌てて胸元に手をやった。

白い輝《かがや》きをはなつペンダントが、ジークの胸で揺れていた。

✵✵✵

その玄室は、《偉大なる十字架《グランド・クロス》》のもっとも奥深い場所に、ひっそりと存在していた。

部屋の中には石の棺《ひつぎ》がひとつあるばかりで、他《ほか》には何もない部屋だった。四面の壁《かべ》と、天井と床のすべてが、膨大《ぼうだい》な質量を感じさせる巨石で塞《ふさ》がれている。出入口さえ、どこにも見あたらない。

直径数百メートルの岩塊の中央に位置するこの部屋に出入りしようと思うなら、物質透過でも行って、分厚い壁を抜けてくる必要があるだろう。

部屋の中には、空気はなかった。もちろん、明かりなどもあるはずもない。完全な真空。完全な暗闇《くらやみ》。その宇宙空間の温度と同じ絶対四度の部屋の中には、ある種の《力《エネルギー》》だけが存在していた。

黒いもやのように、棺の上にわだかまったまま、その《力》は蠢《うごめ》きつづけていた。拡散しきってしまうのか、それとも凝集《ぎょうしゅう》してなにかの形を取るのか、迷っているようにも思える。

時間が流れ――。

その漆黒の《力》は、棺の中に吸いこまれていった

棺の蓋《ふた》が、ゆっくりと横に滑ってゆく。内側から現れた白い手が、棺の蓋を床に落とす。音はない。真空の中で、音はその存在を許されない。

人影が起きあがった。

棺の中でゆっくりと身を起こした彼女は、自分の手のひらを目の前にもってきて、まじまじと見つめていた。握っては開き、何度も確かめるようにそれを繰《く》り返す。

感覚を取りもどしたその手で、最初にしたことは、自分の顔に触れてみることだった。つづいて黒いスーツで覆《おお》ったしなやかで精悍《せいかん》な肉体を、指先で順番に触れてゆく。スーツの胸元から手を差し入れ、豊かな乳房をじかに握りこむ。弾力のある塊に指を食いこませると、動きはじめた心臓の鼓動が指に伝わってくる。

「生きて、いる」

冷たい真空の中でそうつぶやいて、彼女は長いこと自分の鼓動を確かめていた。

こうしてふたたび、この世に舞い戻ってくることができた。

眠りが襲《おそ》ってくるたびに、もう目覚められないのではないかという怖《おそ》れが、彼女の胸に押し迫る。

死は怖くない。深い虚無へと落ちてゆき、消滅してしまうことを怖れてはいない。遠い昔、ひとりめの娘を産み落としたときから、覚悟のできていたことだった。

心残りなのは、やり残したことをそのままにして逝ってしまうことだ。あの子に、あの不憫《ふびん》な子に、自分が最期に分け与えてやれるものを、渡してやれないうちに。

彼女は棺《ひつぎ》から起きあがった。

意志の力をもって、その顔から怯《おび》えの色を消し去ってゆく。不安と怯えにとってかわったのは、自信と威厳《いげん》に満ちあふれた顔だった。

魔界《まかい》の女王と、人の呼ぶ——その顔だ。

☼☼☼

その日の夕食は、いつになく静かなものとなった。

いつもなら、皿とスプーンが楽器となって打ち鳴らされ、にぎやかな催促《さいそく》ではじまるところだった。だが今夜にかぎって、誰《だれ》ひとり私語をかわす者もいない。十一人の姉妹全員が、ぴしりと背筋を伸ばし、礼儀《れいぎ》正しく椅子《いす》に腰掛けている。

食卓に十二人分の食事を並べ終えて、ジークたちは壁際《かべぎわ》で直立不動の姿勢を取っていた。

昨日より増えた一人分が置かれるのは、数メートルもある長テーブルの端――もっとも上座にあたる席だった。

その席に座る女が、娘たちに言う。

「さぁ、いただきましょう――」

娘たちはスプーンを手に取り、いっせいにスープを飲みはじめた。食器同士の触れあう音も、スープをすする音も聞こえてこない。作法を順守することに、細心の注意が払われていた。

広間の大時計が、ゆっくり時を刻んでいる。その音だけが、聞こえてくる。

スープの最後のひとしずくを赤い唇に運び終えた女は、ナプキンで口を拭《ぬぐ》いながら、空になった自分の皿をわきにのけた。右どなりに座る長女《シェラザード》に顔を向ける。

「さて、報告を聞きましょう――」

「は、はい――」

声を掛けられたシェラザードは、スプーンを置いて、緊張《きんちょう》の感じられる声で報告をはじめた。

「お母様がお眠りになっていた二週間のあいだに、八回の戦闘《せんとう》がありました。侵入者の数は四十七体。すべて、撃退《げきたい》しています――」

「――撃退？　なぜ皆殺しにしなかったのです？」

「いえ、あの……」

シェラザードの顔に、怯《おび》えがはしる。

「説明なさい、シェラザード。この私の縄張《なわば》りに踏みこんできた者を、わざわざ逃がしてやったのだと――おまえはそう言っているのですよ？」

「い、いいえ、私はそんなつもりなど……。申しわけありません、お母様。力及ばず、敵の逃走を許してしまいました」

「不様《ぶざま》ね。この私の娘ともあろう者が、他人に自由をあたえるなど」

「申しわけありません」

シェラザードはうつむくばかりだった。母親は退屈そうに、先をつづける。

「それからこれは、クラウディアに聞いたのだけど――捕らえたふたりの《ヒーロー》にも、逃げられているそうですね？」

シェラザードは、きっと妹をにらみつけた。自虐《マゾヒスティック・ミスト》の灰の色を待つ八女は、シェラザードの刺すような視線に気づくことなく、うっとりと何かを期待するような目を母親に向けていた。

「そ、それは――」

「侵入者の件はともかく、この私に隠しごと？　失敗を隠そうとするなんて、小賢《こざか》しい。おまえには、罰を与えねばならないようね」

「そ、そんな、お母様、私は報告するまでもないことと思って――」

シェラザードの声に、懇願《こんがん》がこもる。

「お母様、罰ならこのわたくしのほうに――」

「おまえには何も与えないことで、罰とします」

横から口を出してきた八女にぴしりと告げて、母親はシェラザードに顔をもどした。

「前のときは、酸のプールで自慢の肌を焼いてあげたっけね。さぁ、今度はどんな罰がいいかしら？」

母親はテーブルの上に腕を組み、値踏みするような目をシェラザードの全身をさまよわせた。

「お、お母様……や、やめて」

シェラザードは母親の視線から逃れるように、自分の体を両腕でかばいこんだ。

「じゃまよ、その腕――」

優しくとも聞こえる声で、語りかける。

母親の椅子《いす》の下で、なにかが動いた。床の上に落ちていた彼女の影が、急にその形を変えたのだった。

いや、それは影ではない。母親の体を伝い落ちて床に溜《た》まっていた漆黒のオーラだった。黒いアメーバ状のオーラが、床を走り、シェラザードの体に這《は》いのぼる。

「ひッ――」

シェラザードの体は、黒いオーラに両腕を取られ、空中に吊《つ》りあげられた。彼女の体は姉妹たちの座るテーブルの上に吊りあげられ――。

ぼきん、と、胸の悪くなる音が響《ひび》いた。たてつづけに、二度――そして音と同じ回数だけ、シェラザードの体は痙攣《けいれん》するように跳ねまわる。

「お、お母様……」

苦痛を押し殺して、シェラザードの口から懇願の声がもれだす。

吊りあげられているその腕が、関節のないはずの場所から、奇妙な角度で曲がっていた。

「手だけじゃ、あまりバランスがよくないわね」

フラワー・アートに感想でも述べるような口調で、母親はそう言った。黒いオーラの手が伸びて、娘の両脚に手をかける。

「ひィ――」

脛《すね》で一回、太股《ふともも》の中央で一回――。骨を砕いて、娘の肉体を折り曲げる。

シェラザードの白い太股から、肌よりもなお白い大腿骨《だいたいこつ》が飛びだしてくる。血飛沫《ちしぶき》が吹きあがり、テーブルの上を赤く濡《ぬ》らす。

テーブルの上のコーン・スープに、赤い色が混じった。

「お、おか、おかあ、さま……」

絶えだえにあがる哀願の声だけが、広間に響《ひび》く。

食卓についた姉妹たちも、そのほとんどが顔を伏せ――ある者は羨望《せんぼう》の視線で姉を見つめ――ながら、自分たちのかわりに責められる姉の苦鳴を聞いていた。

ジークはずっと壁際《かべぎわ》に立っていた。

一歩、足を踏みだそうとしたその時――上着の裾《すそ》をカンナが引いてきた。

（よせッ、あの女も《ダーク・ヒーロー》なんだからサ、死にゃぁしないッて――）

ジークの背中から、小声でそう言う。

（でもさっ――）

（だから殺しゃしないッテ。じつの娘を楽しんで殺すような母親が、いてたまるかッつーの）

（だけどっ――）

「いイ……つッ！」

またシェラザードの悲鳴があがった。両肩がごきりと音をたて、両腕がだらりと垂れ下がる。

「おまえって子は、ほんとうに行儀《ぎょうぎ》が悪いね。もう少し静かにできないのかい？」

黒いオーラが、シエラザードの細い首を締《し》め付ける。きゅう――と、力がこめられ、首を締めた輪が縮《ちぢ》まってゆく。

彼女の顔が、赤黒く変色してゆく。もう悲鳴もなかった。

「どうしたの？　お前たち、せっかくのスープが冷めてしまうわよ？」

母親の言葉に、姉妹たちはスプーンをとった。すでに冷めきっているスープを、機械的な動きで口に運ぶ。姉の血が浮いたスープを――。

その食卓の一メートルほど上で、シエラザードの体は黒いオーラに宙吊《ちゅうづ》りにされていた。あらがいようのない力が、最後に残った折れていない骨――背骨にかけられる。

背筋が弓なりに反りかえる。首と腰とのあいだの距離が、一センチ、また一センチと近づいてゆく。その一センチごとに、背骨はみしみしと音をあげた。時計の長針が進むように、ゆっくりと――彼女の背骨は、限界点へと近づきつつあった。

もう、我慢がならなかった。

「やめろっ！」

叫びながら、ジークは食卓の上に飛び乗っていた。

手を伸ばし、宙吊りにされた彼女の体にふれようとして――見えざる力に、跳ね飛ばされる。

車に跳ねられたような勢いで、ジークの体はテーブルの上を転がった。スープ皿が割れ、ワイン・グラスが砕け散る。

シェラザードを束縛《そくばく》している黒いオーラは、《ダーク・ヒーロー》の《力》だった。人の身では、触れることもかなわない。

「ジークさんっ！　これっ――」

アリエルの声とともに、何かが投げつけられた。片手で受けとめる――それはペンダントだった。

白い輝《かがや》きがジークの腕を走り、体を覆《おお》いつくす。

ジークはシェラザードの体に飛びついた。彼女の首と腰に巻きついている黒いオーラを、力ずくでもぎはなしにかかった。手足が無気味に折れ曲がった彼女の体を、母親の手から完全に奪う。落ちてきた彼女の体を受け止めて、ジークはテーブルの上に尻餅《しりもち》をついた。

その一部始終を、母親はじっと見つめていた。

驚《おど》きの表情がゆっくりと静まり、いつもの怜悧《れいり》な顔にもどって、彼女は言った。

「《ヒーロー》が、どうしてここに？　誰《だれ》か——説明できる者は？」

姉妹たち全員が首を横に振りたくった。娘たちの顔に浮かぶ驚きと戸惑い——誰も知らないということ——を読み取って、母親は不服そうに鼻をならした。

「もうひとつ、シェラザードに聞かなければならないことが、増えたようね」

当のシェラザードは、ジークの腕の中で虫の息だった。

「あんた母親だろ⁉　彼女を痛めつけるのは、もうやめてくれ。オレがひとりで忍びこんだんだ！　忍びこんで、召し使いをやってた！　彼女は関係ない！」

「ふぅん——おまえ、連合のスパイ？　いや、それはないね——それだけの《力》を持っていて、連合の飼い犬をやっているはずもなし……」

彼女は思案顔から一転して、にやりと笑ってみせた。

「ふん、なるほど……私に用があるってことか。私に、《ダーク・マドンナ》たるこの私に、会いに来たってことだろう？」

「そうだ」

ジークは、はっきりとした声でそう言った。シェラザードの体が修復をはじめているのを見て、彼女をその場に横たえた。

テーブルを降りて、母親の前に歩いてゆく。

「さぁ、お話し。何の用なのか、聞くだけは聞いてやろう――殺してしまう前にね」

ジークは、口を開いた。

「オレは――」

「あなたにお願いがあるんですっ！」

横から、アリエルが叫んでいた。

「お願い、だって――？」

彼女の目が、アリエルを捉《とら》える。彼女の目が《ヒーロー》でも《ダーク・ヒーロー》でもない相手に向けられたのは、それがはじめてのことだった。

「おまえ、ただの人間だね？　それがいったい何のつもりだい？　この私にお願いだって？

なぜ私が、あんたのお願いなんかを――」

恐れ知らずにも、アリエルは彼女の言葉を途中でさえぎった。

「お願いがだめなら！　じゃあ——取り引きですっ！　水槽《すいそう》の中のあの子を助けられるって言ったら、お願い、聞いてくれますかっ？」

母親が息を呑《の》むのを、ジークは見た。

彼女は無言のまま、空席となった十番目の娘の席に目をやった。それから、アリエルに目をもどす。

「……ばっ、馬鹿《ばか》お言い。そんなこと、できるはずがないだろう」

顔に浮かんだわずかな希望を打ち消すように、彼女はそう言った。

「いいえ！　できますっ！　少なくとも可能性はあります。感覚変換機《イコライザー》の交感指数をマックスにして、マインド・ダイブすれば——」

「アリエルだめだっ！　そんなこと——」

そう言いかけたジークの頭を、母親の手が、がしりとつかんで下に押しのける。

ジークを押しのけた彼女は、大きく身を乗りだして、アリエルに聞いた。

「人でしかないお前が、それをやるっていうのかい？　《ダーク・ヒーロー》の心に潜《もぐ》って、あの子をこちら側に引きもどしてくると？」

「やります！　そのかわり、もし成功したら——お願い、聞いてくれますか？」

決意をひめたアリエルの表情に、彼女はうなずき返した。

「いいだろう。もし成功したら、どんな願いでも聞いてやろうじゃないか」

「ほんとうですかっ？」

「この《ダーク・マドンナ》に、二言はないよ」

「はいっ！　ありがとうございます！」

アリエルは、力強くうなずいた。そして顔をカンナに向ける。

「カンナさん、感覚変換機《イコライザー》――作れますよね？」

「まぁナ――標準タイプでよければ、昔、設計図見たことあっから、覚えてるヨ。材料と工作機械さえアレば――」

「工作機械？　そいつは、こんな感じでいいのかい？」

母親の髪が、ざわっと騒《さわ》ぐ。

彼女の影がみるみる伸び――膨《ふく》れあがり、平面から形が生まれ、細部までが瞬時《しゅんじ》に作られてゆく。彼女の背後に、あらゆる設備の整った工作室ができあがった。

カンナは呆《あき》れたように、つぶやいた。

「……。あるようだから、マッ、明日の朝には、間にあうダロ」

「よしっ、じゃあ決行は明日の朝だ！　おまえたち！　とっとと食っちまいな！　食ったら、全員でこいつらの手伝いをするんだよッ！」

母親は食卓で呆然《ぼうぜん》としている娘たちに顔を向け、一喝した。最初に見せたもの憂げな顔など、どこかに吹き飛んでしまっていた。

「ほらシェラザード！　いつまで寝てるんだい！」

母親に言われて、両手両脚を折られていたシェラザードが、食卓の上でむくりと起きあがる。

「ひどいわ、お母様ったら。今日のお仕置き……死ぬかと思ったじゃない」

意外にもあっけらかんした声で、シェラザードはそう答えた。ジークと目があうと、口許《くちもと》に微笑《ほほえ》みを浮かべる。

急に活気づいてきた食卓にジークが立ちつくしていると、あちこちから声がかけられる。

「ねー、サラダまだー？」

「お肉お肉ー！」

「姉さまの血が入っちゃったスープ、取り替えてー！　きたなーい！」

「きたないとはなんですかっ！」

お母様の機嫌が直ったとたん、娘たちも持ち前の元気を取りもどしていた。

とりあえず――ジークは、いますべきことを思いだした。

給仕の仕事をしなくては。


大時計の針は深夜の三時を回っていた。

作業はいまのところ順調に進んでいた。《ダーク・マドンナ》の腕のひと振りで無から生じた万能工作機が、同じように無から生じた原料を加工して、次々とパーツを吐きだしている。

それを人の手によって組みあわせ、部品単位《アッセンブリ》ごとに測定器にかけて調整を行う。仕上げられた部品は、あがったものから見境なく、フレームの適当な位置に、適当な方法で固定されてゆく。作業の総監督《そうかんとく》をしているカンナも、娘たちの雑に見える仕事に文句は言わなかった。機能しさえすれば、この際、外見などはどうでもいいのだ。

カンナやアリエルたちはともかくとして、十一人の姉妹たちも、こんな魔法《まほう》の城のようなところに住んでいるわりには、工学技術に通じていた。総勢二十人近い女たちの手にかかって、感覚変換機《イコライザー》は、徐々にその形をとりつつあった。朝方には完成をみることだろう。

ふと空腹を覚えたジークは、作業の現場から離れて、夕食のときのまま取り残された食卓に歩いていった。誰《だれ》のものかわからない食べ残しを探って、フライド・ポテトを一本、口の中にほうりこむ。

別の席にステーキの切れ端を見つけて、喜んで手を伸ばそうとしたとき――。

「――ん？」

シェラザードの後ろ姿が目に入る。まわりを気にするように、さりげなく周囲に目を配り、彼女はさっと廊下に出ていった。

ジークはステーキに伸ばしかけていた手を、そっと戻した。

シェラザードが出ていっただけなら、べつに気にも留めなかったかもしれない。だがジークは、ほんのしばらく前にも、同じ扉から出て行く母親の姿を見ていたのだった。

「ねぇジーク、ちょっとこれ持ってくんない？　重くってさぁ――」

アニーが呼びかけてくる。鉄芯《てっしん》がぐるぐると巻かれた大きなコイルを持ちあげようとしているところだ。

「あ……。オレちょっと、コーヒー入れてくるよ。ジリオラにでも言ってくれ――」

そう言いかけたところで、通りがかった二女のライナが、ひょいと片手でコイルを持ちあげてみせた。腕っぷしならジリオラにも負けていない。

「コーヒーいれてくんなら、なにか夜食もたのまぁ、ハラへっちまってさぁ……」

片手を振って応《こた》えつつ、ジークは廊下に歩み出た。

広間から出たとたん、コーヒーのこともサンドイッチのことも、念頭から消えさった。シェラザードがどちらに向かったのか、それだけが気掛かりだった。

彼女の姿は、もう見あたらなかった。

しばらく廊下を探して歩いていると、係船ドッグへと向かう一本道で、シェラザードと、それから母親の姿を見かけることができた。

「しっかりして、母さん――」

廊下にうずくまった母親に、シェラザードが声をかけている。体を揺すられても、母親は返事をしない。曲がり角に体を隠していたジークは、声を掛けるべきか迷った。

「母さん！」

シェラザードの切迫した声が、ジークに決断をさせる。

「おいっ、だいじょうぶか？　いえ、あのっ――だいじょうぶ、ですか？」

うっかりいつもの調子で口をきいてしまって、慌てて言い直す。

「おまえ――」

母親の背に手をかけたまま、シェラザードが振り向いた。

「いや。あの――シェラザード様が出て行かれるのが、見えたものですから」

ジークがそう言い訳をすると、うつむいたままの母親が、喉《のど》の奥でくっと笑い声をあげた。

生気の欠けた土気色《つちけいろ》の顔がゆっくりと持ちあがり、ジークに向く。憔悴《しょうすい》しきった顔色をしていても、目だけはぎらぎらと輝《かがや》いていた。

「いいさ、無理して敬語を使う必要はないよ。これが終わるまで、お前たちは私の客人さ。普通に話しな」

「あの、ほんとに、だいじょうぶ……なのかい？」

「なぁに、たいしたことは……ないさ。寿命が来ただけのことさね」

「あ、あの……、それって……」

「どれ、肩を貸してくれるかい。あの子の部屋に行こうとしてたところなんだ……」

そう言う彼女の声は、急に年を取ったかのように、ひどくしわがれて聞こえた。

シェラザードとふたりして、彼女に肩を貸す。廊下をまっすぐに進んで、タンクの置かれている、あの部屋に向かう。

「ここで、いいよ……」

タンクの前に、椅子《いす》が置かれていた。このあいだこの部屋を訪れたときにはなかったはずの椅子に、彼女は崩れるように座りこんだ。溶液の中に浮かぶ十番目の娘を見つめながら、彼女は口を開いた。

となりにいる長女に語りかける。

「シェラ、おまえ、今年でいくつになる？」

「二十……四、です。お母さま」

「そうかい……ってことは、私はもう三十八になるってことだね。ずいぶん長いこと、生きてきたねぇ。そろそろ代替わりしても、いいころあいさ。そうは思わないかい？」

「そんな、お母さま……」

「心配しないでも、この子がちゃんと、私の跡を継いでくれるよ。いまやろうとしているこれが、すべて終わったときにはね……」

「どうしてこの子だけ、特別なんだ？」

母と娘の会話に口をはさむのは気が引けたが、ジークはあえて、ふたりの会話に割りこんだ。

自分がこの部屋にいることを許されているのは、肩を貸すためだけではないはずだ。

「二代目……っていうのかな。そういうのって、ふつう長女が……、そこの彼女《シエラザード》が継ぐものなんじゃないのかな？」

「いいや、二代目じゃなくて、三代目さ。この子でね……」

そう答えた彼女は、ジークが浮かべた表情に、不満気にぼやいた。

「なんだい、そんな不思議そうな顔をしないでおくれよ。私にだって、母親くらいいるさ。べつにかまわないだろ？」

「いや、その……うん、まあ」

「この子はね、じつをいうと、私が腹を痛めて産んだ子じゃない。でも血は繋《つな》がってなくたって、私の子に間違いないんだ。同じなんだよ……この子と私はね」

彼女はタンクの中の娘を見上げた。

「そういえば、まだおまえに、私の名前を言ってなかったね。ティン・1。それが私の名前さね」

「ティン……、ワンだって？」

「そう。この娘はティン・2……そして私の母親は、ティン・オリジナルって呼ばれてたのさ。ティンカーベル計画というものが、あってね……。人の手で、人工的に《ダーク・ヒーロー》を作りだそうっていう狂った計画さ。おまえ、どうやって《ダーク・ヒーロー》を作りだすか、知ってるかい？」

　ジークは首を横に振った。知るはずもない。

「無垢《むく》な子供をひとり、さらってくるのさ。そしてその子の心に、何人もの人間の暗い心を、無理やり押しこんでゆくんだ。怒り、憎しみ、嫉妬《しっと》、物欲、色欲……そういった《力》の根源となる感情を、次から次へとぶちこんでいくと、ある限界点を突破したとき、《ヒロニウム》が黒く輝《かがや》きはじめる。最初のころから――ただの人間のうちから洗脳していれば、なんでも命令を聞く《ダーク・ヒーロー》の誕生《たんじょう》と……そういう計画だったらしいね。連中の予定では……」

　彼女は淡々と語っていた。まるで他人事であるかのように。

　ジークは話を聞きながら、となりにいるシェラザードの横顔を盗み見た。どうやら彼女は、この話を知っているらしい。

「まぁ、どこかの馬鹿《ばか》が書いた遺失論文《ロスト・ナンバーズ》の記述にしたがって実行された計画は、三回のうち三回とも、失敗に終わってるがね。人の手による《ダーク・ヒーロー》が誕生したとたん、研究所のあったその惑星は銀河からきれいさっぱり消えちまったのさ。私のときはどうだったか覚えちゃいないが、この子のときは、その惑星は小さなブラックホールになってたよ。罰当たりどもめが、ざまあみろってんだ」

　吐き捨てるようにそう言って、彼女はどさりと椅子《いす》に身を落とした。シェラザードが手を伸ばして、彼女の体が椅子《いす》から落ちないように横から支えている。

「お母さま……。どうして……、どうして私たちをお産みになったの？　十一人も娘を産んで、《力》を分け与えたりしなければ……いつまでも不老不死でいられたかもしれないのに」

「ごめんだね。おまえたちのいない人生なんて、考えたくもない」

彼女はシェラザードに顔を向けた。優しく語りかける。

「おまえも母親になってみれば、わかることだよ。ほれ、あの男……おまえにぞっこんだった、あの若造とはどうした？　おまえに銀河をくれてやるとか息巻いてた、カシナートとかいう小僧は？　言っとくが、《ヒーロー》がいいなんて寝言は許さないからね」

母親の言葉に、シェラザードは無理にでも微笑《ほほえ》んでみせた。

「いやよ。私、自分より弱い男に興味《きょうみ》はないんだから」

「私の娘どもは、こりゃ全員、行き遅れかね。おまえたちも、この私みたいに妥協というものを覚えなきゃならないよ。男なんていう生き物は、チンチンつけて生まれてきたときから、みんなろくでなしだって決まってるんだからね」

そう決めつけた彼女は、椅子からよろよろと立ちあがると、タンクに向かって歩いていった。透明なタンクの壁《かべ》に触れ、目を閉じて溶液に浮かぶ娘に語りかける。

「もうすぐだよ、もうすぐ……。もうすこし我慢しておくれ。もうすぐ母さんが、おまえを人にしてやるからね……」

タンクにすがりつく母親の姿を、ジークはじっと見つめていた。となりに並んできたシェラザードが、そっとジークに言ってくる。

「お母さま……だんだん眠りについている時間が、長くなってきてるのよ。起きていられる時間も、一日もなくて……。つぎに眠りにつかれたら、もう、起きられないんじゃないかって……私たちみんな、覚悟しているのよ」

ジークはただ、うなずくことしかできなかった。

あの気ままな姉妹たちが、母親の命令があったとはいえ、徹夜《てつや》の作業に嫌な顔ひとつするでなく、それどころか嬉々《きき》として励んでいる理由――。

それが、いまようやくわかったような気がした。

✹✹✹

「よォっし、そいつが最後のパーツさね。そうっと下ろせよ、そうっと――」

ライナとジリオラの人間起重機のふたりが、かなりの重量があるメインブロックを、両側から支えつつ下ろしてゆく。

金属のパネルが剥《む》きだしになったベッドの、頭の下にあたる位置に、立方体のブロックがすっぽりとはまりこむ。パネルがかぶせられて、感覚変換機《イコライザー》の組み立ては完了した。

クッションもなく、金属の板が敷《し》かれているだけのベッドのように見える。快楽センターにあったもののように寝心地はよくないだろうが、機能的にはなにも問題はなかった。

カンナとアリエルのふたりが、手にさげてきた測定器をベッドのとなりに置いて、アクセス・ハッチの中の端子とケーブルを繋《つな》ぐ。

測定器のモニターとにらめっこしつつ、アリエルが皆に告げる。

「これであと、最終調整だけです。みなさんお疲れさまでした。あとは私とカンナさんだけで、だいじょうぶですから。どうぞ休んでいてください」

「おマエさんも、いいヨ。私だけでできるからサ」

「えっ、でも……」

カンナに言われて、アリエルは手をとめた。

「いいッて、いいッて――まる一日働きづめの汗くさい体なんかで、もぐりたかぁないダロ？　一時間もすりゃあ、コッチは終わるからサ」

「えっ？　は、はい……、でも」

「シャワーなら、私の部屋をお使いなさい。かまわないわ」

シェラザードにもそう言われ、アリエルは、しぶしぶ腰をあげた。

「あの、それじゃあ私、ちょっと行ってきます……」

「はいヨ」

「ゆっくり、行ってらっしゃい」

アリエルは途中で何度も振り返りながら、広間を出ていった。その後ろ姿を見つめていたジークに、あちこちから声がかけられる。

「ねー、ジークぅ、ごはんごはんー！」

「ぼくもぼくもー！　おなかすいたのー！」

「いいね。あたいにも、なにか作ってきておくれよ」

パム様とセティカ様はいいとして、なぜかリムルまで騒《さわ》いでいる。いやそれはいいとしても、客人扱いになったようなことを、さっき言われたような気もするのだが……。

頭ではそんなことを考えていても、ジークの体は条件反射で動いていた。

「はーい、ただいま」

ジークはキッチンに行った。考え事をしながらも、手だけは忙しく動かしつづけ、三十分ほどでワゴンから溢《あふ》れかえるほどのサンドイッチを作りあげる。

ワゴンごと広間に置いてきて、その足で居住区画に向かった。シェラザードの部屋の前で立ちどまり、扉をノックする。

「アリエル、いるかい？　オレだけど……」

しばらく待ったが、返事はない。

「アリエル……？」

ジークはゆっくりと扉を開けて、部屋に足を踏み入れていった。

ベッドの上に、メイド服がきちんと折りたたんで置かれている。いちばん上に置かれた下着が目に飛びこんできて、ジークは思わず顔をうつむかせた。

シャワールームの扉が開く音がする。ジークは顔をあげた。

「うわぁ。——ご、ごめんっ！」

バスタオルの一枚だけを体に巻きつけたアリエルが、洗い髪もそのままで立ちつくしている。

「えっ？　きゃっ！　——ジ、ジークさんっ⁉」

アリエルのほうも、ジークに気づいた。あわてて体を覆《おお》い隠そうとするものの、すでにタオルは巻いてあった。それでも両腕を引き寄せて、必死になって前を隠そうとする。

「あ、あのっ……。な、なんですか？」

ジークは背中を向けて、ぼそぼそと言い訳をした。

「ご、ごめん……返事がなかったもんだから……。その、ちょっと話があったんだけど……ごめん、あとにする。いま出ていくから……」

「あの、待ってください……」

そのまま扉に向かおうとするジークの背中に、アリエルの声がかけられた。

「私のほうも、ジークさんにお話があったんです。すぐ着ちゃいますから、そのまま、待っててください……こっち向かないで」

ジークは背後から聞こえてくる衣擦《きぬず》れの音を聞いた。バスタオルが取り払われ、ショーツをはいて、ブラを着け――。

「いいです。こっち向いても」

ジークは振り向いた。白のショートパンツに、白いハーフ・スリーブのジャケット。最初に出会ったときの服装で、アリエルはそこに立っていた。

あといくらもしないうちに、彼女は感覚変換機《イコライザー》で《ダーク・ヒーロー》の心に潜《もぐ》ることになる。着てゆく服を選ぶくらいの自由は、あってもいいだろう。

「こっちに来なよ――さあ、ここに座って」

ジークは鏡台《きょうだい》の前にアリエルを連れてゆくと、椅子《いす》に座らせた。急いで服を着たせいで、髪が湿ったままだった。ドライヤーを取りあげて、柔らかな金髪に温風をあててやる。

「ネリス様の御髪《おぐし》の世話とかも、したことあるんだ。うまいもんだろ」

黙《だま》って髪を乾かされながら、アリエルは鏡越《かがみご》しにジークを見つめてきた。

「あのっ――」

「あのさ――」

言いかけた言葉が、ぶつかってしまう。鏡を通して、ふたりは顔を見合わせた。笑いあう。

「いいよ、そっちから先に――。なんだい？」

「あの、私……。まだいちどもジークさんにお礼を言ってないんです。そのことがずっと気になってて、言っておかなきゃと、そう思って……」

「そうだったかな？」

アリエルの髪をブラシでとかしてやりながら、ジークは首をひねった。

「はい。そうです。だから言えるうちに、言っておこうと思って……」

「ああ、それだったら、まだいいよ」

「でもっ、いまじゃないと……。もう、言えなくなるかもしれないから……」

鏡《かがみ》の中のアリエルは、顔に決意を浮かべていた。

「オレも行く。だからそれを言うのは、いまでなくていい」

「えっ？」

アリエルは目をいっぱいに見開いた。

「で、でも……。感覚変換機《イコライザー》は、一台だけしか……」

「前にさ、話したよね？　《ストーカー》に食われた女の人を助けだしたって話をさ。それと……、《ストーカー》に自分から食われていって、内側からやっつけたって話も。感覚変換機《イコライザー》を使わないでも、オレは行けると思うんだ。細胞同士を混ぜあうってやり方でさ」

「でも……。危ないですよ。迷子になっちゃうかも」

「だから君に案内してもらうんだろ。そして君は、オレが守る。なにがあっても守り抜くから……。だからオレの目になってくれ」

鏡の中で、アリエルはこくりとうなずいた。

「はい。じゃあ帰ってきたら、お礼いいます。約束ですよ。ふたりで帰ってくるって……」

「ああ。もちろん帰ってくるさ。ふたりで。——よし、できた」

ポニーテールを結わえあげて、すべてが終わる。

アリエルは立ちあがり、ジークに顔を向けてきた。

「行きましょう」

✵✵✵

広間には寄らず、ジークとアリエルは、その足で例の部屋に直行した。

「あ、来た来た」

廊下に立って待っていたアニーが、こちらに気づいて部屋の中の皆に声を掛ける。

出迎えの輪《わ》を抜けて、ふたりは部屋に入っていった。感覚変換機《イコライザー》が床に置かれていた。組み立てと調整は広間のほうで行い、こちらに持ってきて据えつける手筈《てはず》になっていた。治療《ちりょう》タンクの透明な壁《かべ》に添うようにして、端末がリング状に固定されている。調整も終わり、準備はすべて整っているようだった。

「あの、ジークさん……」

アリエルにうなずきかえし、ジークは部屋にいる女たちの顔を見回した。

そう広くない部屋で全員は入りきらず、リムルを含む三人のお子様たちは廊下に追いだされているものの、残りの顔ぶれは部屋の中にあった。

「あのさ——みんな、ちょっと聞いてくれ」

ジークは声をあげて、皆の注目を集めた。

「おまえたち、よぅくお聞きっ！」

横から、母親の声が割りこんでくる。ジークのせっかく集めた視線を、さらっていってしまう。

「いいかい、おまえたち。協力するのも、ここまでさ。私はこの機械を、乗っ取ることにしたよ」

「えっ？」

ジークは驚《おどろ》いて、母親の顔を見あげた。

姉妹たちでさえ、驚いた顔を母親に向けていた。

「おまえたち！　なにボッとしてんだい！　こいつらをふん縛《じば》るんだよ！　さあ、かかりな！」

姉妹たちは顔に戸惑いを浮かべつつ、それでも母親の命令に従って体だけは動かしていた。

絶対服従が彼女たちの身上なのだ。

「ちょっとちょっと、なにを——あいたた、乱暴にしないでよね！」

アニーが腕をコードでぐるぐる巻きにされている。

ライナに腕をつかまれたジリオラが、ちらりと目を向けてくる。「ひと暴れするか？」と問いかけてくる目線に、ジークは首を横に振ってみせた。

ジークのところには、シェラザードがひとりでやってきた。他《ほか》の姉妹たちと違って、彼女だけは、表情にまるで迷いがない。

「ごめんなさいね。お母さまの命令だから」

そう言って、ジークの前に立ちふさがる。アニーやアリエルたちのように、コードで手を縛ろうとはしない。《ヒロニウム》を身に着けているジークに、そんなものなど役に立たないことを知っているのだ。

手を縛ってくるかわりに、シェラザードはジークにだけ聞こえるような小さい声で、「時間がないのよ」と、それだけを言う。ジークを拘束するには、その言葉だけで充分だった。

シェラザードの肩ごしに、母親の顔をそっとのぞき見る。不敵な笑いを口許《くちもと》に張りつかせてはいるものの、その額《ひたい》にはうっすらと汗がにじんでいる。顔色の悪さは、化粧でカバーしているようだ。弱りきった彼女の姿を前に見ていなかったら、まるで気づかなかったかもしれないが。

抵抗らしい抵抗もなく、カンナを除いて全員が縛りあげられてしまう。ひとり残ったカンナにたいして、母親は命じた。

「さぁ、おまえにはこいつを動かしてもらうよ。私が潜《もぐ》る。この子の中に――さぁっ、やってもらおうか」

「――と、言ってるが、どうするね？」

カンナは肩をすくめて、ジークに顔を向けてきた。

「だめです！　そんなの、話が違います！」

そう言ったのは、アリエルだ。捕らえているセティカが、困った顔をしながらも、アリエルの腕を軽くひねりあげる。その痛みに顔をしかめながらも、アリエルは叫ぶのをやめなかった。

「ジークさん！　約束したじゃないですか！　一緒に行くって――ふたりで潜るって！　ジークさんっ！」

ジークは悩んだ。だがいくら悩もうとも、答えは最初から決まっているような気がする。

アリエルの声に耳を閉ざして、ジークはカンナに言った。

「言う通りにしてやってくれ」

「あいヨ、わかった」

コンソールについたカンナが、パネルを操作する。

電源が投入されると同時に、パーツを組み付けた平台の中で、ぶん――と、低いうなりがはじまった。

母親が台の上にその身を横たえる。

「さぁ、いつでもいいよ。やっておくれ――」

「だめです！」

アリエルの叫びもむなしく、カンナの手が始動キーを叩《たた》いてしまう。

うなりが一瞬《いっしゅん》、その強さを増す。目に見えた変化はそれだけだった。母親は目を閉じたままで、台の上に静かに横たわっていた。

ジークは一瞬、機械が作動しなかったのではないかと思った。もっと劇的《げきてき》な変化を予想していたのだった。

姉妹たちも同じ気持ちでいるのか、お互いに顔を見合わせている。

そこに、一瞬の空白が生まれた。

アリエルが動いた。セティカの手が緩《ゆる》んでいたところを飛びだして、となりにいたネリスに、背中からぶつかってゆく。

彼女の腰から、細身のレーザー・サーベルを抜き取る。筒状の先端を手首を縛《しば》るコードにあてて、アリエルはなんのためらいもなくスイッチを入れた。出現した光の刃が、手首の皮膚《ひふ》とともに、縛っていたコードを蒸発させる。

「――っうっ！」

苦痛のうめき。だがそれと引き換えに、アリエルの手は自由になった。

コンソールに駆《か》けよろうとしたアリエルの前に、ようやく動きだした娘たちが立ちはだかる。

アリエルはコンソールにたどり着けないとみるや、とっさに横に向かった。壁際《かべぎわ》を走る太いケーブル――高圧の電源ラインにむけて、レーザー・サーベルを振りおろす。

火花が散った。

スパークを飛び散らせながらケーブルがのたうち回る。暴れ回るケーブルの端を、姉妹の誰《だれ》かが素手で押さえこんだ。別の誰かがブレーカーを落とすと、ケーブルは、その息の根をようやく止めた。

部屋に静けさがもどってくる。そして感覚変換機《イコライザー》のたてていた音も止まっていた。

「か、母さんっ――」

シェラザードが母親に駆けよる。

横になった母親は、目を閉じたまま、ぴくりとも動かなかった。シェラザードに揺さぶられるまま、首が左右に頼りなく揺れる。

「電源を落として、強制停止させただけです。ショックはありますけど、しばらくすれば気がつくはずです。乱暴なことして、ごめんなさい。でもお母さまひとりで行っても、ぜったい迷うから……、だからだめなんです」

火傷《やけど》を負った手首をおさえながら、アリエルはそう言った。ようやく気がついたように、レーザー・サーベルのスイッチを切る。

「母さん、母さんっ！」

シェラザードが母親を呼ぶ声は、止まらなかった。

「おい、見せてみナ――」

取り乱しかけたシェラザードと交替して、カンナが母親を診《み》る。

目蓋《まぶた》を開き、取りだしたペンライトで光をあてる。確認のために何度か同じ動作を繰《く》り返してから、カンナは告げた。

「死んでる」

「そ、そんな……」

アリエルが絶句する。

「わ、私――そんなつもりじゃ、ただ、止めようとしただけで……」

「いいえ、死んではいないわ」

アリエルが平静さを失ったその分だけ、シェラザードのほうは落ちつきを取りもどしていた。

なぜか確信のこもったその言葉に、アリエルは泣きだす直前の顔を向けた。

「あの、あのっ……あのっ」

うまく言葉を引きだせないアリエルのかわりになって、ジークは聞いた。

「まだ、死んでないっていうのか？」

「ええ、そうよ。もしお母さまが亡くなったのなら、すぐにわかるもの。この《偉大なる十字架《グランド・クロス》》が、いったい何でできているか、知ってる？」

ジークは首を横に振った。彼女が何を言おうとしているのか、はかりかねていた。

「この《偉大なる十字架《グランド・クロス》》にあるものでね、ほんとうの意味での物質は、中心にある直径数百メートルの岩塊だけ。あとのすべては――私たちがいまいるこの部屋も、何もかも、すべてお母さまの意志が作りだしたものなのよ。もしお母さまが死んだというなら、私たち、真空の中に放りだされているはずなのよ」

ジークはようやく理解した。

「ということは……」

「ええ。お母さまは心だけで、行ってしまわれたのよ――」

電源ラインを繋《つな》ぎ直すには、五分もかからなかった。

カンナたちが電源ラインの修復をしているあいだに、抜け殻となってしまった母親の肉体は、感覚変換機《イコライザー》の上から下ろされていた。部屋の隅で白いシーツをかぶせられる。

「ようっし。繋げるワサ。いいかっ？」

「はい、いいですっ」

「ほい、交替ッ」

システムの再起動がはじまると同時に、コンソールの前についていたアリエルは、カンナと交替して感覚変換機《イコライザー》の台にのぼった。

振り返った顔が、ジークに向く。

「ジークさん、あのっ――」

「ほらっ、行ってやりなさいよ」

アニーに背中を押されて、ジークはアリエルの前に歩みでた。

「あのっ、帰ってきてから、いっぱい、いっぱい、言いたいことがあるんですけど――でも、ひとつだけ、いま、言わせてください」

「ああ、なんだい――」

ネクタイの結び目をほどきながら、ジークは聞いた。タンクの水槽《すいそう》に入るため、服を脱がなくてはならないのだった。

アリエルの手が伸びてきて、ほどいたネクタイを襟《えり》から引き抜いてゆく。ジークのシャツのボタンをひとつひとつ外してゆきながら、アリエルは言った。

「――です」

「えっ？」

なんと言ったのか、声が小さくて聞き取れなかった。もういちど言ってくれ――と、ジークが言うよりも早く、アリエルの顔が近づいてきた。

一瞬《いっしゅん》、期待したのとは違う場所――ほっぺたに、柔らかな感触。

さっと素早く身を離して、アリエルはジークに言った。

「――行きます」

《――ジークさん、私です。わかりますか？　ジークさん？》
潜《もぐ》りこんだ向こうの側で、ジークとアリエルは再会を果たした。
《ああ、わかるよ》
アリエルのほうは感覚変換機《イコライザー》にかかって精神接触をはかり、ジークは服を脱いで、《ヒロニウム》だけを持って医療《いりょう》タンクに入りこんだ。
母親の意識が入りこんだ影響《えいきょう》なのか、肉塊と少女の姿の入れかわる周期がだいぶ短くなっていた。少女の姿にもどったときを逃さず、ジークは少女の裸身と抱きあったのだった。
人間の体というものは、細胞によってできている。女体は未経験だからよく知らないが、同じ人間の体だと思えば――それは同じ細胞でできているのだった。
人間の細胞同士をゆっくりと融合《ゆうごう》させ、ジークは潜った。細胞の中に。
《いまどこらへんなんだい？　ここって――》
《まだ入ってすぐです。表層近くの》
ジークの感じとれるのは、すぐ近くに来ているアリエルの気配だけだった。それ以外は何も見えない。何も聞こえない。人間の持つほとんどの感覚が通用しないところだった。
ただこの場所が、暗くて、湿っていて、気味悪いほどの温かさに包まれているということだけは、はっきりとわかる。巨大な生き物の腹を断ち割って、内臓のあいだに体を滑りこませでもしたかのような、そんな感覚が肌に伝わってくる。
《視覚変換、いま、かけますから――》
アリエルの声とともに、それまで気配としてしか捉《とら》えられなかったものが、目に見える光景としてあらわれてくる。
やはり何かの内部に入っていたらしい。網の目状に張りめぐらされた神経組織のようなものが、周囲のいたるところで見受けられる。濃密《のうみつ》な瘴気《しょうき》が黒い霧《きり》のようにたちこめていて、あまり遠くまでは見渡せない。
《ここ、お母さまが通っていった跡みたいです。あたりに見えている《ストーカー》の精神構造、みんな壊《こわ》されてますから》
半透明の衣をまとって妖精《ようせい》のような姿をしたアリエルが、ジークのとなりでそう言った。
アリエルの指差す方向に、トンネルができていた。引きちぎられた組織が垂れ下がり、破壊《はかい》の跡がずっと続いている。
《追いかけよう》
ジークはアリエルの前に立つと、そのトンネルを進んでいった。

《きゃっ――》
横合いから飛びだしてきたそいつが、アリエルを襲《おそ》う。
ほぼ球形の形をした灰色のその物体は、アリエルをひと飲みにできそうなほどの大きささをもっていた。
そいつがアリエルに触れるより早く、ジークは拳《こぶし》で叩《たた》き落としていた。いちどでは深手を負わせられない。もういちどつかみかかり、ぶよぶよした灰色の物体の中に、腕を突きこんで穴を開ける。
破裂して中身を散らしはじめた球体から体を遠ざけて、ジークは言った。
《なんだか、だんだん生き残りが多くなってきてないか？》
《はい。お母さま、なんだか急いでいるみたいです》
球体は侵入者を攻撃《こうげき》しようとしていた。人間の白血球《マクロファージ》のように、網目構造を自在に抜けてきては、異物に襲いかかる仕組みらしい。だいたいどの種族の精神も、自己防衛の機能は同じようなものだと、アリエルは言っていた。この《ストーカー》の精神も、例外ではないらしい。
銀河をまたぐ異星人のネットワークに参加するために、アリエルはいつも感覚変換機《イコライザー》を使っていた。広大なネット空間を渡り歩いていると、時折、異星種族の巨大な精神構造の中に迷いこんでしまうこともあるという。

《やっぱりお母さま、迷ってる……》
あちこちに死体——というのだろうか、破れて平たくなった球体が、網目構造に引っかかっているのが見えている。ほとんどが暴れる母親の手によって作られた屍《しかばね》の山だった。たまに出てくる生き残りがジークたちを襲ってくる。その数はだんだん増えてきているのだった。
母親の作ったトンネルは、まるで目の見えていない者が闇雲《やみくも》に突進した軌跡のように、曲がりくねって迷走していた。
ジークもアリエルのサポートがなければ、同じことをするしかなかっただろう。網目を引きちぎりながら闇雲に進み、暗闇の中から襲いかかってくる無数の相手と、完全に手探りの状態で戦わねばならない。まず敵を自分の体に喰《く》らいつかせ、それからでないと反撃《はんげき》もできないことになる。
《ジークさん、これ……わかりますか？》
トンネルの先に向けて、アリエルが耳をそばだてていた。彼女のほうがジークよりも鋭敏《えいびん》なようだった。
《大きな力がぶつかりあってるみたい。そんな、もしかして、これって——自我中心⁉》
《なんだって？　何と戦ってる？》
《意識の本体です！　この《ストーカー》の……はやく、お母さまを助けに行かなきゃ！》
《ああ——もちろんさ》

ジークはアリエルの手を引いて、トンネルの奥に向けて全速で進んでいった。

これほどまでに、自分が衰えているとは思わなかった。

ようやくおびきだした強大な敵と戦いながら、彼女は衰弱した我が身に愕然《がくぜん》となっていた。腕の一本を犠牲《ぎせい》にして敵の動きを止めてみたところで、残されたもう片方の手には、敵をつかみ止めておく力さえないのだった。

この内世界にやって来てすぐ、彼女はいくつもの気配を感じとっていた。彼女に向けて殺到しつつある無数の雑魚《ざこ》の気配。そしてどこか遠くで、じっと動かずにいる巨大な気配。それらの気配が邪魔《じゃま》になり、娘の存在は感じ取れなかった。小さく縮《ちぢ》こまった娘の心を探しだすには、他《ほか》のすべてを消し去る必要があった。

ほうっておいても向こうから襲ってくる雑魚どもはともかくとして、動こうとしない大きな奴《やつ》が問題だった。

彼女は手当たりしだいに、周囲を荒らしまわった。手に触れるものを手当たりしだいに引きちぎり、噛《か》みついてくるものがあれば、喰《く》いつかれた部分の肉ごと引きはがして叩《たた》き潰《つぶ》した。

そうやって、大物を引きずりだすことには成功した。

彼女ほどの者になれば、実際に戦う前から相手の力を推し量《はか》ることができる。その読みに間違いはなかった。見誤っていたのは、自分自身の力のほうだ。

死期が近いとはいえ、よもや、これほどまでに自分が弱っていようとは――。

闘争心《とうそうしん》も憎悪の念も、以前のように無限の力を呼び覚ましはしない。色だけは派手に燃えあがるばかりだ。娘への強い想《おも》いは心の中で渦を巻いていたが、その手の情動を力とするのは

《ヒーロー》の領分だ。《ダーク・ヒーロー》の力の源ではない。

小手先の技で勝てるような相手でないことは、はじめからわかっていた。絶対的な力をもって正面から撃《う》ち破る必要が、どうしてもあるのだった。

さて――、どうしたものか。

ついさっき片手を失い、それ以前に片足も失っている。満身創痍《まんしんそうい》というのがふさわしい状態で、彼女は考えていた。逃げることも諦《あきら》めることも、はじめから考えていない。そんな考えは、意識の片隅にさえのぼりはしない。

距離を置いて対峙《たいじ》する巨大な相手に、彼女は言った。

《おまえは魂を喰らうんだってね？　悪いが――この私の闇《やみ》の魂、おまえにくれてやるわけにはいかないのさ》

相手が理解しているかどうか、わかりはしない。だが彼女にとって、それはどうでもよいことだった。

《あそこです！　お母さまが――》

アリエルの声が先導《せんどう》する方向に向けて、ジークは突っ走った。

距離がさらに詰まってくると、ジークにもようやく見えてくるようになる。トンネルの行き着いたさきは巨大な空洞になっていた。ぶつかりあって周囲に放射される力が、網状構造を融《と》かしつつ、球状の空間を作りあげていた。

その中心に浮かぶ彼女は、見るも無残な姿となっていた。左手と片足を失っている。その断面には、はっきりと歯形までもがしるされていた。

大きい――。

彼女の体に歯形を刻みつけ、手足を奪っていった相手の姿が見えてきた。そいつの巨体は、黒くぬめりとした深海魚のような表皮で覆《おお》われていた。目はない。大きく裂けた口ばかりが目立ち、サメのような牙《きば》が何列も並んでいる。

新たにやってきたジークたちを警戒《けいかい》してか、神経質に泳ぎまわっている。食欲と攻撃《こうげき》本能のふたつだけが、持ち合わせているすべてらしい。

《ジークさん！　お母さまっ、お母さまを助けてあげないと――》

しばらく迷っていたそいつは、ジークたちを後回しにすることに決めたようだ。

口を大きく開いて、母親に向かってゆく。彼女は浮かんだままで、そいつを待ち受けていた。

あるいは、もう動けないのかもしれない。

目を閉じたままの彼女に、怪物が迫る。

ジークはとっさに飛びだしていた。横から勢いをつけて、体当たりをかける。
大きさでいうなら、そいつは巨象ほどのサイズを持っていた。それでもジークの渾身《こんしん》の力をこめた突進は、その方向を多少なりとも変えることに成功する。
強靭《きょうじん》な顎《あぎと》が閉じあわされたとき、そこに母親の姿はなかった。
《おい、しっかりしろ――》
ジークは母親の体に飛びついた。怪物が反転して、ふたたび向かってこようとする。それを見たジークは、彼女の体を見守っているアリエルに向けて押しだした。
《アリエル！　たのむっ！》
叫びおわらないうちに、怪物が襲《おそ》ってくる。大きく開き、閉じあわされようとする巨大な顎を、ジークは手でくいとめた。万力を手で押さえこもうとするようなものだった。ぎりぎりと閉じてくる口を、ジークは必死で支えた。
《お母さま、お母さま――》
《騒《さわ》ぐな、まだ生きてるよ。――けどおまえたち、周りが見えているのかい？》
怪物の口を手で押し広げ、振り回されながらも、ジークはアリエルに顔を向けた。彼女の手が母親の目に軽くあてられる。その手がどけられると、閉じたままだった母親の目が、ぱちりと開く。
《ふぅん――なるほど。私ゃ、そんなやつと戦《や》ってたのかい》

呆《あき》れているような、驚《おどろ》いているような、そんな声だった。意外なほどしっかりした声に、ジークはほっとした。

母親は一本きりしかない腕でアリエルをわきに押し離すと、怪物の口と格闘《かくとう》しているジークに向けて声を投げかけた。

《いいかい、小僧……。私がそいつの動きを止めてやる。そうしたら、おまえがやるのさ。そいつを仕留めるんだ。やれるかい？》

《こいつを？　オレが？》

はっきり言って、自信がない。だがそんなことを彼女に言ったら、頭から丸かじりにされてしまいそうだった。それにこのままでいたとしても、怪物のほうに頭から丸かじりにされてしまう。ジークは覚悟を決めた。

《わかった》

《いい子だね――そうさ、やるしかないのさ。合図したらそいつから離れな》

そう言うと、彼女は片腕に《力》を集めていった。噴《ふ》きだした漆黒のオーラが、肘《ひじ》から先を包みこむ。臨界点《りんかいてん》を突破すると、それは黒い炎となって燃えあがった。

《さぁ、来なッ――》

怪物はより強い力にたいして反応するのだろう。母親に向けて一直線に突き進んだ。

ジークは怪物を離れた。母親に気が向いている怪物は、簡単にジークを口からはなした。

遠ざかってゆく怪物の背中に向けて、レイガンを構え――ようとして、ジークは慌てた。そんなものは、こちらの世界に持ってきていない。
《ジークさん！　レイガンですかっ⁉　イメージしてください、イメージっ！》
アリエルが叫んでくる。ジークは目を閉じて、一瞬《いっしゅん》のあいだ集中した。手の中に確かなスチールの感触を呼び起こす。
目を開けたとき、ジークの手はレイガンを握っていた。
《お母さま――！》
アリエルの悲鳴があがった。
怪物の顎《あぎと》が、母親に襲《おそ》いかかる。彼女はまるで動こうとしない。顎が開き、閉じあわされる。彼女はその下半身を怪物の口にすっぽりと飲みこまれた。何列も並んだ鋭《するど》い牙《きば》が、腹部に深く食いこんでいる。
怪物を下半身に喰《く》いつかせたままで、彼女は言った。
《さぁ、止めてみせたよ――坊やの番だ》
たしかに怪物は、動きを止めていた。口にくわえた獲物《えもの》を、ばりばりと噛《か》み砕くために動きを止めているのだった。
《うわっ……、うわあああぁぁーっ！》
ジークは叫んだ。絶叫しながら、レイガンをかまえる。彼女の行為を無駄におわらせることなど、できはしない。あってはならないことだった。

トリガーを引き絞ると同時に、青い光条が迸《ほとばし》った。そのビームは怪物の体をやすやすと貫き、どこまでも伸びていった。

《力》が湧《わ》きあがる。どこからともなく湧きだしてきた《力》が、ジークの手を伝わってレイガンに流れこんでゆく。

銃口から放出されるビームが、ひと回りほど、その太さを増した。怪物が苦しんで身悶《みもだ》えする。

さらに《力》は噴《ふ》きあがった。まるで上限がないかのように、そのパワーはどこまでも上昇していった。ジークの体が、まばゆいばかりの白い輝《かがや》きにつつまれる。

ぐっ、ぐっと――ビームが怪物の体に穿《うが》った穴が、一段階ずつ、内側から広げられてゆく。

怪物は逃げだそうとしていた。だが逃げだすには、少しばかり遅すぎるようだ。体の中央をビームの柱が貫いている。どの方向に動こうとしても、それは怪物の体を焼くことになる。

やがて終わりがきた。

レイガンから撃《う》ちだされるビームの柱が、ついに怪物の体よりも太くなったのだ。

怪物の体は前後に分断された。頭と、わずかに残った尾が、べつべつの方向に漂いだす。いくらもいかないうちに、それは青黒い霧《きり》となって霧散《むさん》してしまった。

《お母さま――、お母さまっ！》

ジークはアリエルのもとに駆《か》けよった。
母親は上半身だけの姿となって、アリエルの腕に抱きかかえられていた。彼女の体は歯形のきざまれた腹部から、黒い霧となってゆっくりとほどけつつあった。彼女の目にぎらぎらとした意志の輝きが宿っている。それが怪物の死骸《しがい》のように、一気に分解して消えてしまうことを阻止しているのだろう。
《よくやったね、坊や。さぁ――この私を、あの子のもとに連れていっておくれ。もう長くは保たないだろうからね》
ジークとアリエル――ふたりは、黙《だま》ってうなずいた。

✵✵✵

《五百――、四百五十――。原点まで、あともうすぐです……》
どこまでもまっすぐな一本の光の直線《ライン》が、この精神世界の天地を貫いていた。
アリエルの引いたその直線に沿うようにして、ジークたちは降下を続けていた。原点を貫く直線を引いたのだと、アリエルはそう言った。原点とは、この内世界における中心だ。すなわち――少女《ティン》の自我中心のいる場所のことだった。
《三百――、二百五十――、もう……見えてもいいころなんですけど》

直線には、一定間隔ごとにタグがついていた。アリエルはタグに記された数値を読みあげながら、闇《やみ》の彼方《かなた》に目を凝《こ》らしている。

《あそこに、いるね……》

娘の姿を最初に見つけたのは、母親だった。アリエルの腕に抱きかかえられた彼女は、一本きりの片手でもって、闇の彼方を指ししめした。

《あっ――》

ついでアリエルが、そしてずいぶん近くなってから、ジークもその姿を見てとった。

その場所では、いくつもの色が、ゆらゆらと頼りなげに揺れていた。

鬼火のように揺らめく無数の色の中央で、少女が泣いていた。膝《ひざ》を抱え、うずくまるようにして、少女は静かに泣きつづけている。

彼女のなめらかな背中や肩、腕や足――肌のいたるところで、色をもった濃密《のうみつ》なオーラが染み出している。それはひとつひとつ違う色を持っていた。あるものは赤黒く、あるものは青黒い色だった。黄色や橙《だいだい》、緑や紫といった色もある。どれもみな、光と呼ぶにはほど遠い。《ダーク・ヒーロー》の色だった。

ひとつひとつのオーラの表面に、さざ波のような波紋が走る。さっと広がった波紋は、表情のように思える形で固まった。しめしあわせたように、他《ほか》のオーラにも表情が生まれる。

怒り、憎しみ、嫉妬《しっと》、物欲、色欲――ざっと目に入ってくるいくつかの塊に、そんな表情が認められた。他にもオーラの塊は無数にある。少女の皮膚《ひふ》の下から、あたらしく染みだしてくる表情もある。探せば、人の持つあらゆる暗い感情が見つかるのかもしれなかった。
《あの……、どうしたらいいんでしょう？》
ジークとアリエルは、どうにも手を出せずにいた。
母親は迷いのない声で、言った。
《私を、あの子のところへ……》
もはやひとりでは動くこともできないのか、母親はアリエルの腕にかかえられたまま、愛《まな》娘《むすめ》のもとに近づいていった。
《ティン……、おまえはそうやって、泣いているばかりなのかい？》
優しいばかりの声ではない。
人の手で、いくつもの悪感情を心の中に無理やり押し込められ、その重圧に潰《つぶ》されつつある娘――自分と同じ道を、いままさに歩んでいる娘に向けるいたわりが、その声から感じられた。
《そのまま、泣いていて……、そいつらに潰《つぶ》されちまって、それでいいのかい？》
そしてもうひとつ――何よりも強く、声にこめられた想《おも》いがある。
《生き抜いて、戦ってゆく気があるのなら――お母ちゃんに、そう言うんだよ》
少女の泣き声は、いつのまにか止まっていた。その顔はうつむいたまま、唇だけが静かに動く。

《わかった――やっぱりおまえは、私の子だったね》
母親は小さくうなずいた。手を伸ばし、指の欠けた手でもって、娘の頬《ほお》を愛《いと》おしそうに撫《な》でる。
ジークたちがその光景に見入っていると、母親の顔が、ぐいと向いた。
《おまえたち、ひとつ……頼みがある》
《はい――》
アリエルが、そう答えた。ジークも答えようとしたのだが、喉《のど》が詰まって、何も言えなかった。
《この子に、あるモノを渡してやって欲しいのさ。いいかい?》
《あの……。できれば、お母さまからのほうが……》
アリエルはとまどいがちに、口を開く。
《いいね。頼んだよ》
だが彼女は一方的にそう言いった。
娘の体を最後にいちど――片腕で抱きしめると、自分の体を押しだすように、そっと離れていった。
じゅうぶんに距離を取って、彼女は手のひらに《力》を呼び起こした。それが最後の《力》なのだろう。頼りなく揺らめいている黒いオーラを、ぐっと握りこむように圧縮《あっしゅく》する。

ある一点を過ぎて、発火する。

手のひらから腕、腕から肩へと、炎は燃え広がっていった。全身を炎に包まれながら、彼女は娘に言葉をかけた。

《おまえを押し潰そうとしている、そいつらを、みんなおまえの中に取りこんでやりな。取りこんで、おまえのものにしてやるんだ》

娘は顔をあげていた。表情の欠け落ちたその顔が、燃えてゆく母親を見つめている。

《お母ちゃんが、ちょっとだけ手伝ってやるよ。ちょっとだけ、ちょっとだけ……強さを分けてやるよ。お母ちゃんの、そのまたお母ちゃんからもらった強さを、おまえに譲《ゆず》ってやるよ……。さぁ、受け取りな……》

それを最後に、母親の声は聞こえなくなった。

あれほど激しく燃えさかっていた業火《ごうか》が、不意に消えさる。

そして彼女が占めていた空間に、小さな——手のひらに入るほどの大きさの、黒い結晶体が浮かんでいた。黒く、あらゆる光を吸いこむ真の漆黒でありながら、その結晶体は宝石のように輝《かがや》いていた。

それが何かは、ジークにわかるはずもない。だが業火に焼かれても輝きひとつ損わないほど硬くて堅固な「何か」であることは間違いなかった。

アリエルが近づいていった。

そっと両手で包みこむ。少女の前まで行って、アリエルはその手を開いた。

ゆっくりと回転しながら、結晶体は宙に浮かんでいる。

アリエルは頬《ほお》に涙を伝わせながら、それでもはっきりした声で言った。

《あなたのお母さんの心――さぁ、受け取って》

少女はゆっくりと手を伸ばしていった。黒い結晶をその手に包みこみ、ぎゅっと抱きしめるように、胸に押しあてる。黒い結晶体が、少女の白い皮膚《ひふ》に埋没してゆく。

完全に同化が終わると、何かが変わりはじめた。

それは少女の放つ雰囲気だった。

少女は――ティンは、ジークたちに顔を向けると、にぃと笑ってみせた。母親と同じ笑いかたで。

少女の体を這《は》いまわっていたいくつものオーラが、しゅっと音をたてて、肌に吸いこまれる。

吸いこまれてゆくものは、それだけではなかった。近くを漂っていた何かの残骸《ざんがい》が、少女の体に吸い寄せられて肌に吸収される
《アリエル！》

ジークはアリエルの手を引いた。

猛烈な吸引力をしめしはじめたティンの体に向けて、周囲のあらゆるものが飲みこまれつつある。網状構造が崩壊《ほうかい》して、崩れ落ちてくる。

後ろも見ずに、ジークは全力で飛びだしていた。

引き寄せられ、崩れ落ちてくるものを払いつつ、意識の最上層を目指して浮上する。

ティンはブラック・ホールのように、あらゆるものを飲みこもうとしていた。

すべてを取りこめと、ティンの母親は言った。この内世界――彼女を覆《おお》っている広大な《ストーカー》の精神構造も例外ではないのだった。

✵✵✵

「――!?」

気づいたときには、〝外〟に飛び出していた。

ジークの体は、びしょ濡《ぬ》れになって床に倒れていた。入ったときと変わらずに、裸のままだった。

手をついて、上体を起こす。

治療《ちりょう》カプセルの水槽《すいそう》が砕け、薄《うす》く色のついた溶液が、奔流となって床に流れている。

割れたカプセルの近くに、配線も剥《む》きだしの感覚変換機《イコライザー》が置かれていた。台の上に横になったアリエルの姿を見つける。

「アリエル！」

ジークは駆《か》け寄った。アリエルも意識を戻したところらしい。頭を押さえつつ、ジークに顔を向けてくる。

「ジ、ジークさん――あのっ、いったい、どうなったんでしょうか？」

「オレにもわからない。そうだ――あの子は、あの子はどこだ？」

「おまえの探しているのは、この私か？」

水槽の縁《ふち》に、ティンが片足をかけていた。殺菌ライトの光にさらされて、白い肌が青白く輝《かがや》く。ささやかな胸も、細くなめらかに締《し》まった腹部も、その下の濡《ぬ》れて張りつくわずかな茂みも――まるで隠そうともしない。

何事も臆《おく》さない王者の風格というものを、少女は周囲に発散していた。ただしそれは、悪の側の王者のものではあったが。

「祝え。このティン・ツーの新たなる誕生《たんじょう》を」

部屋の中にいた十一人の姉妹たちが、そろって頭を垂れた。濡れた床もかまわず、額《ひたい》をこすりつけるようにして、平伏《ひれふ》した。姉妹たちにとって、新たな主が誕生《たんじょう》したのだった。

姉たちの示した従順の意に、少女――ティン・ツーは、満足そうに目を細めた。

そしてその目を、ジークに――。

いや、彼女の目は、ジークのとなりに立つアリエルに向けられていた。

「さぁ、約束だ。――望みを言え」

エピローグ

テーブルの上のインターホンが鳴った。

『長官――そろそろお時間です』

「わかった」

彼は重々しく答えると、机の上に組んだ手に、ふたたび額《ひたい》をもどした。

専任秘書の冷たく澄《す》んだ声も、彼の苦悩を癒《いや》してはくれない。

太陽系を――惑星連合を預かる者として、この一大事に、緊急《きんきゅう》招集された緊急議会の議長を務めねばならない。この問題に、なんとかして解決の糸口を作らねばならない。

それが彼の果たすべき義務だった。

だがいったい、どうすればいいのだ――？

数百もの連合加盟国家。その代表者がすべて例外なく集まっている。大統領、首相、王、皇帝。そういった、即断即決が可能な権限を持った者――いいかえるなら、各国の最高権力者が、ずらりと首を揃《そろ》えているのだ。

一名以上の公認《ヒーロー》を有し、議決権を持った公認国家だけで、百以上もの数がある。公認《ヒーロー》を持たない国まで含めると、その何倍もの数があった。

そのそれぞれが、声高に――百通りもの違う方法を主張している。

自国の利益を優先した主張だった。いま現在、侵略の危機にさらされている星系国家は、連合による救済を主張する。人類版図《はんと》の反対側に位置している星系国家は、自分たちの身が安全なうちは、全面対決を避《さ》けようとしている。戦争などはじめず、脱出船団を組織して銀河のどこかに逃げだすプランに固執する一派もある。

『――あの、長官』

テーブルの上のインターホンが、ふたたび呼びかけてくる。

『わかっている。いま行く』

彼はそう答えて、壁《かべ》にかけられた銀の浮き彫り《レリーフ》を見上げた。

彼がまだ青年であったころから、そこに彫られた人物は、彼の心の支えとなっていた。悩むとき、苦しいとき――彼はいつも、その肖像を見つめた。

十数年ぶりに見つめたその肖像で、男はあいかわらず、見る者の心に勇気を与えるような笑みをたたえていた。

この宇宙で、最初の《ヒーロー》。

銀河の中心核から《ヒロニウム》を持ちかえり、百八人の《ヒーロー》を従え、かつて人類を滅亡の淵《ふち》まで追いこんだ汎《はん》銀河大戦をおさめた、人類史上最高の英雄だ。

彼は《ザ・ファースト》と呼ばれていた。純白《ピュア・ホワイト》の輝《かがや》きを持つ、《ヒーロー》の中の《ヒーロー》だ。

だが彼の本当の名前は、誰《だれ》も知らない。

そしてほとんどの者が知らないことが、もうひとつあった。

《ザ・ファースト》が束ねていたといわれる、百八人の《ヒーロー》――その中に、いまでこそ、《ダーク・ヒーロー》と呼ばれる者たちが混じっていたということ。

銀河連合を預かる重職についたものだけが、その事実を知らされる。

そしてその真実が、代々の長官に受け継がれてゆくうち――いつしか、ひとつの伝承が生まれていた。

いずれ、人の手に負えぬような危機が、銀河に訪れるとき――《ザ・ファースト》と同じように、白き輝きを持つ《ヒーロー》が現れるだろう。その彼は、《ヒーロー》と《ダーク・ヒーロー》をまとめあげるという不可能を成し遂げ、そして銀河を救うのだ。

彼は浮き彫り《レリーフ》から目を落とし、テーブルの木目をじっと見つめた。もう会議の時間だった。

なのに自分は、どうしてここに座っているのだろう。

もしかすると、自分は待っているのではないだろうか？

あの伝承が真実であるなら、いまがその時ではないのか？

インターホンが鳴った。

「わかっていると、言っているだろう！」

彼に怒鳴《どな》りつけられても、秘書はおろおろとした声で報告をつづけた。

『い、いえ……その、外惑星警備隊《けいびたい》からの連絡です。木星絶対防衛線の内側に、未確認船が突如として出現しました。《ダーク・ヒーロー》の船です』

「なんだと？」

彼は不快げに眉《まゆ》を寄せた。

「それは警備隊の管轄《かんかつ》だろう。わざわざここまで通してくるようなことではないはずだ。警備隊の責任者に伝えろ。会議の開催中は、いかなる危険も排除しろと。いま太陽系内に、常駐《じょうちゅう》《ヒーロー》が十人はいるはずだ。どうとでもなるはずだ」

『それが、その……、その現れた船というのが……』

「はっきりしないな。要点を言いたまえ」

『戦闘艇《せんとうてい》が十二隻……、船種は不明ですが、《ワルキューレ》タイプである可能性が……』

「なん……、だと？」

それは魔界《まかい》の女王――《ダーク・マドンナ》の十二人の娘たちの乗機だった。

『それと、M級の小型恒星船が一隻。こちらは、その……。なにかの間違いではないかと思うのですが……、パトロール船の乗組員が、コックピットの中に白い輝きを確認したと言ってきています』

「白い、輝《かがや》き……？」

『あの……、いかがなさいますか？』

彼は知った。自分の果たすべき役割というものを――。

いま、自分がこの地位についていることには、意味があったのだ。暴帝、獅子王《ししおう》――さんざんなことを言われてきたが、数多くのライバルを蹴落《けお》としてまで、この地位にしがみついてい
て――それは正しかったのだ。

「いいか、これは至上命令だ。〝彼〟をここに――南極にお連れしろ！」

『そんなっ！《ダーク・ヒーロー》を太陽系内に入れるおつもりですか⁉』

「指一本、触れることは許さんぞ！　彼とその十二人の《ダーク・ヒーロー》を、全員とも南
極にお連れするんだ！」

『で、でもそれはっ――！』

「黙《だま》れッ！　すべての責任は、わたしが取る！　取るといったら取るッ！」

他《ほか》の誰《だれ》に、できただろう。

《ダーク・ヒーロー》を太陽系内に迎えいれるなどという、無謀《むぼう》な決断など。

あとがき

星くず英雄伝。四巻目です。

この四巻と、次の五巻との二冊をもって、「銀河大戦編」となります。野良《のら》《ヒーロー》をしていたジークが、銀河の表舞台に駆《か》け出してゆく節目の話です。

星くず英雄伝シリーズの各巻について、ざっと分類してみますと――。


時間線の改変までの、一～三巻を第一部。

銀河大戦編の、四～五巻を第二部。

逃亡生活編の、六～七巻を第三部。

鏡像《きょうぞう》宇宙編の、八巻からが第四部となっています。

そして遠い先の予定ではありますが、ジークという少年のサーガが完結をみせて、彼が真の「伝説」となるためには、第五部にあたる「銀河中心領域編」が必要で……。

現在は第四部をやっています。この鏡像宇宙編がだいぶ長くなってしまっていまして……。

十巻まで読まれた方はもうご存じのことと思いますが、最新刊において、ジークたちは別の宇宙——平行宇宙に迷いこんでしまっています。

ＳＦではおなじみの「平行宇宙」ではありますが、星くず世界においては、本来、存在しないはずのシロモノ。平行宇宙は可能性として存在しているだけで、原子の運行ひとつ変更することのかなわない「凍り付いた世界」のはずなのですね。そこに人はいますが、生まれてから死ぬまでのすべての行動は定まっており「自由意志」など介在《かいざい》しません。

——が、いまそんな世界を、ジークと二百人の《ヒーロー》の卵たちが訪れています。彼らが帰還してくるまでの話が「鏡像宇宙編」となるわけですが……。これには十二巻で一旦《いったん》話にけりがつく予定です。しかしその段階ではまだ帰還は果たせず、帰ってくるためには、もう二～三巻程度が必要です。読者の方々には、末永く応援頂けると幸いです。この復刊の機会を逃さず、最後まで書き切っていければ——と思っております。

最後は恒例、著者サイトのお知らせです。読者アンケートなどをやっています。いただいたご意見は作品作りに生かしております。

二次元バーコードはこちら。

←カメラのない機種の方はこちらからどうぞ

http://www.araki-shin.com/araki/keitai.htm

←パソコンなどフルブラウザ専用ページ

http://www.araki-shin.com/

ぽにきゃん
BOOKS

星くず英雄伝④ ネットワークの聖女

新木 伸

ぽにきゃんBOOKS

2015年1月7日 初版発行

発行人 古川陽子
編集人 大日向洋
発行 株式会社ポニーキャニオン
〒105-8487 東京都港区虎ノ門2-5-10
セールス マーケティング部 03-5521-8051
マーケティング部 03-5521-8066
カスタマーセンター 03-5521-8033
装丁 株式会社トライボール
イラスト 平井久司
組版・校閲
印刷・製本 図書印刷株式会社

ISBN978-4-86529-111-7 PCZP-85072